散文的重要特点之一，是用优美的语言，自由而较少拘束的形式，表达当下直接的生命感受。散文也可以说是当下生命体验的记录。因此，好的散文家，一定是对人生、自然、生命、宇宙、理想等有感觉的人。一定是对世界有「温情」的人。那种整天沉浸在琐屑利益逐中，对生活持漠然态度的人。不会有通灵清澈的觉悟，不会有朗然明快的理想，也写不出有感染力的文字。好的散文不是「写」出的，而是从清澈、真实的心灵中「泻」出的。我通读这套书所选的文章，仔细品味编选者的点评，从书中无处不在的清新气息，给我极深的印象。就像本丛书所选美学家宗白华先生的《美从何处寻？》中所说的，世界充满了美，我们要有一双发现美的眼睛。美不光在外在的形式，更在那生命的潜流中。正因此，散文，不是美的文字，而在传递一种美丽的精神。人，不在干有光鲜的外表，而在于有一种光明的情怀。外在的「客」可以「整」好的，内在精神世界是无法通过技术性的劳作「整」好的。这套书在知识获取的同时，对提升人的精神境界、护持人的生命真性，分享生命的美好等方面，都具有独特的价值。

· 现当代经典散文品读 ·

HUALI DE SIWEI

华丽的思维

徐宏杰◎主编

安徽师范大学出版社
ANHUI NORMAL UNIVERSITY PRESS

·现当代经典散文品读·

HUALI DE SIWEI

华丽的思维

徐宏杰◎主编

安徽师范大学出版社

ANHUI NORMAL UNIVERSITY PRESS

丛书策划:汪鹏生
责任编辑:彭　敏
装帧设计:丁奕奕

图书在版编目(CIP)数据

华丽的思维 / 徐宏杰主编. — 芜湖:安徽师范大学出版社,2018.7
(现当代经典散文品读)
ISBN 978 - 7 - 5676 - 2838 - 0

Ⅰ.①华… Ⅱ.①徐… Ⅲ.①散文集–中国–当代 Ⅳ.①I267

中国版本图书馆CIP数据核字(2017)第102726号

> 因各种原因,截至发稿时本社未能与本套丛书的全部著作权人取得联系。敬请作品的著作权人或与著作权有关的权利人与本社联系,以便奉上稿酬和样书。

华丽的思维

HUALI DE SIWEI　　　徐宏杰　主编

出版发行:安徽师范大学出版社
　　　　芜湖市九华南路189号安徽师范大学花津校区　　邮政编码:241002
网　　　址:http://www.ahnupress.com/
发 行 部:0553-3883578　5910327　5910310(传真)
印　　　刷:浙江新华数码印务有限公司
版　　　次:2018年7月第1版
印　　　次:2018年7月第1次印刷
规　　　格:700 mm×1000 mm　1/16
印　　　张:19.5
字　　　数:286千字
书　　　号:ISBN 978 - 7 - 5676 - 2838 - 0
定　　　价:58.00元

如发现印装质量问题,影响阅读,请与发行部联系调换。

写在《现当代经典散文品读》出版之际

　　《现当代经典散文品读》丛书，按照内容分为10册，选入的近三百篇散文，是现当代中外优秀散文名篇，几乎可视为百年散文史的缩影。编选者视野开阔，粹取拣择中，可见出其独特的眼光。选入的文章，篇篇可读，文字优美，有发人深省的内涵。既有文学大家的名篇佳什，又有一些年轻作家的感人至深的新作，甚至包括当代一些网络作者的好文章。作者中有学养丰厚的著名人文学者，也有研究自然科学的科学家、发明家。编选者立意在知识的丰富、美好人生的发掘、伟大智慧的分享。在知识性、思想性和欣赏性等多方面，丛书都有较高的价值。读起来使人时而低徊欲泣，时而激扬蹈励，时而心入浩茫辽阔中，时而意落清澈碧溪前。这套书可以作为在校学生课外阅读的材料，也可以作为一般读者经典阅读的进阶。

　　每篇散文后所附"品读"文字，也是值得"品味"的，对帮助欣赏、理解所选文章极有帮助。篇幅一般都不短，内容丰富，不是泛泛的作者介绍，也不是说一些写作背景和特点的话，而是意在"品读"所选文章背后的价值世界。不少品读文字，更像是一篇研究作品。如《诗意的栖居》一册中所选建筑学家梁思成的《千篇一律与千变万化——音乐、绘画、建筑之间的通感》，是建筑学中的名作。它涉及艺术哲学中的一个重要原理。艺术要追求变化，这个道理很多人讲过，但这篇文字则谈重复在艺术创造中不可忽缺的价值。人们常常将重复当作一种缺点，但梁先生认为，没有重复就没有艺术。重复是音乐的灵魂。《诗经》在一定程度上也是重复的艺术，那回环往复的咨唱是《诗经》的命脉。重复也是建筑的基本语言，颐和园七百多米的长廊，人民大会堂的廊柱，因重复而体现出特别的魅力。编选者在细腻的分析中，发掘此文深长的意味，给读者以重要启发。由趣味学习，到专业学习，这套书有不可忽视的价值。

  散文的重要特点之一，是用优美的语言，自由而较少拘束的形式，表达当下直接的生命感受，散文也可以说是当下生命体验的记录。因此，好的散文家，一定是对人生、自然、生命、宇宙、理想等有感觉的人，一定是对世界有"温情"的人。那种整天沉浸在琐屑利益竞逐中、对生活持漠然态度的人，不会有通灵清澈的觉悟，不会有朗然明快的理想，也写不出有感染力的文字。好的散文不是"写"出的，而是从清澈、真实的心灵中"泻"出的。我通读这套书所选的文章，仔细品味编选者的点评，丛书中无处不在的清新气息，给我极深的印象。就像本丛书所选美学家宗白华先生的《美从何处寻？》中所说的，世界充满了美，我们要有一双发现美的眼睛。美不光在外在的形式，更在那生命的潜流中。正因此，散文，不是美的文字，而在传递一种美丽的精神。人，不在于有光鲜的外表，而在于有一种光明的情怀。外在的"容"可以"整"，内在精神世界是无法通过技术性的劳作"整"好的。这套书在知识获取的同时，对提升人的精神境界、护持人的生命真性、分享生命的美好等方面，都具有独特的价值。

  这套宏大的散文名篇选读丛书，是由徐宏杰先生花近十年时间独立完成的。他是当代闻名的语文特级教师，是语文教学和研究方面的权威学者，他在教学之余，投入如此心力，来完成这样的作品，为他深爱的学生，更为全国广大读者。这样的精神尤令人感佩。这套书中凝结着他三十余年教学经验和研究所得。他曾经跟我说,他是以充满敬意的心来做这项工作的。从我阅读的感受,他的确是这样做的:从选文到解说,他以敬心体会所选文章背后的温情和智慧;又以敬心斟酌自己的品读文字,力求给读者,尤其是青少年读者留下真正有价值的信息。

朱良志

2018 年 4 月 10 日于北京大学

▼ 卷首语

生命是一场华丽的冒险。生与死是永恒的话题。宗教用轮回或者永生回答着人们关于生命的叩问；现实生活中的我们用精彩或者平淡践行着这场无法回头的旅程。当你凝视新生儿粉嫩的小脸，当你握住濒死者干枯的双手，当你看着一轮朝阳渐渐当头、西斜，当你眼见一朵花蕾慢慢盛放、凋谢……你是否听到生命的缓慢而坚定的脚步？当你望向自己或者他人的生命，诸多感慨涌上心头：这场华丽的冒险是世间最宝贵的事物，值得人在每一秒给以最小心的对待。「生，人之始也；死，人之终也。」慎始慎终，人生奥义。

目 录

愿化泥土

◇巴金

最近听到一首歌，我听见人唱了两次：《那就是我》。歌声像湖上的微风吹过我的心上，我的心随着它回到了我的童年，回到了我的家乡。近年来我非常想念家乡，大概是到了叶落归根的时候吧。有一件事深深地印在我的脑子里，三年半了。我访问巴黎，在一位新认识的朋友家中吃晚饭。朋友是法籍华人，同法国小姐结了婚，家庭生活很幸福。他本人有成就，有名望，也有很高的地位。我们在他家谈得畅快，过得愉快。可是告辞出门，坐在车上，我却摆脱不了这样一种想法：长期住在国外是不幸的事。一直到今天我还是这样想。我也知道这种想法不一定对，甚至不对。但这是我的真实思想。几十年来

本文选自《巴金随想录》（上海文艺出版社，2008 年版）。巴金（1904—2005），原名李尧棠，四川成都人，祖籍浙江嘉兴。作家、翻译家、社会活动家、无党派爱国民主人士。1904 年 11 月巴金出生在四川成都的一个封建官僚家庭里，五四运动后，巴金深受新潮思想的影响，并在这种思想的影响下开始了他个人的反封建斗争。

代表作有《爱情三部曲》:《雾》《雨》《电》;《激流三部曲》:《家》《春》《秋》等。

有一根绳子牢牢地拴住我的心。一九二七年一月在上海上船去法国的时候,我在《海行杂记》中写道:"再见吧,我不幸的乡土哟!"一九七九年四月再访巴黎,住在凯旋门附近一家四星旅馆的四楼,早饭前我静静地坐在窗前扶手椅上,透过白纱窗帷看窗下安静的小巷,在这里我看到的不是巴黎的街景,却是北京的长安街和上海的淮海路、杭州的西湖和广东的乡村,还有成都的街口有双眼井的那条小街……到八点钟有人来敲门,我站起来,我又离开了"亲爱的祖国和人民"。每天早晨都是这样,好像我每天回国一次去寻求养料。这是很自然的事,我仿佛仍然生活在我的同胞中间,在想象中我重见那些景象,我觉得有一种力量在支持我。于是我感到精神充实,心情舒畅,全身暖和。

我经常提到人民,他们是我所熟悉的数不清的平凡而善良的人。我就是在这些人中间成长的。我的正义、公道、平等的观念也是在门房和马房里培养起来的。我从许多被生活亏待了的人那里学到热爱生活、懂得生命的意义。越是不宽裕的人越慷慨,越是富足的人越吝啬。然而人类正是靠这种连续不断的慷慨的贡献而存在、而发展的。

近来我常常怀念六七十年前的往事。成都老公馆里马房和门房的景象,时时在我眼前出现。一盏烟灯,一床破席,讲不完的被损害、受侮辱的生活故事,忘不了的永远不变的结论:"人要忠心。"住在马房里的轿夫向着我这个地主的少爷打开了他们的心。老周感慨地说过:"我不光是抬轿子,只要对人有好处，就让大家踏着我走过去。"我躲在这个阴湿的没有马的马房里度过多少个夏日的夜晚和秋天的黄昏。

门房里听差的生活可能比轿夫的好一些，但好得也有限。在他们中间我感到舒畅、自然。后来回想，我接触到通过受苦而净化了的心灵就是从门房和马房里开始的，只有在十年动乱的"文革"期间，我才懂得了通过受苦净化心灵的意义。我的心常常回到门房里爱"清水"恨"浑水"的赵大爷和老文、马房里轿夫老周和老任的身边。人已经不存在了，房屋也拆干净了。可是过去的发过光的东西，仍然在我心里发光。在"文革"期间我想得多，回忆得多。有个时期我也想用受苦来"赎罪"，努力干活。我只是为了自己，盼望早日得到解放。私心杂念不曾消除，因此心灵没有得到净化。

现在我明白了，受苦是考验，是磨炼，是咬紧牙关挖掉自己心灵上的污点。它不是形式，不是装模作样。主要的是严肃地、认真地接受痛苦。"让一切都来吧，我能够忍受。"

我没有想到自己还要经受一次考验。我摔断了左腿，又受到所谓"最保守、最保险"方法的治疗。考验并未结束，我也没有能好好地过关。在病床上，在噩梦中，我一直为私心杂念所苦恼，以后怎样活下去？我不能回答这个问题。

漫长的不眠之夜仿佛一片茫茫的雾海，我多么想抓住一块木板浮到岸边。忽然我看见了透过浓雾射出来的亮光：那就是我回到了老公馆的马房和门房,我又看到了老周的黄瘦脸和赵大爷的大胡子。我发觉自己在私心杂念的包围中,无法净化自己的心灵。门房里的瓦油灯和马房里的烟灯救了我,使我的心没有在雾海中沉下去。我终于记起来,那些"老师"教我的正是去掉私心和忘掉自己。被生活薄待的人会那样地热爱生活,跟他们比起来,我算得什么呢? 我几百万字的著作还不及轿夫老周的四个字"人要忠心"。(有一次他们煮饭做菜,我帮忙烧火,火不旺,他教我"人要忠心,火要空心"。)想到在马房里过的那些黄昏,想到门房里过的那些夜晚,我仿佛回到了自己的童年。

我多么想再见到我童年时期的脚迹! 我多么想回到我出生的故乡,摸一下我念念不忘的马房的泥土。可是我像一只给剪掉了翅膀的鸟,失去了飞翔的希望。我的脚不能动,我的心不能飞。我的思想……但是我的思想会冲破一切的阻碍,会闯过一切难关,会到我怀念的一切地方,他们会像一股烈火把我的心烧成灰,使我的私心杂念化成灰烬。

我家乡的泥土,我祖国的土地,我永远同你们在一起接受阳光雨露,与花树、禾苗一同生长。

我唯一的心愿是:化作泥土,留在人们温暖的脚印里。

简评

2003 年 11 月,中华人民共和国国务院授予百岁老人巴金"人民作家"的光荣称号。走过一个世纪的沧桑,老人的经历给世人的启发是良多的。巴金先生 1904 年 11 月出生在四川成都一个封建官僚家庭,五四运动后,巴金深受新潮思想的影响,开始了他个人的反封建的成长历程。1923 年巴金离家赴上海、南京等地求学,从此,开始了他长达半个多世纪的文学创作生涯。柯灵先生在"巴金文学创作生涯六十年展览开幕词"中说:在令人痛心疾首的"文革"十年之后,巴金爱引证高尔基草原故事中的《勇士丹柯》："他用手抓开自己的胸膛，拿出自己的心来，高高地举在自己的头上。"他还引用过高尔基的小说《鹰》：一只勇敢坚强的鹰，"胸口受伤，羽毛带血"，不能高飞了，就用脚爪爬到悬崖边，展开双翅，扑腾腾投入大海。巴金先生就是这样做的。巴金在"文革"后撰写的《随想录》，内容朴实、感情真挚，充满着作者的忏悔和自省。因此，巴金被誉为"二十世纪中国文学的良心"。冰心老人这样评价《随想录》："我看他从来不怕什么。我没有听说他怕过什么。就是无畏，敢讲真话。"半个世纪以来，巴金以自己的言论和艺术创作热情地参与中国现代文化建设。在"文学的目的就是要使人变得更好"的思想指导下，创作了一系列具有叛逆性格和奴性人格的艺术典型以"立人"，从"说真话"到"写真实"贯穿于他的全部人生经历和创作活动中，同时巴金先生还贡献了以"两个一致"的典型化方法和"比较象活人"的性格真实的现实主义美学理论；追求真实，在《随想录》中一遍遍的虔诚而痛苦地忏悔，剖析自己的灵魂，猛烈地批判封建伦理道德、深挖国人灵魂中的奴性，以人格的魅力参与现代伦理文化的建设。有人说，晚年的《随想录》，使作者的整个人生得以升华；也有人说，巴金先生的忏悔塑造了一个正直、高大的形象，反衬出许多人的渺小。因为，一个本不该忏悔的人却表达了发自内心的、真诚的忏悔，而那些本应该忏悔的人，却无动于衷、装聋作哑。

本文的开头，作者巧妙、自然地由歌曲《那就是我》联想起了自己的童年，心就随着回忆回到了故乡，深深的乡土情结就这样在作者的心中滋生，作者犹如一棵小树，从泥土中吸取营养，茁壮成长，始终与"泥土"同呼吸、共命运，这就让作者化作泥土的渴求更加强烈。在《愿化泥土》里，巴金不仅表达了"叶落归根"的心愿，更重要的是他借助深沉而发烫的回忆，抒发了这样的思想感情：一个人只有对养育了自己的土地和人民忠心耿耿，才能从中获得精神的养料和心灵的净化，做一个纯粹的人。我们来看看在文章的一开始作者是怎么说的："我访问巴黎,在一位新认识的朋友家中吃晚饭。朋友是法籍华人,同法国小姐结了婚,家庭生活很幸福。他本人有成就,有名望,也有很高的地位。我们在他家谈得畅快,过得愉快。可是告辞出门,坐在车上,我却摆脱不了这样一种想法:长期住在国外是不幸的事。一直到今天我还是这样想。我也知道这种想法不一定对,甚至不对。但这是我的真实思想。"作者认为长期住在国外是不幸的事,表达了作者虽然身处异国,却仍深深地眷恋着祖国故土的真挚情感;引出下文作者对往事的追忆,为后面的抒情议论作铺垫。"通过苦净化心灵",这是巴金老人想要告诉读者的生活哲理。小时候,他从下层劳动者那里得到教诲,并牢记一生。他让思想感情的根,永远扎在故乡的泥土里。本文记述这些宝贵的人生经历和思想认识,写得真实、质朴,向读者捧出一颗不加任何掩饰的赤子之心。"现在我明白了,受苦是考验,是磨炼,是咬紧牙关挖掉自己心灵上的污点。它不是形式,不是装模作样。主要的是严肃地、认真地接受痛苦。'让一切都来吧,我能够忍受。'"

行文中感人至深的,正是作者的这种思想情感。其时,年届八旬的巴金老人通过对儿时的几位"生命意义"上的启蒙者的片断式的回忆,深切地表达了他对普通劳动者真诚地热爱。童真的启蒙,耄耋的怀想,异邦的见闻,故土的眷恋,动情之笔处处有轿夫老周、听差赵大爷的身影,以及他们带给作者的人生影响。在作者看来,他们总是"被生活亏待",有着"讲不完的被损害、受侮辱的生活故事",一盏烟灯、一床破席几乎是他们生活的全部物资。但他们善良、慷慨和无私,品德美好发光而照亮了作者的生活,进而解救了作者,将他的私心杂念化成灰烬。"我的正义、公道、平等的观念也是在门房和马房里培养起来的。"这样发自内心的赞美的话语,其实就是对轿夫老周、听差赵大爷形象的完美概括。情到深处,突出地宣示了"人要忠心"这条古往今来都被特别看重也非常宝贵的传统人生信条。他说：我不致沉沦，是从许多被生活亏待了的人那里学到了热爱生活，因而"我几百万字的著作还不及轿夫老周的四个字'人要忠心'"。故土和故土上的人民，分量如此沉重地装在巴金的心里，所以他才愿意"化作泥土，留在人们温暖的脚印里"，并把这作为自己唯一的心愿，留在自己的心里，也留在人世间。

在祝贺巴金先生九十华诞的研讨会上，萧乾先生的题词是"巴金的伟大在于敢否定自己"。现在，成千上万的人依然在怀念巴金老人。巴金走了，老人用一个世纪的人生经验，以说真话、说心里话的真诚态度，审视历史，剖析自身，以最直白的语言，把他一生追求完美，追寻进步的理想，还有他和同时代的中国知识分子的人生际遇，最真实地呈现给我们。赫尔岑说过："充分地理解过去——我们可以弄清楚现状；深刻认识过去的意义——我们可以揭示未来的意义；向后看——就是向前进。"一部《随想录》，是我们享用不尽的宝贵的精神财富。《随想录》是披肝沥胆、和血带泪写成的真实的思想，是一部旗帜鲜明的真话文学。一个永远思想着的、真诚的老人，生命永远年轻。

愿化泥土

没有新意，不要写文章

◇ 季羡林

本文选自《季羡林说写作》（中国书店出版社，2012年版）。季羡林（1911—2009），字希逋，又字齐奘，山东聊城人。国际著名东方学大师、语言学家、文学家、国学家、佛学家、史学家、教育家和社会活动家。季羡林通英文、德文、梵文、巴利文，能阅俄文、法文，尤精于吐火罗文。代表作有《中印文化关系史论集》《佛教与中印

在芸芸众生中，在五行八作中，有一种人，就是像我这样的教书匠，或者美其名，称之为"学者"。我们这种人难免不时要舞笔弄墨，写点文章的。根据我的分析，文章约而言之可以分为两大类：一是被动写的文章，一是主动写的文章。

所谓"被动写的文章"，在中国历史上流行了一千多年的应试的"八股文"和"试帖诗"，就是最典型的例子。这种文章多半是"代圣人立言"的，或者是"颂圣"的，不许说自己真正想说的话。换句话说，就是必然会说废话。记得鲁迅在什么文章中举了一个废话的例子："夫天地者乃宇宙之乾坤，吾心者实中怀之在抱。千百年来，已非一日矣。"（后面好像还

有，我记不清楚了。)这是典型的废话，念起来却声调 文化交流》《东方文学史》等。
铿锵。"试帖诗"中，也不乏好作品，唐代钱起咏湘灵
鼓琴的诗，就曾被朱光潜先生赞美过，而朱先生的赞
美又被鲁迅先生讽刺过。到了今天，我们被动写文
章的例子并不少见。我们写的废话，说的谎话，吹的
大话，这是到处可见的。我觉得，有好多文章是大可
以不必写的，有好些书是大可以不必印的。如果少
印刷这样的文章、出版这样的书，则必然能够少砍伐
些森林，少制造一些纸张，对保护环境、保持生态平
衡，会有很大的好处的，对人类生存的前途也会减少
危害的。

　　至于主动写的文章，也不能一概而论，仔细分析
起来，也是五花八门的。有的人为了提职，需要提出
"著作"，于是就赶紧炮制，有的人为了成名成家，也
必须有文章，也努力炮制。对于这样的人，无需深
责，这是人之常情。炮制的著作不一定都是"次品"，
其中也不乏优秀的东西，像吾辈"爬格子族"的人们，
非主动写文章以赚点稿费不行，只靠我们的工资，必
将断炊。我辈被"尊"为教授的人，也不例外。

　　在中国学术界里，主动写文章的学者中，有不少
的人学术道德是高尚的。他们专心一致，唯学是务，
勤奋思考，多方探求，写出来的文章，尽管有点参差
不齐；但是他们都是值得钦佩、值得赞美的，他们是
我们中国学术界的脊梁。

　　真正的学术著作，约略言之，可以分为两大类：
单篇的论文与成本的专著。后者的重要性不言自

明。古今中外的许多大部头的专著,像中国汉代司马迁的《史记》、宋代司马光的《资治通鉴》等等,都是名垂千古、辉煌璀璨的巨著,是我们国家的瑰宝。这里不再详论。我要比较详细地谈一谈单篇论文的问题。单篇论文的核心是讲自己的看法、自己异于前人的新意,要发前人未发之覆。有这样的文章,学术才能一步步、一代代向前发展。如果写部专著,其中可能有自己的新意,也可能没有。因为大多数的专著是综合的、全面的叙述。即使不是自己的新意,也必须写进去,否则就不算全面。论文则没有这种负担,它的目的不是全面,而是深入,而是有新意,它与专著的关系可以说是相辅相成吧。

我在上面几次讲到"新意","新意"是从哪里来的呢?有的可能是从天上掉下来的,是出于"灵感"的,比如传说中牛顿因见苹果落地而悟出地心吸力。但我们必须注意,这种灵感不是任何人都能有的。牛顿一定是很早就考虑这类的问题,昼思夜想,一旦遇到相应的时机,豁然顿悟。吾辈平凡的人,天天吃苹果,只觉得它香脆甜美,管它什么劳什子"地心吸力"干吗呀!在科学技术史上,类似的例子还可以举出不少来,现在先不去谈它了。

在以前极"左"思想肆虐的时候,学术界曾大批"从杂志缝里找文章"的做法,因为这样就不能"代圣人立言";必须熟读圣书,心中先有一件东西要宣传,这样的文章才合乎程式。有"新意"是触犯天条的。这样的文章一时间滔滔者天下皆是也。但是,这样的文章印了出来,再当作垃圾卖给收破烂的(我觉得这也是一种"白色垃圾"),除了浪费纸张以外,丝毫无补于学术的进步。我现在立一新义:在大多数情况下,只有到杂志缝里才能找到新意。在大部头的专著中,在字里行间,也能找到新意的,旧日所谓"读书得间",指的就是这种情况。因为,一般说来,杂志上发表的文章往往只谈一个问题、一个新问题,里面是有新意的。你读过以后,受到启发,举一反三,自己也产生了新意,然后写成文章,让别的学人也受到启发,再举一反三。如此往复循环,学术的进步就寓于其中了。

可惜——是我觉得可惜——眼前在国内学术界中,读杂志的风气,颇为不振。不但外国的杂志不读,连中国的杂志也不看。闭门造车,焉得出而合辙?别人的文章不读,别人的观点不知,别人已经发表过的意见不闻不问,只是一味地写开写开。这样怎么能推动学术前进呢?更可怕的是,这个问题几乎没有人提出。有人空喊"同国际学术接轨"。不读外国同行的新杂志和新著作,你能知道"轨"究竟在哪里吗?连"轨"在哪里都不知道,空喊"接轨",不是天大的笑话吗?

简 评

1930年,季羡林先生考入清华大学西洋文学系,接受了那个时代良好的教育。师从吴宓、叶公超学东西方诗比较学、英文、梵文,并选修陈寅恪教授的佛经翻译文学、朱光潜的文艺心理学、俞平伯的唐宋诗词、朱自清的陶渊明诗。还与同学吴组缃、林庚、李长之结为好友,称为"四剑客",一起切磋学问。在其一生漫长的治学历程中,"梵学、佛学、吐火罗文研究并举,中国文学、比较文学、文艺理论研究齐飞",取得了世所罕见的学术成就,在学术界有"高山仰止"之美誉,乃至于才有了"生前曾撰文三辞桂冠（国学大师、学界泰斗、国宝）的美谈。留学国外，季羡林早年就读于德国一所大学，并获得著名教授瓦尔德施米特的博士学位，德国教授在大学里是至高无上的，不肯轻易收博士生，一旦收留，对博士生的论文要求又高又严厉。季羡林在论文写作过程中很是下了一番工夫，待论文写成后，他又经过一年多的努力，完成了一篇很长的绪论，自我感觉良好。当他把绪论交给教授时，不但没有得到夸奖，反而被退了回来，彻底给否定掉了。教授对他说："你的文章（绪论）费劲很大，引书不少。但都是别人的意见，根本没有你自己的创见。看上去面面俱到，实际毫无价值。"在这沉重的打击面前，年轻的季羡林悟出了这样一个道理："没有创见，不要写文章。"从沉痛的教训中总结出的这一真理，成为日后季先生写文章的信条，并坚持了一辈子。阅读理解本文的基础可以上溯到此。写文章没有新意就不要写，这是对青年学子的规劝，也是对当前文坛不正之风的针砭。同理引申，不仅写文章需要创新，人生也需要创新，否则，人生只会黯淡；创新是一种勇于开拓的精神状态和时代的要求，社会愈是发展，新生事物愈是增多，值得去写的东西也就愈多，不沉到下面去，不去接触新事物，写应酬文章，鹦鹉学舌，人云亦云，肯定写不好文章。说起季羡林先生写作上的感悟，根子就在这里。

作者在文章中列举了一个唐代诗人钱起的例子。诗云："善鼓云和瑟，常闻帝子灵。冯夷空自舞，楚客不堪听……"《省试湘灵鼓瑟》是唐代诗人钱起进京参加省试时的试帖诗。全诗既紧扣题旨，又能驰骋想象，天上人间，幻想现实，无形的乐声得到有形的表现。唐以后成为公认的试帖诗的典范。但是，尽管全诗可说是形象地再现了湘灵——娥皇和女英寻夫不遇鼓瑟所弹奏的苦调清音，生动地表现了二妃对爱情生死不渝的忠贞和对驾崩于苍梧的舜帝的哀怨和思慕之情；结尾一联也历代为人所称道："曲终人不见，江上数峰青"。为什么作者说："唐代钱起咏湘灵鼓琴的诗，就曾被朱光潜先生赞美过，而朱先生的赞美又被鲁迅先生讽刺过。"从根本上说还是"到了今天，我们被动写文章的例子并不少见。我们写的废话，说的谎话，吹的大话，这是到处可见的。我觉得，有好多文章是大可以不必写的，有好些书是大可以不必印的。"这里的"废话""谎话""大话"，不用说是毫无新意可言的。作者在说到写文章的新意还曾经说过："这话说得太远了，还是回头来谈'学术良心'或者学术道德。学术涵盖面极大，文、理、工、农、医，都是学术。人类社会不能无学术，无学术，则人类社会就不能前进，人类福利就不能提高；每个人都是想日子越过越好的，学术的作用就在于能帮助人达到这个目的。大家常说，学术是老老实实的东西，不能掺半点假。通过个人努力或者集体努力，老老实实地做学问，得出的结果必然是实事求是的。这样做，就算是有学术良心。剽窃别人的成果，或者为了沽名钓誉创造新学说或新学派而篡改研究真相，伪造研究数据，这是地地道道的学术骗子。"文章真的要写出新意，学术良心、学术道德是不可或缺的，季羡林老人的忠告发人深省，不可不听。

应当说，谈读书论学问，是读书人永远感兴趣的话题，怎样读书做学问是因人而异的，没有一定之规与既定的模式，但人们在实践中总结出的科学方式与方法，尤其是大师们的成功经验与做法，是值得学习与借鉴的。季先生是学术大师，他读了一辈子书，研究了一辈子学问，在许多学术领域都取得了重大成就，仅专著就有100多部。由他谈读书治学论学问，是当之无愧的；他在长期的读书生涯中，摸索、积累与总结出的一些做学问的经验与做法，是值得我们后人学习、汲取与借鉴的。

在一般人眼中，像季羡林这样的大师级学者，写文章可以说篇篇都有着新意与见解，与此同时，他的学问之道也颇见特色，做学问会有一套独特的办法，一定很神圣、很神秘。其实，季先生读书治学的做法也和常人一样，用他自己的话说，使用的是笨办法，是从基础做起的，通常情况下，他"是用比较大张的纸，把材料写上，有时候随便看书，忽然发现有用的材料，往往顺手拿一些手边能拿到的东西，比如通知、请柬、信封、小纸片之类，把材料写上，再分类保存。"他说很多有成就的人都是这样做的：向达先生在做学问时亦是采用这种办法，即"把材料写在香烟盒上"；而陈寅恪先生采用的办法则是，把有关资料用眉批的形式写下来："今天写上一点，明天写上一点，积之既久，资料多到能够写成一篇了，就从眉批移到纸上，就是一篇完整的文章。"他们的这些做法虽各有不同，但有一个共同点，就是既动脑又动手，扎扎实实从一点一滴做起，认真积累资料，在吃透材料的基础上，深入研究问题，再科学运用材料，这样写出的文章，道人所未道，发人所未发，才有见地，有说服力，更有价值，方可说是有新意。

著名学者饶宗颐先生评价季羡林先生抓住了关键点：他具有褒衣博带从容不迫的齐鲁风格和涵盖气象，从来不矜奇、不炫博，脚踏实地，做起学问来，一定要"竭泽而渔"，这四个字正是表现他上下求索的精神，如果用来作为度人的金针，亦是再好没有的。张中行先生也说季羡林以一身而具有三种难能："一是学问精深，二是为人朴厚，三是有深情。三种难能之中，我以为，最难能的还是朴厚，因为，在我见过的诸多知名学者（包括已作古的）中，像他这样的就难于找到第二位。"作者在文中说的是写文章，文品即人品，实际上也说到了做人，归根究底是在文中，为我们树起了读其文、学其人的标杆。

银

杏

◇ 郭沫若

银杏，我思念你，我不知道你为什么又叫公孙树。但一般人叫你是白果，那是容易了解的。

我知道，你的特征并不专在乎你有这和杏相仿佛的果实，核皮是纯白如银，核仁是富于营养——这不用说已经就足以为你的特征了。

但一般人并不知道你是有花植物中最古的先进，你的花粉和胚珠具有着动物般的性态，你是完全由人力保存了下来的奇珍。

自然界中已经是不能有你的存在了，但你依然挺立着，在太空中高唱着人间胜利的凯歌。

你这东方的圣者，你这中国人文的有生命的纪念塔，你是只有中国才有呀，一般人似乎也并不

本文选自《郭沫若散文选集》（百花文艺出版社，2004 年版）。郭沫若（1892—1978），原名郭开贞，笔名郭鼎堂、麦克昂等，四川乐山人。作家、诗人、剧作家、历史学家、古文字学家、社会活动家。1914 年初到日本九州帝国大学学医。抗日战争时期，积极参加抗日救亡运动。新中国成立后，担任中国科学院院长等要职。1978

年 6 月 12 日在北京逝世，终年 86 岁。曾主编《中国史稿》《甲骨文合集》等，全部作品编成《郭沫若全集》，共 38 卷。

知道。

我到过日本，日本也有你，但你分明是日本的华侨，你侨居在日本大约已有中国的文化侨居在日本的那样久远了吧。

你是真应该称为中国的国树的呀，我是喜欢你，我特别的喜欢你。

但也并不是因为你是中国的特产，我才特别的喜欢，是因为你美，你真，你善。

你的株干是多么的端直，你的枝条是多么的蓬勃，你那折扇形的叶片是多么的青翠，多么的莹洁，多么的精巧呀！

在暑天你为多少的庙宇戴上了巍峨的云冠，你也为多少的劳苦人撑出了清凉的华盖。

梧桐虽有你的端直而没有你的坚牢；

白杨虽有你的葱茏而没有你的庄重。

熏风会媚妩你，群鸟时来为你欢歌；上帝百神——假如是有上帝百神，我相信每当皓月流空，他们会在你脚下来聚会。

秋天到来，蝴蝶已经死了的时候，你的碧叶要翻成金黄，而且又会飞出满园的蝴蝶。

你不是一位巧妙的魔术师吗？但你丝毫也没有令人掩鼻的那种江湖气息。

当你那解脱了一切，你那槎枒的枝干挺撑在太空中的时候，你对于寒风霜雪毫不避易。

那是多么的嶙峋而又洒脱呀，恐怕自有佛法以来再也不曾产生过像你这样的高僧。

你没有丝毫依阿取容的姿态，但你也并不荒伧；你的美德像音乐一样洋溢八荒，但你也并不骄傲；你的名讳似乎就是"超然"，你超在乎一切的草木之上，你超在乎一切之上，但你并不隐遁。

　　你的果实不是可以滋养人，你的木质不是坚实的器材，就是你的落叶不也是绝好的引火的燃料吗？

　　可是我真有点奇怪了：奇怪的是中国人似乎大都忘记了你，而且忘记得很久远，似乎是从古以来。

　　我在中国的经典中找不出你的名字，我很少看到中国的诗人咏赞你的诗，也很少看到中国的画家描写你的画。

　　这究竟是怎么一回事呀，你是随中国文化以俱来的亘古的证人，你不也是以为奇怪吗？

　　银杏，中国人是忘记了你呀，大家虽然都在吃你的白果，都喜欢吃你的白果。但的确是忘记了你呀。

　　世间上也尽有不辨菽麦的人，但把你忘记得这样普遍，这样久远的例子，从来也不曾有过。

　　真的啦，陪都不是首善之区吗？但我就很少看见你的影子；为什么遍街都是洋槐，满园都是幽加里树呢？

　　我是怎样的思念你呀，银杏！我可希望你不要把中国忘记吧。

　　这事情是有点危险的，我怕你一不高兴，会从中国的地面上隐遁下去。

　　在中国的领空中会永远听不着你赞美生命的欢歌。

银杏，我真希望呀，希望中国人单为能更多吃你的白果，总有能更加爱慕你的一天。

简评

郭沫若先生在学生时代的某一天，与要好的同学灯前把盏，促膝谈心，对酒当歌，醉后写了一首诗："屈指韶华二十年，茫茫心绪总如烟。故人相对无长物，一弹剑铗一呼天。"强烈地表达了作者对同学的真挚情感和不甘于无所作为的鸿鹄大志。负笈东瀛之后，即与成仿吾、郁达夫、田汉等一批志趣相投的青年学生组织了"创造社"。在创造社诸作家中，表现突出的首推郭沫若，无论在理论上，还是在创作上，都达到了无可取代的高度。尤其是他呐喊呼号的新诗歌，表现出一种难能的大气磅礴，震撼了"风雨如磐"的故国。1921年郭沫若的诗集《女神》横空出世。《女神》是中国新诗的奠基之作，也是中国现代文学史上里程碑式的作品，书中洋溢着强烈的浪漫主义气息。郭沫若也因而成为中国新诗的重要奠基人之一。

因抗日战争时期写作背景的影响，《银杏》这篇散文和他过去的作品风格大不一样：过去他总是写得激情澎湃，此时的国统区重庆，情况复杂，如果文章的表达太显山露水，不但不能发表，而且作者还会有生命危险。因此，作者只好收敛起自己浪漫、豪放的性格，采用鲁迅先生常用的笔法、笔调来写。那时正是持久战的关键相持阶段，比较艰苦，国民党中有些人一直存在着投降日本的倾向，郭沫若作为一个进步民主人士，必须表达坚决抗日的决心，故写此文。郭沫若有感于国统区的一些人对国难的麻木，对民族仇恨的淡忘，因而寄言于银杏。从这一篇具有历史背景的文章中，我们读出了不一样的感受，作者把银杏上升到了这样的高度：银杏——中华民族的象征。

《银杏》中首先值得我们学习的是作者天才的想象力。银杏被喻为"东方的圣者"，植根于历史悠久的中华文化传统，顺着这条线索，热情地赞颂银杏的真、善、美，作者笔下流淌的是一股真诚、自豪的情感，同时，含蓄地抨击了当局消极分裂的反动政策。说银杏，"你没有丝毫依阿取容的姿态，但你也并不荒伧；你的美德像音乐一样洋溢八荒，但你也并不骄傲；你的名讳似乎就是'超然'，你超在乎一切的草木之上，你超在乎一切之上，但你并不隐遁。"实际上明显地是在写人。

运用衬托的方法渲染情境，形象生动，是我们要注意的又一方面。例如作者写熏风的吹拂，群鸟的欢歌，既给银杏的"庄重"增添情韵，又似乎在赞颂银杏的高风亮节。写"皓月流空"之夜，树影婆娑，想象有上帝百神来到银杏的脚下"聚会"，借幻想的神仙境界，衬现出了银杏的高洁。作者描写的百卉凋残的秋天，"蝴蝶已经死了"，银杏的叶子也不免枯落。但银杏借助秋风，将碧叶"翻成金黄""飞出满园的蝴蝶"，随风蹁跹起舞，给肃杀的秋天留下一种诗的情趣。它是给大自然的画幅描绘了艺术的真实，从幻化的景象反衬出了银杏的"美"和"真"。

文章仅1100余字，有浓郁的诗情画意，有整齐的句式，有叙述、描写、议论的不断转换，读起来层次分明，跌宕起伏，感染力强。赞美银杏，说它古老、美、真、善；蓬勃、端直、挺立、坚牢、庄重、嶙峋、洒脱……这不正象征着中国人的正直、坚强与不屈的品格吗？抵御外侮的关键时刻我们需要的正是这样的精神。可是，银杏正一点点在人们的记忆与思想中逝去；这样表达的是中国人的正直、坚强等几千年流传下来的美德，正随之隐遁、消亡。"遍街的洋槐""满院的幽加里树""日本的华侨"是指那些盲目追随洋人、崇拜日本、作了汉奸走狗的人。他们忘本，正如忘记美丽而古老的银杏，而崇尚洋槐一样。"大家虽然都在吃你的白果，都喜欢吃你的白果，但的确是忘记了你呀"讽刺了那些汉奸，那些作为中国人,受过祖国的哺育与滋润,却忘记了自己是炎黄子孙——鲜明的对比,虚实相生,寓意深刻。

那时候的郭沫若才华横溢,气势过人,他喊出了当时全民族的声音,挺起了受欺凌民族的无畏的脊梁。更为可贵的是,又用大篇幅描绘了理想中的银杏树:"自然界中已经是不能有你的存在了",我们的领土在日本侵略者的铁蹄下呻吟!中华民族正在最危险的时刻,像银杏树一样。"但你依然挺立着",绝不屈服,"高唱凯歌",不断传来胜利的消息;中华民族是"东方的圣者",是最有智慧的,"株杆……端直",虽暂处弱势,但仍非常庄重;"蝴蝶""魔术师",在"寒风霜雪"中,绝不低头,傲然挺立。这第四纪冰川运动所遗留下来的最古老的裸子植物,象征着中华民族的古老历史、灿烂文化和前赴后继的民族精神。最后实写一笔:"银杏,我真希望呀,希望中国人单为能更多吃你的白果,总有能更加爱慕你的一天。"意味深长!

写作《银杏》时的郭沫若豪情满怀,值得读者怀念。

谈

生命

◇冰心

我不敢说生命是什么，我只能说生命像什么。

生命像东流的一江春水，他从最高处发源，冰雪是他的前身。他聚集起许多细流，合成一股有力的洪涛，向下奔注，他曲折地穿过了悬崖峭壁，冲倒了层沙积土，挟卷着滚滚的沙石，快乐勇敢地流走，一路上他享受着他所遭遇的一切；有时候他遇到巉岩前阻，他愤激的奔腾了起来，怒吼着，回旋着，前波后浪地起伏催逼，直到他过了，冲倒了这危崖，他才心平气和地一泻千里；有时候他经过了细细的平沙，斜阳芳草里，看见了夹岸红艳的桃花，他快乐而又羞怯，静静地流着，低低地吟唱着，轻轻地度过这一段浪漫的行程；有时候他遇到暴风雨，这激电，这迅雷，

本文选自《中华百年百篇经典散文》（作家出版社2004年版）。冰心（1900—1999），原名谢婉莹，福建长乐人。现代诗人、作家、翻译家、儿童文学作家、社会活动家、散文家。笔名"冰心"取自唐代诗人王昌龄诗句"一片冰心在玉壶"。代表作有诗集《繁星·春水》《闲情》，小说《去国》《冬儿姑娘》《超人》，散文《往事》《南

《归》，等等。1999 年 2 月 28 日 21 时 12 分冰心在北京逝世，享年 99 岁，被称为"世纪老人"。

使他心魂惊骇，疾风吹卷起他，大雨击打着他，他暂时浑浊了，扰乱了，而雨过天晴，又加给他许多新生的力量；有时候他遇到了晚霞和新月，向他照耀，向他投影，清冷中带些幽幽的温暖：他只想憩息，只想睡眠，而那股前进的力量，仍催逼着他向前走……

终于有一天，他远远地望见了大海，啊！他已到了行程的终结，这大海，使他屏息，使他低头，她多么辽阔，多么伟大！多么光明，又多么黑暗！大海庄严地伸出臂儿来接引他，他一声不响的流入她的怀里。他消融了，归化了，说不上快乐，也没有悲哀！也许有一天，他再从海上蓬蓬的雨点中升起，飞向西来，再形成一道江流，再冲倒两旁的石壁，再来寻夹岸的桃花。然而我不敢说来生，也不敢信来生！生命像一棵小树，他从地底聚集起许多生力，在冰雪下延伸，在早春润湿的泥土中，勇敢快乐地破壳出来。他也许长在平原上，岩石上，城墙上，只要他抬头看见了天，啊！看见了天！他便伸出嫩叶来吸收空气，承受日光，在雨中吟唱，在风中跳舞。他也许受着大树的荫遮，也许受着大树的覆压，而他青春生长的力量，终使他穿枝拂叶地挣脱了出来，在烈日下挺立抬头！

他遇着骄奢的春天，他也许开出满树的繁花，蜂蝶围绕着他飘翔喧闹，小鸟在他枝头欣赏唱歌，他会听见黄莺清吟，杜鹃啼血，也许还听见枭鸟的怪鸣。他长到最茂盛的中年，他伸展出他如盖的浓荫，来荫庇树下的幽花芳草，他结出累累的果实，来呈现大地

022

无尽的甜美与芳馨。秋风起了,将他的叶子由浓绿吹到绯红,秋阳下他再有一番的庄严灿烂,不是开花的骄傲,也不是结果的快乐,而是成功后的宁静和怡悦!

终于有一天,冬天的朔风,把他的黄叶干枝,卷落吹抖,他无力地在空中旋舞,在根下呻吟,大地庄严地伸出臂儿来接引他,他一声不响地落在她的怀里。他消融了,归化了,他说不上快乐,也没有悲哀!也许有一天,他再从地下的果仁中破裂了出来。又长成一棵小树,再穿过丛莽的严遮,再来听黄莺的歌唱,然而我不敢说来生,也不敢信来生。宇宙是一个大生命,我们是宇宙大气中之一息。江流入海,叶落归根,我们是大生命中之一叶,大生命中之一滴。在宇宙的大生命中,我们是多么卑微,多么渺小,而一滴一叶的活动生长合成了整个宇宙的进化运行。

要记住:不是每一道江流都能入海,不流动的便成了死湖;不是每一粒种子都能成树,不生长的便成了空壳!生命中不是永远快乐,也不是永远痛苦,快乐和痛苦是相生相成的。等于水道要经过不同的两岸,树木要经过常变的四时。在快乐中我们要感谢生命,在痛苦中我们也要感谢生命。快乐固然兴奋,苦痛又何尚不美丽?

简评

本文《谈生命》最初发表于1947年的《京沪周刊》上。当时,《京沪周刊》是一份小而冷僻的综合性刊物。发表时作者时值中年。发表后便遗落50多年,直至1999年才重新被有识者找出来,如同发现了一颗隔世重见天日的瑰丽明珠。冰心散文创作有两个高峰期,一是早年,一是晚年,中年散文业绩平平。但是,本文却独放异彩。它用语不似早年那样清丽淡雅,富有书卷气,但平和的文字中间蕴藉着一种浩瀚宏大的思想感情,可以说风格变得更加厚重深沉了,倒更像是老年人的文笔和风格。冰心老人最后在世纪末平静地幸福地"消融了,归化了",她的魂魄归于大地和海洋,归于书籍和读者,"说不上快乐,也没有悲哀",她早有所料,读《谈生命》,可以看出中年时的冰心就已悟出这一玄妙之道。

冰心女士与世纪同龄的生命是坚定的、正直的,是完全融合在她的多姿多彩的创作之中的。在这篇用诗一般的语言写成的《谈生命》中,冰心先生独特的感受是:"生命中不是永远快乐,也不是永远痛苦,快乐和痛苦是相生相成的。等于水道要经过不同的两岸,树木要经过常变的四时。在快乐中我们要感谢生命,在痛苦中我们也要感谢生命。"冰心女士在她漫长的生命中有快乐,也有痛苦,更有大痛苦,她与读者同快乐,也与读者同痛苦,七十余年如一日,从而成就了她的璀璨瑰丽的生命。她虽然未能迎接新世纪的到来,但她的生命与20世纪中国新文学同在,与一代又一代的千万读者同在,在一代又一代的读者心中冰心是个好人,与中国知识分子的良心同在,在读者的心中,冰心先生是20世纪文坛上的重要作家。

芸芸众生不计其数的人都在试图回答这样一个问题:生命是什么?这是既简单又复杂的问题。尽管答案五彩缤纷、言人人殊,人人都可以根据自己生活的经历和感受回答这个问题,可是有谁像追求生活与梦想、极具生活情趣的冰心回答得这样深刻,这样富有启发性?冰心在文中没有直接回答生命是什么,而是将生命喻为江水,喻为树木,用自然界的现象来比拟人生命的普遍规律和一般表现形式。我们从中看到的是一幅幅生动的画面,一个个优美的形象,同时又感悟出生命的真谛及作者对生命的态度。

"冰心散文的即兴抒写,至情流露,有其相应的表现形式。她深谙'因情立体,即体成势'的规律,顺应情思涌溢而设体蓄势,谋篇布局,首先在体势气脉上追求意到笔随,生气贯通。她的感兴,或由回忆沉思引发，或由即景观物触动，都是有来由，可捉摸，有形有色有声息有血肉的。"（汪文顶《冰心散文的审美价值》）本文以"一江春水"和"一棵小树"为例，揭示生命由生长到壮大再到衰弱的一般过程和普遍规律，以及生命中的苦痛与幸福的相伴相生的共同法则，表达了生命不息奋斗不止的意志和豁达乐观的精神。

"谈生命"是一个寻常话题，一般的作者很难写出夺人耳目的文字。但是，本文作者推陈出新，开篇即生波澜：作者不说"生命是什么"，而说"生命像什么"。"是什么"，是下定义。"像什么"是文学性的表述，决定了全文形象性、审美性和隐喻性的特点。接下来描写"一江春水"的全部生命历程。"一江春水"亦即人的生命里程的丰富多彩。"他聚集起许多细流……一泻千里"，这些句子非常连贯顺畅，有气势，有力度。再往下描写"一棵小树"的全部生命历程。与前一层有所不同的是，从"破壳出来"，到"长到最茂盛的中年"，再到"他消融了，归化了"，这几个连续的阶段，勾画着或喻示着人的生命历程；但在情调、寓意上与上一层是一致的。最后总结全文，点明、深化主题。揭示生命的本质，点明快乐和痛苦是生命之歌的基本旋律。作者在这里提炼出生命的哲理，并表明自己的人生观、人生态度，以及对社会、对宇宙自然的深刻感悟。全文具有高亢、激昂、达观的情调，而这种情调在结尾部分更加显著。

《谈生命》是一篇富有深刻哲理的散文，品读这篇散文，如同饮一杯作家用自己的人生经验酿成的琼浆，作者把抽象的"生命"理念化为具体的物象，描绘出一幅幅生命的图画，让我们从这些可视可感的画面中去领悟，认识生命的真谛。本文说理的深刻与作者的人生感悟是分不开的，正是凭着对生活的激情，对生命的思考，作者从一个独特的视角，用两个新颖的比喻，揭示出生命的真谛，真可谓"喻巧而理至"，这两个恰到好处的比喻，能于极小中独见其大，把一个既简单又复杂的问题阐释得深入浅出、形象生动。"一江春水"东流入海本是自然现象，"一棵小树"的生长从植物学的角度看也很普通，但由于烙上作者的感情的印记，不断流动的"春水"，不断生长的"小树"就获得了生命，给人一种积极向上、不断进取的活力。文章用优美的语句描绘出的不仅仅是一幅幅立体感很强的画面，更像是一首首生命的赞歌。

忍

着 不 死

◇ 刘墉

亚美尼亚大地震，在首府埃里温，一对埋在屋瓦砾堆下长达八天之久的母女，奇迹般地被救出了。那年仅三岁的幼子，所以能熬过既无食物，又无饮水，而且阴湿寒冷的八天，全是因为躲在母亲的怀抱中，而且——她的母亲刺破手指，让孩子吸吮自己的血液，汲取养分，以维持不死。

读到这段新闻，我的眼眶潮湿了！一对母女紧抱的画面，在我脑海浮现。那闭着眼，孱弱的，不断吸吮着母亲沁着鲜血手指的孩子，和以她全部的生命、盼望、温暖，护卫幼儿的伟大的母亲。

这使我想起多年前读到的一则报道：

考古学家，在被火山岩浆掩埋的庞贝古城，找到

本文选自刘墉《掬起每一滴感动》（长江文艺出版社，2004年版）。刘墉（1949—），生于台北，祖籍浙江临安，美籍华人，畅销书作家、画家。代表作有《萤窗小语》《点一盏心灯》《刘墉画集》《超越自己》《我不是教你诈》等。

那似乎中空的岩层，凿出一个孔，灌进石膏，等凝结之后挖出来，竟呈现一个母亲紧紧俯身在幼儿身上的石膏像。

于是那一千九百年前，降临了灾难的庞贝，也便在我眼前出现，瞬息掩至的滚滚熔岩，吞噬了不及逃跑的人们。一个母亲眼看无路可走，屈身下来，以自己的背、自己的头，与紧紧环着幼子的四肢，抗拒明知无法抗拒的火一般的岩浆。

于是母子都凝固了，凝固在火成岩之间。

那石膏像是什么？是凝固的、伟大的、永恒的母爱，让千百年后的人们，凭吊哀伤……

上帝创造的最伟大的东西，不是万物，不是宇宙，而是爱！我十分不合逻辑，甚至执著地认为，上帝在创造一切之前，先创造了爱，而那爱中最崇高的则是——母爱。

何止人类有母爱啊！？ 每一种生物，都有着母爱！

有一次读自然历史杂志，看到成千上万的企鹅，面朝着同一个方向立着。我实在不懂，是什么原因，使它们能如此整齐地朝同一个方向。直到细细观察，才发现每一只大企鹅的前面，都有着一团毛茸茸的小东西。

原来它们是一群伟大的母亲，守着面前的孩子，因为自己的腹部太圆，无法俯身在小企鹅之上，便只好以自己的身体，遮挡刺骨的寒风。

多么伟大的、壮丽的母亲之群像啊！

又有一回在书上看到一种绿色的母蜘蛛，守卫着成百只小蜘蛛。书上说，那母亲先织一张大床，在上面产卵，等待着孵化，再悉心地喂养。

然后，那些小小的蜘蛛，就拉起一根根的长丝，荡在风中，纷纷飘走了。

我合上书。想，那蜘蛛妈妈，是不是也有着一种幽幽的感伤呢？

抑或，"生"，这生命给予的本身，就是母亲的回报？只要看到从自己身上，繁衍出下一代，便已获得满足？

我永远都不会忘记，当我等待幼女出生时，在纽约西奈山医院见过的画面。

那里不像祖国，将初生的幼儿，立刻推进婴儿房，而是刚剪完脐带，就交到产妇的手上，叫母亲贴胸搂着好几个钟头。

当那些产妇在狂呼猛喊、尖叫挣扎，终于把孩子生下之后，原以为会精疲力竭地被送出来。岂知，当她们搂着婴儿，被推过我眼前时，那面孔虽然少了血色，却泛着一种特殊的光辉。

那真是光辉！一种温馨而崇高的光辉，从她们依然留着泪痕的脸上，实实在在放射出来。那是以自己的半条命换来的小生命啊！看她们紧紧地搂着幼儿，虽不是女人，我却能探知她们内心的感动。

孩子，是母亲生命的延续，也就是母亲的命！让我说出一个深藏已久，却不愿说，甚至不愿去回想的故事吧：

忍着不死

一位从越南归来的美国战地记者，在剪接室遇到我，将我一把拉了过去，并神神秘秘地掏出一卷影片，放给我看。

那是一群人奔逃的画面，远处突然传来机枪扫射的声音，小小的人影，就一一倒下了。

"你叫我看这个？表示你冒着生命危险，拍到杀人的画面？"我问。

他没有说话，把片子摇回去，又放了一遍，并指着其中的一个人影：

"你看！大家都是同时倒下去的，只有这一个，倒得特别慢，而且不是向前扑倒，而是慢慢地蹲下去……"

我不懂，看他。他居然抽搐了起来：

"……我走近看，发现那是一个抱着孩子的年轻妈妈，她在中枪要死之前，居然还怕摔伤了幼子，而慢慢地蹲下去。她是忍着不死啊！"

"忍着不死！"

每次我想到这四个字，和那个慢慢倒下的小人影，都止不住流泪……

简评

刘墉先生是知名的美籍华人作家、画家，他的处世散文和励志散文深受海内外华人的喜爱，甚为畅销，曾多年夺得台湾省畅销书作家之冠。他的作品在中国大陆销售超过千万册。在大量的畅销书作品中，《忍着不死》对人性、母爱的赞颂，不啻是一曲母爱的颂歌，在千千万万的读者心中低回，如泣如诉！《忍着不死》散文中讲了三个母亲的故事，是母亲的伟大将母爱的伟大推向了人类情感的巅峰。既然伟大的母爱，可以使人忍着不死；既然伟大的母爱，创造了人间奇迹，那么文中的母爱是超越一切时空的！所有的人面对着如此伟大的母爱，都只有发自内心的痛！因为，面对这样的母亲所创造出的惊天地、泣鬼神的母爱,无须我们廉价的赞美,世上任何赞美的语言都给人以多余的感觉。

就对生命的感悟来说,好一个撼人心魄的"忍着不死"!真是难以想象啊!那无情的瓦砾中的母亲"忍着不死",用自己的鲜血滋润着三岁女儿幼小的生命,那一滴滴鲜红的血犹如母爱之花在盛开;那没有一丝生的希望的熊熊岩浆下的母亲"忍着不死",明知道自己的血肉之躯面对着熊熊的岩浆完全无济于事,却依然以血肉之躯护卫着怀中的幼子,这是一种习惯,一种母爱的习惯;还有那位以世所罕见的毅力不肯马上扑倒而死的年轻准妈妈,硬撑着"忍着不死",要忍受多么大的痛苦,我们不可能知道此刻她心里在想些什么,我们相信这位年轻的妈妈"泰山压顶不弯腰"的气势"忍着不死",是母亲的神圣职责在支撑着她!读到这一段文章的时候,每一个母亲的儿子都会在这样的置自己生命于不顾的母亲面前深深地被打动了。此时的眼泪,是因为我们来到这个世界上,就沐浴在母亲的爱河之中,是幸福的眼泪。这对于人的一生来说是何等的宝贵。我们的泪水是有感于母爱的恩重如山,以至做儿女的常常感到,即使用自己的一生也无以报答母爱于万一。所以才有了"反哺之恩""跪乳之情"。文中那靠母亲鲜血得以生还的女孩,应该说,她得到了人类精神世界的一笔无法估量的巨大财富;那两个安息于母亲怀抱的幼子,他们的灵魂该是永远的安详和幸福,即使在无法抗拒的灾难中陪着母亲一同步入天堂之门,同样是死而无憾。这样的故事一定会跨越时空,永远活着,永远美丽。有感于母亲的伟大,它是人类情感世界中的一个奇迹,一种永恒。上帝在创造万物之前,先创造了爱!爱可以使人忍着不死!

母亲是人类情感世界中的一个奇迹,母亲是一尊永恒的美神。正是因为有了母亲,人类方能充满爱,才有了爱——这个世界永恒的主题。相信任何一位享受过母爱恩泽的人都会对这样的母亲肃然起敬。相信每一个母亲的孩子,抑或是有了孩子的母亲(当然也有父亲),读完本文你一定会泪眼婆娑。流泪，是因为我们与生俱来就被笼罩在母亲的大爱之中，有人说，爱情可以枯萎，生命可以一波三折，而"母爱却永无衰竭之虑"。笔者曾听来一个"忍着不死的父亲"的故事：父亲一直很乐观包括面对不可避免的死亡。直到有一天病重躺在医院病床上的时候，却一反常态地长吁短叹，身边的亲朋好友都很纳闷，毕竟大限将至。只有母亲知道真正的原因，父亲跟母亲说过：自己病的真不是时候，天气这么冷，寒冬腊月，要是自己死了，孩子们守灵可就要挨冻了。结果硬是咬着牙挺过来了，出乎意料地比医生预计的多活了两个多月，那已经是春暖花开的时候了。人类的大爱，父母之爱，可谓之："与日月经天，与江河行地！"以至做儿女的常常感到，即使穷其一生也无以为报。

作者说："何止人类有母爱啊！？ 每一种生物，都有着母爱！"《忍着不死》中还值得一提的是，除了三个伟大的人类母亲之外，作者还穿插地介绍了企鹅和蜘蛛的故事，这也绝非闲笔。企鹅妈妈和蜘蛛妈妈的母爱同样是温馨而伟大的。读者一定会深切地感到，岂止是人类有母爱，每一种生物都有母爱，人与人、人与万物之间要和谐相处，更不要忽略那不应该忽略的爱，这个世界才能和谐。作者要告诉我们的是母爱是存在于天地万物的。

我的五样

◇毕淑敏

老师出了题目——写下"你生命中最宝贵的五样东西",我拿着笔,面对一张白纸,周围一下静寂无声。万物好似压缩成超市货架上的物品,平铺直叙摆在那里,等待你的手挑选。货筐是那样小而致密,世上的林林总总,只有五样可以塞入。

也许是当过医生的缘故,在片刻的斟酌之后,我本能地挥笔写下:空气、水、太阳……

这当然是不错的。你不可能设想在一个没有空气和水的星球上,滋长出如此斑斓多彩的生命。但我很快发现自己陷入了困境——如果继续按照医学的逻辑推下去,马上就该写下心脏和气管,它们对于生命之泵也是绝不可缺的零件。结果呢,我的小筐

本文选自《我的五样》(中国青年出版社,2005年版)。毕淑敏(1952—),生于新疆伊宁,祖籍山东文登。代表作有长篇小说《红处方》《血玲珑》等,中短篇小说集《女人之约》等,散文集《婚姻鞋》等。现为中国海洋大学驻校作家、客座教授。

子立马就装满了,五项指标支出一净。想想那答案的雏形将是:我生命中最宝贵的东西——空气、水、阳光、气管、心脏……哈!充满了严谨的科学意味,飘着药品的味道。

可这样写下去,毛病大啦。测验的功能,是辅导我们分辨出什么是自己生命中最重要的因子,以致当我们面临人生的选择和丧失时,会比较地镇定从容,妥帖地排出轻重缓急。而我的答案,抽象粗放大而化之,缺乏甄别和实用性。

于是我决定在水、空气、阳光三种生命要素之后,写下对我个人更为独特和生死攸关的症结。

第四样,我写下了——鲜花。

真有些不好意思啊。挂着露滴的鲜花,是那样娇弱纤巧,我似乎和庄严的题目开了一个玩笑。但我真是如此地挚爱它们,觉得它们不可或缺。绚烂的有刺的鲜花,象征着生活的美好和短暂的艰难,我愿有一束美丽的玫瑰,陪伴我到天涯。

写下鲜花之后,仅剩一个挑选的余地了,刹那间,无数声音充斥耳鼓,申述着自己的不可替代性,想在最后一分钟,挤进我的小筐。

我偷着觑了一眼同学们的答案,不禁有些惶然。

有的人写的是:“父母”。我顿时感到自己的不孝,是啊,对于我的生命来说,父母难道不是极为宝贵的因素吗?且不说没有他们哪来的我,就是一想到他们可能先我而去,等待我们的是生离死别,永无相见,心就极快地冰冷成坨。

有的人写的是"孩子"。一看之下，我忐忑不安，甚至觉得自己负罪在身。那个幼小的生命，与我血脉相承，我怎能在关键的时刻，将他遗漏？

　　有的人写的是"爱人"。我便更惭愧了。说真的，在刚才的抉择过程中，几乎将他忘了。或许因为潜意识里，认为在未曾识得他之前，我的生命就已经存在许久。我们也曾有约，无论谁先走，剩下的那人都要一如既往地好好活着。既然当初不是同月同日生，将来也难得同月同日死，彼此已商定不是生命的必需，排名在外，也有几分理由吧？

　　正不知将手中的孤球，抛向何处，老师一句话救了我。她说，这生命中最宝贵的东西，不必从逻辑上思索推敲是否成立，只需是你情感上的真爱即可。

　　凝神再想。

　　略一顿挫之后，拟写"电脑"。因为基本上已不用笔写作，电脑便成了我密不可分的工作伴侣。落笔之际我发觉，电脑在此处，并不只是单纯的工具，当是一种象征，代表我挚爱的劳动和神圣的职责。很快联想到电脑所受制约较多，比如停电或是病毒入侵，都会让我无所依傍。惟有朴素的笔，虽原始简陋，却可朝夕相伴风雨兼程。

　　于是在洁白的纸上，留下了我生命中最宝贵的五样东西——水、阳光、空气、鲜花和笔（未按笔画为序，排名不分先后）。

　　同学们嘻嘻笑着，彼此交换答案。一看之后，却都不做声了。我吃惊的发现，每个人留在纸上的物件,万千气象,决不雷同,有的简直让人瞠目结舌。比如某男士的"足球",某女士的"巧克力",在我就大不以为然。但老师再三提示,不要以自己的观点去衡量他人,于是不露声色。

接下来,老师说,好吧,每个人在你写下的五样当中,划去相对不那么重要的一样,只剩下四样。

权衡之后,我在五样中的"鲜花"一栏旁边,打了个小小的"×"字,表示在无奈的选择当中,将最先放弃清丽绝伦的花朵。

老师走过来看到了,说,不能只是在一旁做个小记号,放弃就意味着彻底的割舍。你必得要用笔把它全部删除。

依法办了,将笔尖重重刺下。当鲜花被墨笔腰斩的那一刻,顿觉四周惨失颜色,犹如本世纪初叶的黑白默片。我拢拢头发咬咬牙,对自己说,与剩下的四样相比,带有奢侈和浪漫情调的鲜花,在重要性上毕竟逊了一筹,舍就舍了吧。虽然花香不再,所幸生命大致完整。

请将剩下的四样当中,再划去一样,仅剩三样。老师的声音很平和,却带有一种不容商榷的断然压力。

我面对自己的纸,犯了难。阳光、水、空气和笔……删掉哪一样是好? 思忖片刻,我提笔把"水"划去了。从医学知识上讲,没有了空气,人只能苟延残喘几分钟,没有了水,在若干小时尚可坚持。两害相权取其轻吧。

也许女人真是水做的骨肉,"水"一被勾销,立觉喉咙苦涩,舌头肿痛,心也随之焦枯成灰,人好似成了金字塔里风干的长老。

我已经约略猜到了老师的程序,便有隐隐的痛楚弥漫开来。不断丧失的恐惧,化做乌云大兵压境。痛苦的抉择似一条苦难巷道,弯弯曲曲伸向远方。

果然,老师说,继续划去一项,只剩两样。

这时教室内变得很寂静,好似荒凉墓冢。每个人都在冥思苦想举棋不定。我已顾不得探查他人的答案,面对着自己人生的白纸,愁肠百结。

笔、阳光、空气……何去何从?

闭起眼睛一跺脚,我把"空气"划去了。

刹那间好像有一双阴冷的鹰爪,丝丝入扣地扼住我的咽喉,顿觉手指发麻眼冒金星,心擂如鼓气息摒窒……

我曾在海拔五千多米的冰山上攀援绝壁,被缺氧的滋味吓破了胆。隔绝了空气,生命便飘然而逝,成为一种哲学意义上的讨论。

好了,现在再划去一样,只剩下最后一样。老师的音调很温和,但执著坚定充满决绝。对已是万般无奈之中的我们,此语不啻惊雷。

教室内已经有轻轻的哭泣声。人啊,面临丧失,多么软弱苦楚。即使只是一种模拟,已使人肝肠寸断。

笔和阳光。它们在纸上誓不两立地注视着我,陷我于深深的两难。

留下阳光吧——心灵深处在反复呼唤。妩媚温暖明亮洁净,天地一片光明。玫瑰花会重新开放,空气和水将濡养而出,百禽鸣唱,欢歌笑语。曾经失去的一切,都会在不知不觉中悄然归来。纵使除了阳光什么也没有,也可以在沙滩上直直地晒太阳哇。

想到这里,心的每一个犄角,都金光灿烂起来。

只是,我在哪里?在干什么?我扬起头来问天。

我看到自己孤独的身影,在海边寂寞的拉长缩短,百无聊赖,看日出日落,听潮涨潮消。

那生命的存在,于我还有怎样的意义?!

自问至此,水落石出。我慢而稳定地拿起笔,将纸上的"太阳"划掉了。

偌大一张纸,在反复勾勒的斑驳墨迹中,只残存下来一个字——"笔"。

这种充满痛苦和抉择的测验,像一个逐渐缩窄的闸孔,将激越的水流凝聚成最后的能量,冲刷着我们的纷繁的取向。当那通道变得一夫当关,万夫莫开之时,生命的重中之重,就简洁而挺拔地凸现了。

感谢这一过程,让我清晰地得知什么是我生命中的真爱——就是我手中的这支笔啊。它噗噗跳动着,击打着我的掌心,犹如我的另一颗心脏,推动我的四肢百骸。

我安静下来,突然发现周围此时也很安静。人们在清醒地选择之后,明白了自己意志的支点,便像婴儿一般,单纯而明朗了。

我细心收起自己的那张白纸，一如收起一张既定的船票。知道了航向和终点，剩下的就是帆起桨落战胜风暴的努力了。

简评

著名作家毕淑敏女士真正取得全国性声誉的作品是她的中篇小说《预约死亡》，这篇小说被誉为是"新体验小说"的代表作，它以作者在临终关怀医院的亲历为素材，对面对死亡的当事者及其身边人的内心世界进行了深入地探索，十分精彩。散文《我的五样》也是作者内心丰富情感世界的袒露，看起来是一次平常的实验性的心理活动的描写，但是，写的却是基于激烈心理活动基础上的有关人生的抉择。本文所记叙的是一种比较流行的心理游戏。游戏很简单，让人在纸上写出自己觉得生命中最重要的几种东西。很多人很轻松地就写出了"父母、孩子、事业、老婆、健康、金钱……"等等之类。接下来，却要你逐一划掉其中的某一项，只保留到四项，三项，二项，直至最后一项。开始，人们还比较容易地划去了"事业""金钱"之类，但接着划下去就十分为难了。参加游戏的人都感觉非常痛苦，虽然知道这是游戏，却面临着残忍的抉择。因为剩下的每一项在自己的心目中，都是那么那么的重要，每一次，几乎都是用颤抖的手把某一项划掉，仿佛自己是刽子手似的。据说有人在做这样的游戏时，心痛如割，泪流满面，乃至做不下去了。

这里的游戏"选择"，虽不是游戏人生，但至少在人们的心中触及到一个人生的艰难抉择。周国平先生曾经说过："生命是一个美丽的词，但它的美被琐碎的日常生活遮盖住了。我们活着，可是我们并不是时时对生命有所体验的。相反，这样的时候很少。大多数时候，我们的生命倒是像无生命的机械一样活着。人们追求幸福，其实，还有什么时刻比那些对生命的体验最强烈最鲜明的时刻更幸福呢?"本文作者以自己的亲身经历和真实的感受把这个游戏渲染得扣人心弦!

本文作者一次次艰难的抉择,像奔腾的流水,撞击着读者的心扉;像巍峨的大山,沉重地压在读者的心上;安静的课堂下面蕴藏着作者一次又一次迫不得已作出选择之后的惊涛骇浪般的心灵跳跃。"偌大的一张纸,在反复勾勒的斑驳墨迹中,只残存下来一个字——笔。"注意体会作者每一次的内心搏斗,实际上这对读者也是一种煎熬,可以说也是最打动读者之处。如果读者自己也面临着这样的选择,恐怕也会感到非常煎熬。

什么是生命中最难以割舍的?这问题提得十分刁钻,哪怕最豁达的人也会觉得难以面对。实际上,这是一次充满痛苦抉择的测验,也是一个让灵魂煎熬的痛苦复杂的过程,走过去,生命的重中之重,就简洁而挺拔地凸现出来,作者在选择过程中真诚地解剖了自己,作者的选择也许和我们的选择不是一回事。但其重大的人生意义则在于:人们在清醒的选择之后,明白了自己意志的支点,像婴儿一般,单纯而明朗的宁静了;知道了航向和终点,剩下的就是帆起桨落战胜风暴的努力了。

其实,生命中有许多重要的东西,我们无法割舍,也无法为它们排序。不是有一个让男人两难的经典选择题吗?妻子说:"我和你母亲同时落水了,你准备先救哪一个?"再聪明的丈夫也难以正面回答妻子的狡黠。因为亲情和爱情根本无法放在同一个层面上比较、取舍,无论选择谁都是错。是不是可以这样说,生命中那些无法排序的东西,比如健康、亲情,就是最值得珍惜的东西,没有必要分出先后。还有你孜孜不懈追求的,比如金钱、地位,它们可以分出轻重,那你就不要把它们看做生命中最重要的东西。世界上所有可供作出选择的东西或许放在这两个范畴里就可以作出选择了。

换一个思路当然就无所谓选择的纠结了。可是,经过这次选择我们似乎更理性了。这个过程应该是我们每一个人的一笔财富。选择是艰难的，因为你不能拥有世界上的一切，在有限中，你的选择就是生命意志的支点。通过作者详细地袒露自己选择的全过程及自己难以言表的心理活动过程，无异于经历了一次心灵的洗礼。文章从两方面来表现自己生命中的最爱：一是选取，一是舍弃。在选取过程中，除却生命的基本要素——水、空气、阳光及象征生活美好的鲜花之外，作者在情感上的真爱，朝夕相伴的就只有笔，因而笔是生命中的最爱。这时候，别人选择了"父母""孩子""爱人"，对"我"产生了巨大的冲击。在自己的生命中，"父母"等固然重要，但毕竟不是生命中的重中之重，自己的最爱就是手中的笔。因此，借此来对比突出自己的真爱。

在选择的过程中，还详细描写了舍弃鲜花时的心理感受。固然写了鲜花对于生命的重要意义，没有了鲜花，生命便没有了颜色。鲜花固然重要，带有浪漫和奢侈情调，但是重要性毕竟略逊一筹，生命没有了它还能大致完整，而笔却不同，没有笔就没有了一切。接着又详细地描写删去水时的感受，删去水时的感受无比痛苦，用此时的难舍来衬托生命的真爱。尽管水很重要，但毕竟可以在若干小时内尚可坚持，而笔却是难以割舍。因为笔代表了自己挚爱的劳动和神圣的职责，虽然朴素、原始简陋，却可朝夕相伴。作家生命存在的意义就是审视、思考社会和再现自己的审视与思考，一位作家要是放弃了笔，比让他失去生命还要痛苦。我们清楚作者的选择，没有了笔，作家就等于没有了灵魂，没有了思考，没有了表达，这样存在的生命是没有任何意义的。

虽说是游戏，"五样之中"，作家选择了笔能给我们以什么样的启发呢？

墓畔哀歌

◇石评梅

本文选自《墓畔哀歌》（江苏文艺出版社，2009 年版）。石评梅（1902—1928），原名汝璧，因爱慕梅花之俏丽坚贞，自取笔名石评梅。曾用笔名评梅女士、波微、漱雪等。中国近现代女作家、革命活动家，"民国四大才女"之一（民国四大才女：庐隐、张爱玲、萧红、石评梅）。代表作有小说《红鬃马》《匹马嘶风录》等。

一

我由冬的残梦里惊醒，春正吻着我的睡靥低吟！晨曦照上了窗纱，望见往日令我醺醉的朝霞，我想让丹彩的云流，再认认我当年的颜色。

披上那件绣着蛱蝶的衣裳，姗姗地走到尘网封锁的妆台旁。呵！明镜里照见我憔悴的枯颜，像一朵颤动在风雨中苍白凋零的梨花。

我爱，我原想追回那美丽的皎容，祭献在你碧草如茵的墓旁，谁知道青春的残蕾已和你一同殉葬。

二

假如我的眼泪真凝成一粒一粒珍珠，到如今我已替你缀织成绕你玉颈的围巾。

假如我的相思真化作一颗一颗的红豆，到如今我已替你堆集永久勿忘的爱心。

哀愁深埋在我心头。

我愿燃烧我的肉身化成灰烬，我愿放浪我的热情怒涛汹涌，天呵！这蛇似的蜿蜒，蚕似的缠绵，就这样悄悄地偷去了我生命的青焰。

我爱，我吻遍了你墓头青草在日落黄昏；我祷告，就是空幻的梦吧，也让我再见见你的英魂。

三

明知道人生的尽头便是死的故乡，我将来也是一座孤冢，衰草斜阳。有一天呵！我离开繁华的人寰，悄悄入葬，这悲艳的爱情一样是烟消云散，昙花一现，梦醒后飞落在心头的都是些残泪点点。

然而我不能把记忆毁灭，把埋我心墟上的残骸抛却，只求我能永久徘徊在这垒垒荒冢之间，为了看守你的墓茔，祭献那茉莉花环。

我爱，你知否我无言的忧衷，怀想着往日轻盈之梦。梦中我低低唤着你小名，醒来只是深夜长空有孤雁哀鸣！

四

黯淡的天幕下，没有明月也无星光，这宇宙像数千年的古墓；皑皑白骨上，飞动闪映着惨绿的磷花。我匍匐哀泣于此残锈的铁栏之旁，愿烘我愤怒的心火，烧毁这黑暗丑恶的地狱之网。

命运的魔鬼有意捉弄我弱小的灵魂，罚我在冰雪寒天中，寻觅那凋零了的碎梦。求上帝饶恕我，不要再惨害我这仅有的生命，剩得此残躯在，容我杀死那狞恶的敌人！

我爱，纵然宇宙变成烬余的战场，野烟都腥：在你给我的甜梦里，我心长系驻于虹桥之中，赞美永生！

五

我整天踟蹰于垒垒荒冢，看遍了春花秋月不同的风景，抛弃了一切名利虚荣，来到此无人烟的旷野，哀吟缓行。我登了高岭，向云天苍茫的西方招魂，在绚烂的彩霞里，望见了我沉落的希望之陨星。

远处是烟雾冲天的古城，火星似金箭向四方飞游！隐约的听见刀枪搏击之声，那狂热的欢呼令人震惊！在碧草萋萋的墓头，我举起了胜利的金觥，饮吧我爱，我奠祭你静寂无言的孤冢！

星月满天时，我把你遗我的宝剑纤手轻擎，宣誓向长空：

愿此生永埋了英雄儿女的热情。

六

假如人生只是虚幻的梦影,那我这些可爱的映影,便是你赠与我的全生命。我常觉你在我身后的树林里,骑着马轻轻地走过去。常觉你停息在我的窗前,徘徊着等我的影消灯熄。常觉你随着我唤你的声音悄悄走近了我,又含泪退到了墙角。常觉你站在我低垂的雪帐外,哀哀地对月光而叹息!

在人海尘途中,偶然逢见个像你的人,我停步凝视后,这颗心呵!便如秋风横扫落叶般冷森凄零!我默思我已经得到爱之心,如今只是荒草夕阳下,一座静寂无语的孤冢。

我的心是深夜梦里,寒光闪烁的残月,我的情是青碧冷静,永不再流的湖水。残月照着你的墓碑,湖水环绕着你的坟,我爱,这是我的梦,也是你的梦,安息吧,敬爱的灵魂!

七

我自从混迹到尘世间,便忘却了我自己;在你的灵魂里我才知我是谁?

记得也是这样夜里。我们在河堤的柳丝中走过来,走过去。我们无语,心海的波浪也只有月儿能领会。你倚在树上望明月沉思,我枕在你胸前听你的呼吸。抬头看见黑翼飞来掩遮住月儿的清光,你抖

墓畔哀歌

颤着问我:假如这苍黑的翼是我们的命运时,应该怎样?

我认识了欢乐,也随来了悲哀,接受了你的热情,同时也随来了冷酷的秋风。往日,我怕恶魔的眼睛凶,白牙如利刃;我总是藏伏在你的腋下趑趄不敢进,你一手执宝剑,一手扶着我践踏着荆棘的途径,投奔那如花的前程!

如今,这道上还留着你斑斑血痕,恶魔的眼睛和牙齿还是那样凶狠。但是我爱,你不要怕我孤零,我愿用这一纤细的弱玉腕,建设那如意的梦境。

八

春来了,催开桃蕾又飘到柳梢,这般温柔慵懒的天气真使人恼!她似乎躲在我眼底有意缭绕,一阵阵风翼,吹起了我灵海深处的波涛。

这世界已换上了装束,如少女般那样娇娆,她披拖着浅绿的轻纱,蹁跹在她那(姹)紫嫣红中舞蹈。伫立于白杨下,我心如捣,强睁开模糊的泪眼,细认你墓头,萋萋芳草。

满腔辛酸与谁道?愿此恨吐向青空将天地包。它纠结围绕着我的心,像一堆枯黄的蔓草,我爱,我待你用宝剑来挥扫,我待你用火花来焚烧。

九

垒垒荒冢上,火光熊熊,纸灰缭绕,清明到了。

这是碧草绿水的春郊。墓畔有白发老翁,有红颜年少,向这一抔黄土致不尽的怀忆和哀悼,云天苍茫处我将魂招;白杨萧条,暮鸦声声,怕孤魂归路迢迢。

逝去了,欢乐的好梦,不能随墓草而复生,明朝此日,谁知天涯何处寄此身?叹漂泊我已如落花浮萍,且高歌,且痛饮,拼一醉烧熄此心头余情。

我爱,这一杯苦酒细细斟,邀残月与孤星和泪共饮,不管黄昏,不论夜深,醉卧在你墓碑旁,任霜露侵凌吧!我再不醒。

简评

民国才女石评梅的一生虽然短暂,却创作了大量诗歌、散文、游记、小说,尤以诗歌见长,有"北京著名女诗人"之誉。作品大多以追求爱情、真理,渴望自由、光明为主题。1925年3月,恋人高君宇因病逝世,石评梅撰写了挽联:"碧海青天无限路,更知何日重逢君"。又在白布上亲笔题写一首挽词,悬挂在追悼会上。5月8日,根据高君宇生前的愿望,石评梅将其骸骨安葬于她同君宇生前经常漫步谈心的陶然亭。石评梅在高墓周围亲手植松柏十余株,并在墓上题了碑记。散文《墓畔哀歌》是作者在逝去恋人之后情感世界的一次江河决堤般的宣泄。石评梅的作品不仅有诉说不清的心理偏执和清冷的悲哀色彩,而且在感情的层面上也表现得脆弱和哀苦,通篇充满了"冷月、孤坟、落花、哀鸣、残叶"等冷艳的词汇,她的哀悼文章仿佛是一串串泪珠汇成,可谓满纸辛酸泪。然而她的善感与抑郁的气质并不妨碍她对女性命运和人生的思考,反而使她能够从悲观主义的角度循着情感的悲哀逻辑进行思辨与觉悟,表现一种既热烈又悲哀至极的呐喊。石评梅全部的作品无论是对光明的渴望、爱情的追求,还是对妇女和社会解放的渴望,都充满着柔弱女性奋力挣扎和不断追求真理的执著精神。读石评梅的散文使人感到:从她那敞开的心灵里,不论是直抒胸臆,还是委婉传情;也不论是慷慨陈词,还是娓娓而谈,都有痛快淋漓、不可遏止的气势。

1923年秋天,石评梅接到了正在西山养病的高君宇的一封信。刚刚拆开,一片玲珑剔透的香山红叶悄然飘落在床头。她拿起来只见上面写着两行题诗:满山秋色关不住,一片红叶寄相思。但是,石评梅先前曾因爱情破灭所造成的心灵创伤尚未平复。高君宇在老家尚有包办成婚的妻子,石评梅宁愿牺牲自己,而不忍"侵犯别人的利益"。所以,她将那求爱的红叶退回,在红叶的背面题写道:"枯萎的花篮不敢承受这鲜红的叶儿",将自己的感情深深掩埋。两人之间,一直保持着"冰雪友谊"。由于长期南北奔波,出生入死,高君宇积劳成疾,1925年3月,因急性盲肠炎发作而病逝于北京协和医院,终年不满三十岁。高君宇的死,使石评梅痛悔交加,深刻反省:她责问自己,君宇那"柔情似水,为什么不能温暖了我心如铁?"。她觉悟了:"从前太认真人生的错误",同时忏悔自己"受了社会万恶的蒙蔽"。

高君宇病逝后,石评梅因悲伤过度,染上脑膜炎死于三年后的1928年。石评梅带着无穷的思爱与遗恨撒手而去了,却将无比美丽的断肠文字留在了人间。她的生命还不满二十七岁;她的创作生涯才仅仅六年。诗歌、小说、剧本、评论、散文等体裁,她都曾驾驭过。她的作品呈现了其思想从充满时代悲哀的叹息到对理想追求执著精神的转变过程;她充满了对既崇敬又心爱的人的缅怀,也表现了对真挚爱情的执著追求。同时,她深深地理解中国劳动妇女以及全民族的悲惨命运和对黑暗的抗争,从而使争取自由和解放的执著精神也赫然纸上。石评梅的朋友们根据她生前的遗愿,把她和高君宇合葬在一起。他们的爱情故事,当时在古老的北京城,街谈巷议,相互传颂,经年不衰,一时传为佳话。陶然亭的"高石之墓",记载着两个年轻人的爱情与痛苦,以及他们为理想而奋斗的艰难历程;记载着一个凄艳动人的爱情悲剧。1982年邓颖超在《人民日报》上发表文章说:"我和恩来同志对高君宇和石评梅女士的相爱非常仰慕,但他们没有实现结婚的愿望,却以君宇同志不幸逝世的悲剧告终,深表同情。……缅怀之思,至今犹存。"

高君宇死后,才女石评梅便常在孤寂凄苦中,来到高君宇墓畔,抱着墓碑悲悼泣诉。她将满腔血泪凝作断肠文字,"寄向黄泉"。石评梅的爱情文字,大都写在其爱情悲剧的大幕落下之后,因而带有浓厚的回忆和反思色彩,使其抒情变得更加缠绵悱恻而又深刻隽永:她面对着那一棺横陈、摇摇神灯,痛悔万分。她责问自己:"数年来冰雪友谊,到如今只博得隐恨千古,抚棺哀哭!"她怨艾死者:"你为什么不流血沙场而死,你为什么不瘐毙狱中而死?却偏要含笑陈尸在玫瑰丛中,任刺针透进了你的心,任鲜血掩埋了你的身,站在你尸前哀悼痛哭你的,不是全国的民众,却是一个别有怀抱,负你深爱的人。"(石评梅《梦回寂寂残灯后》)1927年的清明节,石评梅在陶然亭高君宇墓畔,写下了扣人心弦的《墓畔哀歌》敬献给亡灵。碧草萋萋的墓里,无言的爱人,无语的人生的导师,带走了她的健康,带走了她的灵魂与情爱,伤感的才女石评梅,情何以堪!一杯苦酒在君宇墓前细酌,邀残月与孤星和泪共饮,不管黄昏,不论夜深,醉卧在他的墓碑旁,任霜露侵凌;仰天长叹,孤雁哀鸣,问世间,情为何物,直教生死相许,化作一曲撼人心魄的"哀歌"!"哀歌",唱出了失去恋人后的种种情态。这一曲爱的低吟,恍惚摇曳中从上个世纪传唱至今!表达了对夺去"我爱"的黑暗现实的冲天愤慨和痛不欲生的悲苦以及实现爱人遗愿的决心。

面对这个在战火硝烟中痴守残梦的柔弱女子,谁能说清楚她那样一意孤行、拼了全部的青春年华沉浸在对死者的哀悼之中是一种幸福,抑或是一种不幸呢?几十年的风霜岁月,走进这位才女的内心世界,我们才发现逃避幸福或者经营幸福,其实都是一样的,而假如可以如石评梅那样,沉沦在丝丝不绝的悲剧情怀里不再醒,也未尝不是一种生之信仰罢。面对一个世纪前的才女鲜明罕见的时代烙印,品读中读者需要具备的是理性与宽容。

海

伦

·

凯

勒

◇谢新吾　吴兴勇

海伦的降生

　　海伦生下来时，是个十分活泼、耳聪目明的女孩。她从小就很好胜、好强，别人可以做的事她都要去试试，如不让她插手，她就吵闹不休。

　　她十分聪慧，才六个月大的时候，就已经可以很清楚地说一些简单的字汇，如"Water"这个字，就是在那时候学会的。她还能说"Goodbye"或者"Tea，tea，tea"等简单的话。

　　她刚满周岁，就会摇摇晃晃地走路了。

　　那时，她看得见五颜六色的世界，听得见周围各

　　本文选自《海伦·凯勒》（辽海出版社，1998年版）。谢新吾，简历不祥。吴兴勇（1939—），湖南邵阳人。湖南省社会科学院炎黄文化研究所研究员。代表作有《炎黄源流图说》《卡耐基》《南丁格尔》《海伦·凯勒》等。

种不同的声音。春天,她亲耳听到驹鸟及其他小鸟的美妙的歌声,亲眼看到色彩缤纷的花朵,但是,用灵敏的感官享受如此绚烂美好的春天,这是她生命中唯一的一次。夏天,她自由自在地四处走动,倾听着热闹的夏天的各种音响,单调的蝉鸣催她入睡,流水的潺潺声令她欢呼雀跃,她欣赏着鲜艳的玫瑰以及晶莹欲滴的葡萄、草莓,但这也是她生命中唯一的一次。秋天,她亲眼见到广阔的草原从嫩绿变成金黄,树叶一片片地从树上掉下来,但这在她的生命中也只有一次。

不久,冬天来了,那是个非常冷的二月。有一天,她突然生了病,发着高烧,最糟的是高烧一直不退。当时各种抗生素尚未出现,医生对这种热病束手无策。

按现代医学看来,这明显是重感冒引起的各种并发症。据当时医生的诊断,认为她得了急性的胃病以及血液冲脑的急症,好转的希望很渺茫。正当大家都快放弃希望时,有一天早上,她的烧突然退了,当时全家大小都高兴得哭了起来。然而,可怕的高烧是退了,但她已经看不见东西、听不到声音了。可悲的是居然没有人发现这个事实,包括医生在内,没有人知道她的变化。

她病好后,因为听不见周围的声音,看不见四周的事物,心里感到十分烦躁,常常无理取闹,或吵着要某样东西,让母亲又心疼又焦虑。海伦长大后,对这些事情仍然记得很清楚,她记得自己当时因为眼睛痛，常避开阳光，把脸朝着阴暗的墙壁。当她视觉一天比一天模糊时，她内心充满难以表述的惊恐和哀伤。

后来，她逐渐习惯于这种混沌一团的情况了，认为世界原本就是如此黑暗，四周的环境一向就是如此寂静无声。她的心灵关闭了，不再与外部世界交流。她就这样浑浑噩噩地过了好几年，直到一位天才的家庭教师来到她的身边，才打开她心灵的窗户。

因此，她一生中能够看和听的时间，只有短短19个月，但由于她是个后天形成的视障者和听障者，所以，她在襁褓中看到的广阔、嫩绿的草原，蔚蓝的天空，以及各种花草树木的印象，一直深留在她的心底。

这场大病后，海伦虽然成了聋子、瞎子和哑巴，但她不是一个呆笨的低能儿。天生聪慧的资质使她克服生理上的障碍，像健康的儿童一样，领悟各种事情。她不会说话，从小就会用身体的语言来表达自己的意思。例如，摇摇头表示"不"，点点头表示"同意"；把对方往前拉，表示"你过来"，向相反的方向推，表示"你走开"；当她肚子饿了，就做着切面包、涂奶油的动作，使妈妈知道，赶紧拿食品给她吃；当她感到寒冷时，就缩着颈子，做出发抖的样子，使妈妈知道，赶紧给她添加衣服。

另一方面，母亲也想尽办法帮助她了解各种事物。例如，母亲训练她认识各种东西，一有需要，就打发她跑到楼上或仓库里去取东西。每当她拿了所需要的东西,再回母亲的身边时,母亲就格外爱抚她,以表示嘉奖。就这样,她虽然生活在黑暗的世界里,但靠着母亲的慈爱及智慧,她仍然过着快乐的日子。

莎莉文老师

在海伦一生中,最有意义也是最重要的日子,就是安·曼丝福特·莎莉文老师来到她家的这一天。

这位老师来了以后,她的生活的各方面,都有了重大的改变。因此,她心中对这件事的印象非常深刻。

莎莉文老师幼年失怙,在孤儿院长大,从小视力很差。她14岁到帕金斯盲校时,连自己的名字都还不会写。她毕业于帕金斯盲校,来到海伦家时仅27岁。

莎莉文老师是在1887年3月3日来到海伦家的,当时海伦离7岁生日差三个月。

莎莉文老师带她到田纳西河的河岸去游玩。她坐在河岸草地上,对于自然界的环境,进行生平第一次的学习与认识。老师告诉了她许多事情,例如:太阳与雨水如何滋养地面上的各种植物;鸟类是如何地筑巢、喂养小鸟;松鼠、鹿、野猪又是如何去觅食、如何地栖息。

莎莉文老师对海伦说话的时候,全用的是指语,因为只有指语才能使海伦了解,用有声语言是无法与耳聋的海伦交流的。莎莉文老师就是这样，在两三年的时间内，使海伦记熟了许多俗语和句子，每当海伦对某个字或描述不甚了解时，老师就以举例或比喻来帮助她了解。

　　每当海伦学会并记住几个单字之后，莎莉文老师便给她盲文点字卡片。卡片上写着物品的名称、性质，或写着动词，如"有""做"等。老师教她如何利用这些卡片，适当地造句或作文。为了帮助她学习，还给她一种拼字卡片，以及排列卡片的木框。不过，海伦最初是用实物来造句。例句：她在洋娃娃上面放一张写着"洋娃娃"的卡片，然后把洋娃娃放在床上，在它旁边则排列着"有""在……之上""床"这些卡片，如此，她就完成了一个短句。最后，她终于能够把屋子里的一切东西，都排列成短句。她这样做，一直不认为自己是在学习用功，而觉得是在玩游戏。

　　正因为海伦十分热衷于这种游戏，因此，她很快就熟悉了阅读盲文书本的方法。她头一次拿到盲文点字的"初级读本"，就能飞快地阅读其中的课文。

　　莎莉文老师每次要教会海伦什么知识，都是编成很美的诗句或故事，说明给她听，一旦见到海伦喜欢或有兴趣时，老师就像小孩子一样高兴万分，而且，还会反复地教她好几次。像语法，比较复杂的计算，或是定义等等，甚至连耳聪目明的小孩都不太感兴趣的课业，又瞎又聋的海伦却学得津津有味。对于比较难懂的科学方面或专门性的知识，老师也能循循善诱，不厌其烦地帮助海伦了解。

对她们师生而言，与其待在家里学习，还不如到森林中散步来得恰当。散发着清爽气息的松林，就是她们最佳的野外教室。

在野外可以用手触摸实物，学习的机会更多，盲人看不见，唯有通过触摸，才能认识事物。当时，会发出嗡嗡的叫声，会发出振动翅膀的声音，会滚动的东西，以及会开花的东西，都是海伦急于认识的对象。她用手去摸外壳即将裂开的棉花种子，把活蹦乱跳的青蛙、发出求救叫声的螽虫、蟋蟀等抓在手中，抚摸玫瑰、百合等美丽的花朵，享受各种花卉所散发出来的芬芳。水果成熟的季节，她到果园中去摸长有绒毛的桃子，捡拾掉下来的苹果。

莎莉文老师总是不断地给予她刺激，旨在引起她的好奇心、求知欲，培养她的积极求知态度。

莎莉文老师为了讲授地理知识，用泥土做成立体地图，让海伦用手去摸山脉、山谷、海流等地形。为了区分热带、温带和寒带，老师在分界线上放几股捻合而成的绳子，而在南极、北极，则插上橙子树枝。

她们常一面玩，一面上地理课。海伦最喜欢用小石块挡住小溪，造成人工湖或是海岛。偶尔，莎莉文老师为她解说火山的成因，以及因火山爆发而被埋没的城市的故事，或是会移动变成的冰河等等。就这样，海伦在游戏中吸收了很多新知识。

…………

老师总是尽量利用实物来教导海伦。只要一有机会，她就告诉海伦各种东西美丽、可爱的一面，也可以说，她是在教海伦如何快乐而有意义地过日子。

莎莉文老师十分了解生理不正常、个性又孤僻的小孩的心理。因此，她总是设法让海伦在愉快的情绪下学习，并且尽量发挥她个性中和善的一面。

莎莉文老师的教育目标是使海伦与一般的正常儿童无异，她极力避免让海伦产生"我是一个弱者"的念头。因为她深知，只要海伦一有这种想法，那她将成为一个终身残缺无用的人。

海伦的各种才能、上进心及乐观的态度，都可以说是莎莉文老师以爱心培养、灌溉出来的。

帕金斯盲校

1888年5月，海伦在莎莉文老师和母亲的带领下，远行到波士顿去。

火车终于到达波士顿，这是一座十分繁荣的都市，海伦觉得自己仿佛进入了童话中的世界。

她们来到了设在这儿的帕金斯盲校，海伦很快就与一些盲少女成了好朋友。在这儿，最令她高兴的是她们都能了解她的手语。以前她与别人交谈时，总觉得是对外国人说话，还必须经过莎莉文老师的翻译，很不自然。然而，在这里，她可以用她的手语自如地与她的朋友交谈，真是太痛快了！几天后，海伦知道这些少女都跟她一样看不见，并且都活得又快乐又幸福，因此，她心中的伤感也就逐渐消失了。

在盲校期间，莎莉文老师还带海伦去参观邦卡丘陵，这是独立战争的纪念地。在这里，海伦第一次接触到历史。她听完老师的解释，得知她们所站的地方，就是以前独立战争的战士们前仆后继、奋勇作战之地，不由得热血沸腾，兴奋异常。

海伦正式进入波士顿的帕金斯盲校就读的日期是这年的 5 月 26 日，莎莉文老师陪着她读书，寸步不离。

在帕金斯盲校经历的一切，都给海伦留下了亲切难忘的回忆。

剑桥女子学院

1896 年 10 月，海伦决定要到大学去念书。

关心她的人都不太赞成，他们说："海伦，不要抱着太勉强的希望，你看你还是打消这个念头吧。"

然而，海伦是个性格坚强的女子，她一下定决心，是不会轻易放弃的。在她还很小时，就曾参观过威苏里女子大学，当时她就曾口出狂言，声称自己长大后一定要进大学。当她由雷特·哈玛逊聋哑学校毕业时，上大学的念头已牢不可破。

当时，美国大学教育尚未普及，能上大学的只是少数精英。入学考试要求很严，生理正常的人上大学已属不易，何况海伦这个又瞎又聋的残废人呢！因此，许多人给海伦泼冷水，也是可以理解的。

但她得到了各方面的帮助，因而减少了她在学习上的困难。莎莉文老师和她一起上学。在教室里，莎莉文老师把教授所说的话，以指语告诉她。上自习课时，莎莉文老师帮她查字典，或是把不是盲文点字的书或笔记念给她听。还有伦敦及费城的一些社会人士，闻知海伦在学习上的困难后，都义务帮助她把教科书全部改成盲文点字。学校的教师中，有两位老师为了教导她，特别去学了指语。他们中一位是奇尔曼校长，另一位是教德文的克雷特老师。克雷特老师尤其和蔼可亲，他每星期还特别抽出两次时间，给她个别指导。

在这一年中，海伦修完了数学的课程，同时，也练习拉丁文的文法，并且读了恺撒所写的《高卢战记》；德文方面，除了歌德的《我的生活》之外，还看了六七篇海涅与席勒的诗。她尤其喜爱歌德的《我的生活》与海涅的《哈尔茨山游记》。

校长奇尔曼先生，在这一年中还担任她的英国文学教师。她在奇尔曼先生的指导下，读了莎士比亚的《随心所欲》，马克列的《桑莫埃·詹森传》，以及巴克的《美国融合论》等书。这位校长对于历史、文学都有很深的造诣。

四年的大学生活很快就要过去，海伦终于要迎接毕业典礼了。当时的报纸曾报导典礼中的海伦与莎莉文老师，其中有一家报纸如此登载着："这一天，毕业典礼的礼堂里挤得水泄不通。当然，每一位在场的毕业生都将接受毕业证书，但来宾们的目光焦点却集中在一位学生身上，她就是美丽、成绩优异却眼盲的海伦·凯勒。长久以来,不辞辛劳协助这位少女的莎莉文老师也分享了她的荣誉。当司仪念到海伦·凯勒的名字时,四周响起了如雷的掌声。这位少女不但以优异的成绩完成了大学的所有课程,而且在英国文学这门课上的表现更是杰出,因此博得师长、同学的交相赞誉。"

海伦在当时是明星似的人物、新闻报导的焦点。但报纸报导常有夸张,据海伦自己说,那一次毕业典礼并没有像报纸上形容的那种盛况。

有些同学还为莎莉文老师抱不平,认为也应该把学位颁给莎莉文老师。但莎莉文老师是有献身精神的女性,她所期望的是她精心培育的花朵——海伦能够成才。

对生活永远怀着希望

1928的6月,当海伦·凯勒在波士顿演讲时,莎莉文老师却住进医院接受眼睛手术治疗,结果手术顺利,为了能好好休养,当年的10月,海伦与老师,以及汤姆逊小姐一行三人前往英国,在伊斯卡租下一幢小房子,度过两个月的悠闲日子。

海伦非常眷恋这种悠闲的生活方式,一度想就此安享余年,可是眼前的工作又抛不开。她自觉肩上有一份未了的责任,所以在同一年的冬天又再度回到美国。

返回美国不久,就接到费城的邓普大学的来信,表示要颁发人文荣誉博士的学位给海伦·凯勒与莎莉文老师。邓普大学是一座素享盛名的学府，是许多青年男女们所向往的大学，能得到他们所颁发的荣誉博士头衔是多么令人兴奋呀！

在她认为，这固然是一项个人的荣誉，但更重要的是，事情的本身可以给所有的残缺者莫大的鼓舞。

可是莎莉文老师却婉拒了，她说："只要海伦去就够了。"

莎莉文就这样两度表示拒绝，但最后终于拗不过邓普大学一再地诚心邀请及友人们的苦苦相劝，而在隔年接受了同样的荣誉学位。

1931年4月，第一届世界盲人大会在纽约举行，海伦·凯勒代表主办单位对来自世界各国的盲人代表致欢迎词，同时负责主办盲人招待会。还分身参加分科会议，是会议成功的大功臣之一。

就在这一年夏天，又掀起了募集海伦·凯勒基金的运动，海伦·凯勒与莎莉文老师还因此同赴欧洲各国访问，向各国政府陈情，请他们重视盲人的问题，解除盲人的痛苦。英国的乔治五世、南斯拉夫的亚历山大皇帝都十分亲切地接见海伦·凯勒，而且谈得相当融洽。

1936年10月，莎莉文不幸因病去世。

海伦·凯勒深深跌入哀恸的深渊中，一直到次年，她才猛然醒悟："老师期望于我的，是希望我能继承她的遗志，继续为所有不幸的人尽我的心力。"

至此，海伦·凯勒下了更大的决心，全心全意为世界上1200万的盲人们贡献自己。

1947年,为了替在战争中的受害者募集基金,海伦·凯勒再度赴欧。再过一年,又为了同样的目的前往亚洲,在日本,也曾发起对失明军人的救济运动。

1951年,她前往叙利亚、黎巴嫩、土耳其、南非共和国、罗得西亚及非洲的其他国家,所到之处都极力鼓吹盲人的福利事业。

1955年,她又到巴基斯坦、印度、缅甸,回程中顺道再访日本。此时,海伦·凯勒已经是75岁的高龄了,站在讲台上的她,依然充满了热情与活力,用不灵活的言语,卖力地为盲人们争取福利,闻者莫不为之感动。

就这样,海伦·凯勒一直不肯放下她的工作。可是岁月不饶人,到了1967年,也就是她87岁那年,她已经无法下床,只能躺在乡间的屋里静养了。

1968年,这位终身在黑暗中为人类奋斗的伟大女性,平静地离去了,但是她留给世人的光和热是永不消逝的。

简评

美国著名作家马克·吐温在语及世界上各种人的时候,深有感触地说:“19世纪有两个值得关注的人,一个是拿破仑,另一个就是海伦·凯勒。”美国《时代周刊》评选海伦·凯勒为“20世纪美国十大偶像之一”。她留给人们最大的启示就是:勇敢地接受生命的挑战就能够赢得生命中的光明。麦格劳-希尔出版公司发行的一部教育片最后总结说:“海伦·凯勒和安妮·莎莉文带给整个世界的礼物就是不断地告诫我们,周围的世界是多么奇妙,有那么多人在教我们认识它;没有哪个人是不值得帮助或无法帮助的,一个人对我们的最大益处就在于帮助他人发挥其真正的潜能。"

　　海伦·凯勒是19世纪美国著名女作家、教育家、慈善家、社会活动家，盲、聋人，还是世界上少有的女性坚强人物，她被视为20世纪最富感召力的作家之一，是我们学习的榜样，是人类善良的表现，她的事迹已经成为后世的光辉典范。海伦·凯勒出生于亚拉巴马州北部一个小城镇——塔斯喀姆比亚。在十九个月时因患猩红热而被夺去视力和听力。由于失去听觉，不能矫正发音的正误，她说话也含糊不清。从此，小海伦与有声有色的世界隔绝了，但她没有向命运屈服。对于一个残疾人来说，世界是一片黑暗和寂静，在这样的情况下要学会读书、写字、说话，没有强大的记忆力，没有坚强的意志力，简直是不可能的事。她为了能清楚地发音，用一根小绳系在一个金属棒上，叼在口中，另一端拿在手上，练习手口一心，写一个字，念一声。为了使写出来的字不至于歪歪扭扭，她还自制了一个木框，装配了一个滑轮练习写字。莎莉文老师也付出了很多的心血，她让海伦将手放在自己的喉咙上，让海伦感受发声的震动。世界上也真有奇迹发生，后来由于海伦的顽强不屈、刻苦奋斗和她的老师安妮·莎莉文的悉心教导，经过了几年的努力，她学会了用手指"说话"，并且还掌握了英、法、德、拉丁、希腊等五种文字。1899年6月，海伦·凯勒考入哈佛大学拉德克利夫女子学院，并以优异的成绩毕业。毕业之后，她把所有的精力都投入到了世界盲人事业。

　　本文以传记文学的形式，记叙了自幼失明失聪又聋又哑的海伦，以其超人的智慧、顽强的意志和受到的良好的教育，逐步成长为一个举世瞩目的传奇人物的奋斗历程。文中以较多的笔墨叙述海伦和莎莉文老师经历了半个世纪之久的亲密友情。尤其是莎莉文老师的突然离去，对海伦是一个残酷的打击，也促使她猛然醒悟，决心继续完成老师未竟的事业，为世界上1200万盲人的幸福贡献自己全部的心血。

　　还在大学时代她就创作了著名的《我的生活故事》。之后她陆续写出了《我生活的世界》《石墙之歌》《走出黑暗》《我的老师安妮·莎莉文》《乐观》《海伦·凯勒在苏格兰》《海伦·凯勒:她的社会主义年代》等十四部著作。著名的《假如给我三天光明》是海伦给《大西洋月刊》(《大西洋月刊》是美国最受读者尊敬的一本有关文学、政治、科学与艺术的杂志之一,1857年创刊)写的一篇散文。

读者可以想象,海伦·凯勒生活在黑暗与寂静中,对声音、色彩无记忆,无感觉,她全凭触觉来感知世界,感知的范围很狭小,对活生生的感性世界了解很少。《假如给我三天光明》是海伦·凯勒的代表作。该书的前半部分主要写了海伦变成盲聋人后的生活,后半部分则介绍了海伦的求学生涯。同时也介绍了她体会不同丰富多彩的生活以及她的慈善活动等等。她从一个身残志坚的柔弱女子的视角,告诫身体健全的人们应珍惜生命,珍惜造物主赐予的一切。

一般来说,大多数人有健全的五官和四肢,但或许他们并没有意识到这种天赋的可贵,没有感受到大自然的美丽和生活的美好,而是在懒怠中虚掷光阴。海伦·凯勒曾善意的批评道:“然而有人告诉我,对于你们许多有视力的人来说,艺术的世界是一个沉沉的黑夜,是一个无法探索和难以找到光明的世界。”“这是多么令人敬畏的奇景啊!那些灿烂夺目的尖塔,那些用钢铁和石块筑起的巨大堤岸……我不知道究竟有多少人愿意对它多看一眼,恐怕是很少、很少的。”意在规劝人们要像明天就会变成盲人一样充分利用眼睛和其他感官,感受生活的美好。海伦·凯勒,她自强不息,她永不低头。她对生命充满了渴望,她对生活充满了激情。她是一曲震撼灵魂的赞歌,在人们的心中永远回荡。她的品质、她的奋斗精神,永远感染着我们,永远激励着后人。

贝

多芬百年祭

◇[英]萧伯纳

一百年前，一位虽听得见雷声但已聋得听不见大型交响乐队演奏自己的乐曲的五十七岁的倔强的单身老人，最后一次举拳向着咆哮的天空，然后逝去了，还是和他生前一直那样地唐突神灵，蔑视天地。他是反抗性的化身；他甚至在街上遇上一位大公和他的随从时也总不免把帽子向下按得紧紧地，然后从他们正中间大踏步地直穿而过。他有一架不听话的蒸汽轧路机的风度（大多数轧路机还恭顺地听使唤和不那么调皮呢）；他穿衣服之不讲究尤甚于田间的稻草人：事实上有一次他竟被当做流浪汉给抓了起来，因为警察不肯相信穿得这样破破烂烂的人竟会是一位大作曲家，更不能相信这副躯体竟能容得

本文选自《世界文学》(1979年第6期，周珏良译)。萧伯纳(1856—1950)，全名乔治·萧伯纳，英国现代杰出的现实主义剧作家。1885年开始写长篇小说。1926年因《圣女贞德》等作品具有理想主义和人道主义精神而获得"诺贝尔文学奖"。1950年11月2日，萧伯纳在寓所因病逝世，终年94岁。萧伯纳毕生创造幽默，他的

墓志铭虽只有一句话，但恰巧体现了他幽默的风格："我早就知道无论我活多久，这种事情迟早总会发生的。"

下纯音响世界最奔腾澎湃的灵魂。他的灵魂是伟大的；但是如果我使用了最伟大的这种字眼，那就是说比汉德尔的灵魂还要伟大，贝多芬自己就会责怪我；而且谁又能自负为灵魂比巴赫的还伟大呢？但是说贝多芬的灵魂是最奔腾澎湃的那可没有一点问题。他的狂风怒涛一般的力量他自己能很容易控制住，可是常常并不愿去控制，这个和他狂呼大笑的滑稽诙谐之处是在别的作曲家作品里都找不到的。毛头小伙子们现在一提起切分音就好像是一种使音乐节奏成为最强而有力的新方法；但是在听过贝多芬的第三里昂诺拉前奏曲之后，最狂热的爵士乐听起来也像"少女的祈祷"那样温和了，可以肯定地说，我听过的任何黑人的集体狂欢，都不会像贝多芬的《第七交响乐》最后的乐章那样可以引起最黑最黑的舞蹈家拼了命地跳下去，而也没有另外哪一个作曲家，可以先以他的乐曲的阴柔之美使得听众完全溶化在缠绵悱恻的境界里，而后突然以铜号的猛烈声音吹向他们，带着嘲讽似的使他们觉得自己是真傻。除了贝多芬之外谁也管不住贝多芬；而疯劲上来之后，他总有意不去管住自己，于是也就成为管不住的了。

这样奔腾澎湃，这种有意的散乱无章，这种嘲讽，这样无顾忌的骄纵的不理睬传统的风尚——这些就是使得贝多芬不同于十七和十八世纪谨守法度的其他音乐天才的地方。他是造成法国革命的精神风暴中的一个巨浪。他不认任何人为师，他同行里的先辈莫扎特从小起就是梳洗干净、穿着华丽、在王公贵族面前举止大方的。莫扎特小时候曾为了彭巴杜夫人发脾气说："这个女人是谁，也不来亲亲我，连皇后都亲我呢"，这种事在贝多芬是不可想象的，因为甚至在他已老到像一头苍熊时，他仍然是一只未经驯服的熊崽子。莫扎特天性文雅，与当时的传统和社会很合拍，但也有灵魂的孤独。莫扎特和格鲁克之文雅就犹如路易十四宫廷之文雅。海顿之文雅就犹如他同时的最有教养的乡绅之文雅。和他们比起来，从社会地位上说贝多芬就是个不羁的艺术家，一个不穿紧腿裤的激进共和主义者。海顿从不知道什么是嫉妒，曾称呼比他年轻的莫扎特是有史以来最伟大的作曲家，可他就是吃不消贝多芬。莫扎特是更有远见的，他听了贝多芬的演奏后说："有一天他是要出名的，"但是即使莫扎特活得长些，这两个人恐也难以相处下去。贝多芬对莫扎特有一种出于道德原因的恐怖。莫扎特在他的音乐中给贵族中的浪子唐璜加上了一圈迷人的圣光，然后像一个天生的戏剧家那样运用道德的灵活性又回过来给莎拉斯特罗加上了神人的光辉，给他口中的歌词谱上了前所未有的就是出自上帝口中都不会显得不相称的乐调。

贝多芬不是戏剧家，赋予道德以灵活性对他来说就是一种可厌恶的玩世不恭。他仍然认为莫扎特是大师中的大师（这不是一顶空洞的高帽子，它的的确确就是说莫扎特是个为作曲家们欣赏的作曲家，而远远不是流行作曲家）；可是他是穿紧腿裤的宫廷

贝多芬百年祭

067

侍从，而贝多芬却是个穿散腿裤的激进共和主义者；同样地海顿也是穿传统制服的侍从。在贝多芬和他们之间隔着一场法国大革命，划分开了十八世纪和十九世纪。但对贝多芬来说莫扎特可不如海顿，因为他把道德当儿戏，用迷人的音乐把罪恶谱成了像德行那样奇妙。如同每一个真正激进共和主义者都具有的，贝多芬身上的清教徒性格使他反对莫扎特，固然莫扎特曾向他启示了十九世纪音乐的各种创新的可能。因此贝多芬上溯到汉德尔，一位和贝多芬同样倔强的老单身汉，把他做为英雄。汉德尔瞧不上莫扎特崇拜的英雄格鲁克，虽然在汉德尔的《弥赛亚》里的田园乐是极为接近格鲁克在他的歌剧《奥菲欧》里那些向我们展示出天堂的原野的各个场面的。

因为有了无线电广播，成百万对音乐还接触不多的人在他百年祭的今年将第一次听到贝多芬的音乐。充满着照例不加选择地加在大音乐家身上的颂扬话的成百篇的纪念文章将使人们抱有通常少有的期望。像贝多芬同时的人一样，虽然他们可以懂得格鲁克、海顿和莫扎特，但从贝多芬那里得到的不但是一种使他们困惑不解的意想不到的音乐，而且有时候简直是听不出是音乐的由管弦乐器发出来的杂乱音响。要解释这也不难。十八世纪的音乐都是舞蹈音乐。舞蹈是由动作起来令人愉快的步子组成的对称样式；舞蹈音乐是不跳舞也听起来令人愉快的由声音组成的对称的样式。因此这些乐式虽然起初不过是像棋盘那样简单，但被展开了，复杂化了，用和声丰富起来了，最后变得类似波斯地毯；而设计像波斯地毯那种乐式的作曲家也就不再期望人们跟着这种音乐跳舞了。要有神巫打旋子的本领才能跟着莫扎特的交响乐跳舞。有一回我还真请了两位训练有素的青年舞蹈家跟着莫扎特的一阕前奏曲跳了一次，结果差点没把他们累垮了。就是音乐上原来使用的有关舞蹈的名词也慢慢地不用了，人们不再使用包括萨拉班德舞、巴万宫廷舞、加伏特舞和快步舞等等在内的组曲形式，而把自己的音乐创作表现为奏鸣曲和交响乐，里面所包含的各部分也干脆叫做乐章，每一章都用意大利文记上速度，如快板、柔板、谐谑曲板、急板等等。但在任何时候，从巴赫的序曲到莫扎特的《天神交响乐》，音乐总呈现出一种对称的音响样式给我们以一种舞蹈的乐趣来作为乐曲的形式和基础。

可是音乐的作用并不止于创造悦耳的乐式。它还能表达感情，你能去津津有味地欣赏一张波斯地毯或者听一曲巴赫的序曲，但乐趣只止于此；可是你听了《唐璜》前奏曲之后，却不可能不发生一种复杂的心情，它使你心理有准备去面对将淹没那种精致但又是魔鬼式的欢乐的一场可怖的末日悲剧。听莫扎特的《天神交响乐》最后一章时你会觉得那和贝多芬的《第七交响乐》的最后乐章一样，都是狂欢的音乐：它用响亮的鼓声奏出如醉如狂的旋律，而从头到尾又交织着一开始就有的一种不寻常的悲伤之美的乐调，因之更加沁人心脾。莫扎特的这一乐章又自始至终是乐式设计的杰作。

但是贝多芬所做到了的一点，也是使得某些与他同时的伟人不得不把他当做一个疯人，有时清醒就出些洋相或者显示出格调不高的一点，在于他把音乐完全用作了表现心情的手段，并且完全不把设计乐式本身作为目的。不错，他一生非常保守地（顺便说一句，这也是激进共和主义者的特点）使用着旧的乐式；但是他加给它们以惊人的活力和激情，包括产生于思想高度的那种最高的激情，使得产生于感觉的激情显得仅仅是感官上的享受，于是他不仅打乱了旧乐式的对称，而且常常使人听不出在感情的风暴之下竟还有什么样式存在着了。他的《英雄交响乐》一开始使用了一个乐式（这是从莫扎特幼年时一个前奏曲里借来的），跟着又用了另外几个很漂亮的乐式；这些乐式被赋予了巨大的内在力量，所以到了乐章的中段，这些乐式就全被不客气地打散了；于是，从只追求乐式的音乐家看来，贝多芬是发了疯了，他抛出了同时使用音阶上所有单音的可怖的和弦。他这么做只是因为他觉得非如此不可，而且还要求你也觉得非如此不可呢。

以上就是贝多芬之谜的全部。他有能力设计最好的乐式；他能写出使你终身享受不尽的美丽的乐曲；他能挑出那些最干燥无味的旋律，把它们展开得那样引人，使你听上一百次也每回都能发现新东西；一句话，你可以拿所有用来形容以乐式见长的作曲家的话来形容他；但是他的病症，也就是不同于别人之处在于他那激动人的品质，他能使我们激动，并把他那奔放的感情笼罩着我们。当贝里奥滋听到一位法国作曲家因为贝多芬的音乐使他听了很不舒服而说："我爱听能使我入睡的音乐"时，他非常生气。贝多芬的音乐是使你清醒的音乐；而当你想独自一个静一会儿的时候，你就怕听他的音乐。

懂了这个，你就从十八世纪前进了一步，也从旧式的跳舞乐队前进了一步（爵士乐，附带说一句，就是贝多芬化了的老式跳舞乐队），不但能懂得贝多芬的音乐而且也能懂得贝多芬以后的最有深度的音乐了。

简评

在西方，人们对贝多芬的理解，可谓见仁见智，莫衷一是。雕塑大师罗丹称颂他的音乐庄严、肃穆、崇高；罗曼·罗兰推崇他"用苦难铸成欢乐"的不屈服于命运的坚韧精神；而在萧伯纳这位20世纪上半叶英国文坛最杰出斗士的笔下，贝多芬则成了"反抗性的化身"，这一论点发前人所未发，颇有见地。言为心声，正是由于感受的深切，作者才能把贝多芬的反抗精神表达得深刻、透辟，写得大气包举、激荡人心。贝多芬有一句名言：发自内心才能深入内心。这应该不仅仅是对音乐创作而言，萧伯纳的文学创作准确地反映当时的社会，有"发自内心的深刻"。

萧伯纳1885年开始写长篇小说《凯雪尔·拜伦的职业》和《不合理的姻缘》。1892年正式开始创作剧本。他的第一个戏剧集《不愉快的戏剧集》，其中包括《鳏夫的财产》《华伦夫人的职业》《荡子》三个剧本；第二个戏剧集包括《武器与人》等四个剧本；第三个戏剧集《为清教徒而写的戏剧集》包括《魔鬼的门徒》等三个剧本。萧伯纳的戏剧改变了19世纪末英国舞台阴沉弥漫的状况，他本人也成了戏剧界的革新家，掀开了英国戏剧史上新的一页。1926年因理想主义和人道主义精神的戏剧作品而获得"诺贝尔文学奖"。到此为止，萧伯纳已经写出他一生全部作品52部中的37部，这个数字恰好是莎士比亚的全部作品总数，乃至他曾提出过一个很有意思的问题：我比莎士比亚更好吗？他自己也没有回答。不过，在他93岁时创作的短剧《莎萧之战》中，两人在舞台上打了个平手。后来人认为他将自己与莎士比亚相提并论，我们最好看作是大师的幽默，因为他认为莎士比亚是不朽的。萧伯纳，他还是积极的社会活动家和"费边社会主义"的宣传者。他支持妇女的权利，呼吁选举制度的根本变革，倡导收入平等，主张废除私有财产。他认真研读过《资本论》，公开声言他"是一个普通的无产者""一个社会主义者"。他主张艺术应当反映迫切的社会问题，反对"为艺术而艺术"。其思想深受德国哲学家叔本华及尼采的影响，而且又曾读过马克思的著作，不过他却主张用渐进的方法改变资本主义制度，反对暴力革命。

爱因斯坦曾说过，萧伯纳作品中的一个字，就像古典音乐大师乐谱里的一个音符。阅读萧伯纳《贝多芬百年祭》，我们也仿佛获得了欣赏贝多芬《第七交响乐》时那种激荡人心的感受。贝多芬是勤劳的"酒神"，他的一生就是为人类酿造甘醇的美酒。萧伯纳所谓"贝多芬的音乐是使你清醒的音乐"可谓抓住了贝多芬音乐的本质，听他的音乐很多时候会想到整个世界。文章开篇就以一个长句突出了贝多芬倔强的个性，那"举拳向着咆哮的天空"的形象是他性格的典型写照。接着以一句简明扼要的判断句概括了全文的中心——"他是反抗性的化身"，提纲挈领。接着，作品以倒叙手法，揭开了贝多芬性格和音乐创作之谜：先从风度、衣着入手，写贝多芬其人。这是一篇饱含感情、充满哲理的散文，我们可以借用文中的一句话说明本文的写作特点："他能使我们激动，并把他那奔放的感情笼罩着我们。"贝多芬的音乐如此，萧伯纳的文章也是如此。文章重于抒情和议论，有许多精辟、深刻、含蓄的语言需要读者品味理解。全文脉络清晰，从整体上看，文章重点说明贝多芬的个性及音乐的特点；从局部看，每段都有一些中心语句，把握这些句子，就可以准确快速地概括出全文的主要内容。

本文是一篇祭文。作者没有像论说文那样层层论证，最后引发出文章的主旨；而是追记了贝多芬的思想和创作的各个侧面。由于紧紧抓住了"反抗性"这个深层题旨，"晓其大纲，则众理可贯"（刘勰《文心雕龙》），文章的议论淋漓尽致，一气呵成，有着很强的逻辑力量。追记中文章有许多语句既饱含感情又充满哲思，具有强烈的感染力和说服力，如："他的灵魂是伟大的；但是如果我使用了最伟大的这种字眼，那就是说比汉德尔的灵魂还要伟大，贝多芬自己就会责怪我。"谁的灵魂更伟大，这是无法评价的，这句话非常巧妙地表达了作者对贝多芬的谦逊品性和伟大灵魂的礼赞。"贝多芬对莫扎特有一种出于道德原因的恐怖。""贝多芬不是戏剧家，赋予道德以灵活性对他来说就是一种可厌恶的玩世不恭。"这些语句反映了贝多芬与莫扎特性格与创作的不同之处，贝多芬是特立独行、强调原则的，而莫扎特则相对灵活，能够融入主流社会；贝多芬的音乐完全表现心情，莫扎特则更多地考虑了乐式，灵活地给浪子也加上"迷人的圣光"。"贝多芬的音乐是使你清醒的音乐。"就是说，贝多芬的音乐没有丝毫的媚俗之处，它能深入听众的心灵，振聋发聩，令人警醒，从而使听众感受到生命的尊严和价值。

同时，本文还有两个比较突出的特点：首先，没有像一般纪念文章那样使用"伟大""杰出""不朽"这类形容词，而是代之以"最奔腾澎湃的灵魂""产生于思想高度的那种最高的激情"这样一类语言，它们体现着作者的非凡见识，也准确地概括了贝多芬及其音乐创作的特征，大大增加了作品的概括力。其次，不同于一般的祭文，本文突出地表现了贝多芬对他的时代的抗争，作者在进行抽象议论的时候，往往伴之以生动具体的描绘。比如《第七交响乐》最后的乐章，"可以引起最黑最黑的舞蹈家拼了命地跳下去"，"莫扎特从小起就是梳洗干净、穿着华丽、在王公贵族面前举止大方"，等等。作者准确而抽象地概括了逝者波澜壮阔的一生，这需要心灵的感悟。

还有，作品的立意十分明确，全文都围绕着贝多芬傲视传统的狂放不羁的精神加以生发，作者以此作为"贝多芬之谜的全部"，概括了贝多芬的品格：为人的品格和作品的品格。一开始，作者就饶有兴味地写了贝多芬的几则轶事：他蔑视天地，唐突神灵，在雷电轰鸣中，"举拳向着咆哮的天空"；当他在街上遇到一位大公和他的随从时，也"把帽子向下按得紧紧地，然后从他们正中间大踏步地直穿而过"。贝多芬生活在德意志封建专制时代，宗教（神灵）和权势则是封建专制的两大支柱，作者用这两则轶事，典型地反映了贝多芬与他的时代的抗衡，这样，贝多芬最突出的性格与精神在作品一开始就得到了形象地展现。总之，这篇散文以饱含热情的笔触，写出了贝多芬与倔强、反叛的个性及其音乐创作特色，思路清晰，情感丰富，饱含哲理，是传世的散文佳作。

悼

念乔治·桑

◇［法］雨果

我为一位死者哭泣，我向这位不朽者致敬。

昔日我曾爱慕过她，钦佩过她，崇敬过她，而今，在死神带来的庄严肃穆中，我出神地凝视着她。

我祝贺她，因为她所做的是伟大的；我感激她，因为她所做的是美好的。我记得，曾经有一天，我给她写过这样的话："感谢您，您的灵魂是如此伟大。"

难道说我们真的失去她了吗？

不。

那些高大的身影虽然与世长辞，然而他们并未真正消失。远非如此，人们甚至可以说他们已经自我完成。他们在某种形式下消失了，但是在另一种形式中犹然可见。这真是崇高的变容。

本文选自《外国散文名篇选读》（作家出版社，1986年版，姚远译）。雨果（1802—1885），全名维克多·雨果，法国作家，19世纪前期积极浪漫主义文学的代表，写过许多诗歌、小说、剧本、各种散文和文艺评论及政论，在法国及全世界有着广泛的影响力。其代表作有《巴黎圣母院》《悲惨世界》等，短篇小说有《"诺曼底"号遇难记》等。雨果是一位充满战斗精神的诗人,他曾以《处罚集》《凶年论》等气势恢宏、感情奔放的动人诗篇,吹响了反对帝制、歌颂光明的斗争号角。对19世纪的法国文学产生了巨大影响。

人类的躯体乃是一种遮掩。它能将神化的真正面貌——思想——遮掩起来。乔治·桑就是一种思想,她从肉体中超脱出来,自由自在,虽死犹生,永垂不朽。啊,自由的女神!

乔治·桑在我们这个时代具有独一无二的地位。其他的伟人都是男子,唯独她是伟大的女性。

在本世纪,法国革命的结束与人类革命的开始都是顺乎天理的,男女平等作为人与人之间平等的一部分。一个伟大的女性是必不可少的。妇女应该显示出,她们不仅保持天使般的禀性,而且还具有男子的才华。她们不仅应有强韧的力量,也要不失其温柔的禀性。乔治·桑就是这类女性的典范。

当法兰西遭到人们的凌辱时,完全需要有人挺身而出,为她争光载誉。乔治·桑永远是本世纪的光荣,永远是我们法兰西的骄傲。这位荣誉等身的女性是完美无缺的。她像巴贝斯一样有着一颗伟大的心;她像巴尔扎克一样有着伟大的精神;她像拉马丁一样有着伟大的灵魂。在她身上不乏诗才。在加里波第曾创造过奇迹的时代里,乔治·桑留下了无数杰作佳品。

列举她的杰作显然是毫无必要的,重复大众的记忆又有何益?她的那些杰作的伟力概括起来就是"善良"二字。乔治·桑确实是善良的,当然她也招来某些人的仇视。崇敬总是有它的对立面的,这就是仇恨。有人狂热崇拜,也有人恶意辱骂。仇恨和辱骂正好表现人们的反对,或者不妨说它表明了人们的赞同——反对者的叫骂往往会被后人视为一种赞美之辞。谁戴桂冠谁就招打，这是一条规律，咒骂的低劣正衬出欢呼的高尚。

像乔治·桑这样的人物，可谓公开的行善者，他离别了我们，而几乎是在离逝的同时，人们在他们留下的似乎空荡荡的位子上发现新的进步已经出现。

每当人间的伟人逝世之时，我们都听到强大的振翅搏击的响声。一种事物消失了，另一种事物降临了。

大地与苍穹都有阴晴圆缺。但是，这人间与那天上一样，消失之后就是再现。一个像火炬那样的男人或女子，在这种形式下熄灭了，在思想的形式下又复燃了。于是人们发现，曾经被认为是熄灭了了的，其实是永远不会熄灭。这火炬燃得比以往任何时候更加光彩夺目，从此它组成文明的一部分，从而屹立在人类无限的光明之列，并将增添文明的光芒。健康的革命之风吹动着这支火炬，并使它成为燎原之势，越烧越旺，那神秘的吹拂熄灭了虚假的光亮，却增添了真正的光明。

劳动者离去了，但他的劳动成果留了下来。

埃德加·基内逝世了，但是他的高深的哲学却越出了他的坟墓，居高临下劝告着人们。米谢莱去世了，可在他的身后，记载着未来的史册却在高高耸起。乔治·桑虽然与我们永别了，但她留给我们以女权，充分显示出妇女有着不可抹煞的天才。正由于这样，革命才得以完全。让我们为死者哭泣吧，但是我们要看到他们的业绩。具有决定性意义的伟业,得益于颇可引以为豪的先驱者的英灵精神,必定会随之而来。一切真理、一切正义正在向我们走来。这就是我们听到的振翅搏击的响声。

让我们接受这些卓绝的死者在离别我们时所遗赠的一切!让我们去迎接未来!让我们在静静的沉思中,向那些伟大的离别者为我们预言将要到来的伟大女性致敬!

简评

雨果的创作历程超过60年,是个多产的作家,也是个多产的诗人。他前期的创作,基本上是站在资产阶级人道主义立场上,同情人民疾苦,希望通过改良社会,解决矛盾。他是历史上著名的法国人道主义的代表人物,法国文学史上卓越的资产阶级民主作家,被人们称为"法兰西的莎士比亚"。他在《就英法联军远征中国给巴特勒上尉的信》中说:"在世界的某个角落,有一个世界奇迹,这个奇迹叫圆明园。……有一天,两个来自欧洲的强盗闯进了圆明园。一个强盗洗劫财物,另一个强盗在放火。似乎得胜之后,便可以动手行窃了。他们对圆明园进行了大规模的劫掠,赃物由两个胜利者均分。……将受到历史制裁的这两个强盗,一个叫法兰西,另一个叫英吉利。不过,我要抗议,感谢您给了我这样一个抗议的机会。治人者的罪行不是治于人者的过错;政府有时会是强盗,而人民永远也不会是强盗。"法国著名哲学家萨特说过,雨果是法国"极少数的真正受到民众欢迎的作家之一,可能是惟一的一位"。雨果逝世,法国人民为这位伟大的诗人举行了国葬,他的遗体被安葬在专门安葬伟人的先贤祠。罗曼·罗兰也曾如此赞扬过雨果:"在文学界和艺术界的所有伟人中,雨果是惟一活在法兰西人民心中的伟人。"

1876年6月8日，著名女作家乔治·桑在远离巴黎的乡间诺昂去世。消息传来，雨果哀恸不已，立即挥笔写下感情真挚的悼词。这篇悼词不同凡响，它没有缠绵悱恻的感伤之意，也没有世俗的一味奉承的溢美之词，更不是把死者捧为偶像去顶礼膜拜，而是用自己特有的方式悼念一位伟大的女性。死者的高尚，说明了一个朴素的道理：劳动者离去了，他的劳动成果留了下来。一种伟大的精神一旦诞生，必将哺育出又一代新人。作者先是悲痛，接着是敬慕，然后是豪情满怀，最后是热情澎湃，感情线索清晰流畅，读后令人振奋。悼词突出地表现了雨果对乔治·桑的敬仰。他认为乔治·桑可以和历史上的政治家、哲学家、历史学家、民族解放的领袖相媲美。她像巴贝斯一样有着一颗伟大的心，她像巴尔扎克一样有着伟大的精神，她像拉马丁一样有着伟大的灵魂。她的逝世和法国哲学家、历史学家逝世一样，应当载入史册。这就是雨果对乔治·桑一生所给予的肯定。雨果对乔治·桑的崇敬实质是对一种理性独立精神的认可、宣扬与赞赏。

《悼念乔治·桑》是雨果在乔治·桑葬礼上的演讲，也是作者发自内心地对"伟大"和"善良"的颂歌："我为一位死者哭泣，我向这位不朽者致敬。昔日我曾爱慕过她，钦佩过她，崇敬过她，而今，在死神带来的庄严肃穆中，我出神地凝视着她。"这是一篇文艺性很强的散文体演说辞，也是一篇优美的抒情散文。说理的辩证性和语言的哲理性是这篇演说稿的两大特色。作者在文中指出，伟人虽然离我们而去，但在逝去的同时，"新的进步已经出现"。启示人们，对伟人的逝世不应持悲观态度，在看到伟人逝去的同时，还须看到他的贡献和力量。这篇演说辞不同于一般的悼念文章，它不仅评说死者，而且阐述自己的观点，那就是作者的生死观。整篇演说稿，给读者留下的不是压抑，不是眼泪，不是哀伤，而是悲壮、沉痛化成的巨大力量。这正是作者人生观、世界观的一种体现。

乔治·桑1804年7月1日生于巴黎,父亲是第一帝国的军官。她从小由祖母抚养,13岁进入巴黎的修道院,18岁时嫁给杜德望男爵,但她对婚姻并不满意,1831年到巴黎,开始独立生活和写作生涯。1832年发表第一部长篇小说《安蒂亚娜》,一举成名。34岁时,她遇上了"钢琴诗人"肖邦,他们在一起"亲密无间"地生活了9年。乔治·桑喜欢描绘家乡绮丽的田园风光,具有浓郁的浪漫色彩。她的小说以发人深省的内容和细腻温婉、亲切流畅的笔触而独树一帜,在世界文坛享有较高的声誉。乔治·桑是19世纪法国浪漫主义女性文学和女权主义文学的先驱,她一生都追求博爱、平等、崇高的理想,用理想主义的作品,唤起人们的良知,唤醒心灵深处的善良,寻求理想的真理。她一身男装,嘴叼雪茄,手拿精致高脚杯的形象,在那个时代永远是一道亮丽的风景。她风情万种,又异常精干,美丽漂亮而豁达大度,具有女人的魅力、男人的坚强,她造就了享誉世界的钢琴家肖邦,她与缪塞、圣勃夫、米谢莱、小仲马、巴尔扎克、雨果的友谊使她成为举世瞩目的焦点。雨果笔下的乔治·桑到底是怎样的一位女性呢?她是自由的女神,她讲究男女平等,她维护女权,她是女性的典范,是法兰西的骄傲。她不仅保持天使般的禀性,具有男子的才华,她兼具强韧的力量和温柔的禀性。她是伟大的,"她的那些杰作的伟力概括起来就是'善良'二字"。"但她留给我们以女权,充分显示出妇女有着不可抹煞的天才。"雨果笔下的乔治·桑是完美无缺的,独一无二的,雨果赋予了她无比灿烂的光环。

歌德曾说过:"伟大的人物总是透过某些弱点与他们的时代联系在一起。"雨果也说:"人类的躯体乃是一种遮掩。它能将神化的真正面貌——思想遮掩起来。"是的!人的肉体只是一层外膜,透过外膜,可以发现许多不同特点的美好的东西。"乔治·桑就是一种思想,她从肉体中超脱出来,自由自在,虽死犹生,永垂不朽。啊,自由的女神!"(雨果语)这种发现，对整个人类，是一种贡献，那些思想的光亮将带来人类的新生。正如雨果赞扬乔治·桑所说："我祝福她，因为她所做的是伟大的；我感激她，因为她所做的是美好的。我记得，曾经有一天，我给她写过这样的话：'感谢您，您的灵魂是如此伟大。'"乔治·桑在平静中生活，在平静中度过生活或爱情的波澜，甚至一次次在风波中倾覆、重生……在一次次受伤的心灵中静静地孕育着一首又一首伟大的撼人心弦的诗篇，这就是崇高的一种存在。在这种静寂中，我们却能听到振翅搏击的响声，看到那神秘火炬的吹拂熄灭了虚假的光亮，却增添了真正的光明，感受到爱的哲理，使心灵得到净化。

"劳动者离去了，但他的劳动成果留了下来。"

时

间

◇ 蒋子龙

本文选自《中外文摘》(2011 年第 7 期)。蒋子龙(1941—)，河北沧县人，当代作家，中国作家协会会员。1979 年发表的短篇小说《乔厂长上任记》开"改革文学"之先河，在社会上产生了很大影响。蒋子龙善于写工业题材，其作品题材重大，有强烈的时代气息。

人生的全部学问就在于和时间打交道。

有时一刻值千金；有时几天、几个月、几年乃至几十年，不值一分钱。

年轻、年盛的时候，一天可以干很多事；在世上活的时间越长，就越抓不住时间。

当你感到时间过得越来越快，而工作效率却慢下来了，说明你生命的机器已经衰老，经常打空转。

当你度日如年，受着时间的煎熬，说明你的生活出现了问题，正在浪费生命。

当你感到自己的工作效率和时间的运转成正比，紧张而有充实感，说明你的生命正处于黄金时期。

忘记时间的人是快乐的，不论是忙得忘了时间，玩得忘了时间，还是幸福得忘了时间。

敢于追赶时间的，是勤劳刻苦的人。

追上了时间，并留下精神生命，和时间一样变成了永恒存在的，是天才。

更多的人享用过时间，也浪费过时间，最终被时间所征服。

凡是有生命的东西，和时间较量的结果最后都是失败。有的败得辉煌，有的败得悲壮，有的败得美丽，有的虽败犹胜，有的败得合理，有的败得凄惨，有的败得龌龊。

时间无尽无休，生命前赴后继。

无数优秀的生命占据了不同的时间，使时间有了价值，这便是人类的历史。

生命永远感到时间是不够用的。因此生命对时间的争夺是酷烈的，产生了许多骇人听闻的故事，如"头悬梁""锥刺股""以圆木为枕"等等。

时间是无偿赠送给生命的，获得了生命也就获得了时间，而且时间并不代表生命的价值。所以世间大多数生命并不采取和时间"竞争""赛跑"的态度，根据生存的需要，有张有弛，有紧有松。累得受不了啦，想闲。拥有太多的时间无法打发，闲得难受，就想找点事干，让自己紧张一下。

现代人的生存有大同小异的规律性。忙的有多忙？闲的有多闲？忙的挤占了什么时间？闲人又哪来那么多时间清闲？《人生宝鉴》公布了一个很有意思的调查材料——

一个人活了72岁,他的一生是这样度过的:

睡觉20年,吃饭6年,生病3年,工作14年,读书3年,体育锻炼看戏看电视看电影8年,饶舌4年,打电话1年,等人3年,旅行5年,打扮5年。

这是平均数,通过这个平均数可以看到许多问题,想到许多问题。每个生命都是普通的,有些基本需求是不能不维持的。普通生命想度过一个不普通的一生,或者是消闲一生,该在哪儿节省,该在哪儿下力量,看了这个调查表便会了然于胸。

不要指望时间是公正的。时间对珍惜它的人和不珍惜它的人是不公正的,时间对自由人和监狱的犯人也无公正可言,时间的含金量,取决于生命的质量。

时间对青年人和老年人也从来没有公正过。人对时间的感觉取决于生命的长度,生命的长度是分母,时间是分子,年纪越大,时间的值越小,如"白驹过隙"。年纪越轻,时间的值就越大,"来日方长"。

时间,你以为它有多宽厚,它就有多宽厚,无论你怎样糟蹋它,它都不会吭声,不会生气。

时间,你以为它有多狡诈,它就有多狡诈,把你变苍老的是它,让你不知不觉中蹉跎一生,最终后悔不迭的还是它。

时间,你认为它有多忠诚,它就有多忠诚;它成全了你的雄心、你的意志。

有什么样的生命,就有什么样的时间。

一个人有什么样的时间观念,就会占有什么样的时间。

爱因斯坦创立相对论,证明时间与空间和物质是不可分割的,任何脱离空间的时间都是不存在的,也是没有意义的。人如果能超光速旅行就会发生时间倒流,回到过去。倘若有一天人类能征服时间了,生命真正成了时间的主人,世界将是什么样子呢?

简评

著名作家蒋子龙先生1979年发表的短篇小说《乔厂长上任记》,揭示了新时期经济改革中的种种矛盾,剖析了不同人物的复杂的灵魂,塑造了一位敢于向不正之风挑战、勇于承担革命重任,具有开拓精神的改革者的形象。作品较早地把注意力由揭露"四人帮"造成的创伤转向社会现实,表达了当时人民渴望变革的迫切要求,因而获得广泛的赞誉。由此,他便一发而不可收拾,用他那支生花妙笔创作了丰富的改革者形象的人物画廊,把改革者的个性心理、精神风貌以及他们为现代化建设进行的可歌可泣的奋斗精神,表现得极具感染力。乔光朴、车蓬宽、牛宏、武耕新等改革者群像,在他的小说世界中呼之欲出。

在蒋子龙先生等身的著作中,随笔散文《时间》篇幅虽然不大,很短。但是,非常富于哲理性,是一篇难得的好文章,享有极高的声誉。"作家写随笔多,是因为读随笔的人多。'随笔热'首先来自人们的精神需求,来自社会。现代人应付旋转莫测的生活,需要知识,需要思想。随笔恰恰具有这几种成分,溶现实性、生活性、知识性、思想性为一体。而且精巧,灵便,类似一种精神快餐食品。它不是大菜,但方便,可口,有足够的营养。"(蒋子龙《净火·序》)像本文,时常品读,能够用以提醒告诫自己,要善待宝贵的人生,珍惜美好的时间,切莫让它在自己手中浑浑噩噩、庸庸碌碌的浪费溜跑了。

"人的全部学问就在于和时间打交道。"这是作者在本文要表达的一个主要观点。就读书而言,善于读书的古人是利用"冬者岁之余、夜者日之余、阴雨者时之余"之"三余"来安排时间读书的,蒋子龙安排自己的读书时间则是"抓空,有时也放下一切事情读完一本书"。他"主要看写作需要的资料方面的书和自己内心喜欢的杂书,当然也读一些需要的专业书籍。"蒋子龙说读书的第一道程序是选择。人的生命短暂,时间和精力都有限,读书有益的条件之一,就是不读坏书和废书,甚至光是好书你一生也读不完。这需要借鉴古人读书的智慧:存书容易,能读为难;能读容易,记住为难;记住容易,能用为难。据不完全统计,高产作家蒋子龙共出版了87本书(截至2015年上半年),他在时间上是众所周知的"吝啬"。显然这等身的作品是艰苦的劳动成果,是用时间换来的。他说这些书他都很喜欢,不喜欢就不出了。同时又都不是很满意,总觉得还可以写得再好一点。在这个意义上说,写作也是一种"遗憾"的工作。当然,他认为出书的数量并不能证明什么,"现在我最看重的是书的质量,一定要使自己先满意,自己能被自己的作品所感动。这才对得住喜欢、信任自己的读者。目前,我平均每年出一到两本书。"正如作者所说:"有什么样的生命,就有什么样的时间。"子在川上曰:逝者如斯夫! 说的是时间不等人,千年而下,激励了无数的人在时间中演绎生命。李大钊先生就是一个把时间抓得很紧的人。多次告诫年轻人:凡事都要脚踏实地地去工作,不驰于空想,不骛于虚声,惟以求真的态度作踏实的功夫。以此态度求学,则真理可明,以此态度做事,则功业可就。

每个人都应该珍惜时间如同生命一般,但是真正做到却很难。梁实秋先生有一段推心置腹的叙述。"最令人怵目惊心的一件事,是看着钟表上的秒针一下一下的移动,每移动一下就是表示我们的寿命已经缩短了一部分。再看看墙上挂着的可以一张张撕下的日历，每天撕下一张就表示我们的寿命又缩短了一天。因为时间即生命。没有人不爱惜他的生命，但很少人珍视他的时间。如果想在有生之年做一点什么事，学一点什么学问，充实自己，帮助别人，使生命成为有意义，不虚此生。那么就不可浪费光阴。这道理人人都懂，可是很少人真能积极不懈的善为利用他的时间。"（梁实秋《时间与生命》）梁先生自己呢？"我不打麻将，不经常听戏看电影，几年中难得一次，我不长时间看电视，通常只看半个小时，我也不串门子闲聊天。"可他还认为"自己是浪费了很多时间的一个人。"可见，他和本文的作者蒋子龙一样很珍惜时间，并值得我们认真学习。

鲁迅先生是公认的珍惜时间的楷模。他曾经说过："节约时间，也就是使一个人的生命更加有效，也就等于延长了人的生命。"读者有口皆碑的："哪里有天才，我是把别人喝咖啡的时间都用在写作上了。"说得更加精辟。是的，人生短短几十个秋，说起来也是弹指一挥间。无论你干什么事都要珍惜时间，切不可慨叹人生的苦短，让时间白白的从你身边流逝。"少壮不努力，老大徒伤悲。"

有的人却认为短短的人生，若不及时行乐，岂不枉来人生一世？这是完全不同的一种时间观、人生观、价值观。把时间都在嬉戏中度过，像寄生虫一般；而有的人深深懂得把时间用在工作和学习中，让生命的分分秒秒都在充实，都在发光发热。当然，时间也会给这两种人以不同的结果：第一种，终日碌碌无为，落得两手空空，只留下无穷的悔恨；第二种，艰辛的劳作，换来的是累累硕果，他们用自己的勤劳和智慧，为国家做出巨大贡献，为自己书写了充实的人生。他们的人生价值会得到社会的公认，他们的人生闪烁着光彩。前苏联伟大作家高尔基有一篇久负盛名的写时间的散文《时钟》，散文的结尾对我们的"人生苦短"之说，很有启发："我们生活的时钟是空虚、乏味的时钟；不要吝惜自己，让我们用美丽的功勋来充实它吧,唯有如此我们才能感受到充满欢乐悸动、洋溢炽热豪情的美妙时刻!"

是啊!"一个人有什么样的时间观念,就会占有什么样的时间。"

"不要指望时间是公正的。""时间的含金量,取决于生命的质量。"时间的公正性在于,它对每一个人都一视同仁,一分不多,一秒不少,绝对公平。时间的残酷性在于,你不能抓住它,它就稍纵即逝,再也不回头,你就落个终身的遗憾。"去的尽管去了,来的尽管来着;去来的中间,又怎样地匆匆呢?……于是——洗手的时候,日子从水盆里过去;吃饭的时候,日子从饭碗里过去;默默时,便从凝然的双眼前过去。"(朱自清《匆匆》)珍惜时间的人还是很多的,让我们认真地读一读上面朱自清关于时间的精辟论述吧!面对流逝的时间,是不容叹息的,如果叹息,"新来的日子的影儿又开始在叹息里闪过了"。

吻

火

◇ 梁遇春

回想起志摩先生,我记得最清楚的是他那双银灰色的眸子,其实他的眸子当然不是银灰色的,可是我每次看见他那种惊奇的眼神,好像正在猜人生的谜,又好像正在一页一页揭开宇宙的神秘,我就觉得他的眼睛真带了一些银灰色。他的眼睛又有点像希腊雕像那两片光滑的,仿佛含有无穷情调的眼睛,我所说银灰色的感觉也就是这个意思罢。

他好像时时刻刻都在惊奇着。人世的悲欢,自然的美景,以及日常的琐事,他都觉得是很古怪的,从来没有看见过的,完全出乎意料之外的。所以他天天都是那么有兴趣(Gusto),就是说出悲哀的话的时候,也不是垂头丧气,厌倦于一切了,都是发现了

本文选自《梁遇春散文》(人民文学出版社,2010 年版)。梁遇春(1906—1932),笔名秋心、驭聪,福建闽侯人。梁遇春在大学读书期间,就开始翻译西方文学作品,并兼写散文,他的译著多达二三十种,其中以英国《小品文选》《英国诗歌选》影响较大,成为当时中学生喜好的读物。1932 年夏,因病猝然去世,年仅 27 岁。

一朵"恶之花",在那儿惊奇着。

三年前,在上海的时侯,有一天晚上,他拿着一根纸烟向一位朋友点燃的纸烟取火,他说道:"kissing the fire"(吻火)。这句话真可以代表他对于人生的态度。人世的经验好比是一团火,许多人都是敬鬼神而远之。隔江观火,拿出冷酷的心境去估量一切,不敢投身到轰轰烈烈的火焰里去,因此过个暗淡的生活,简直没有一点的光辉,数十年的光阴就在计算怎么样总会不上当里面消逝去了,结果上了个大当。他却肯亲自吻着这团生龙活虎般的烈火,火光一照,化腐臭为神奇,遍地开满了春花,难怪他天天惊异着,难怪他的眼睛跟希腊雕像的眼睛相似,希腊人的生活就是像他这样吻着人生的火,歌唱出人生的神奇。

这一回在半空中他对于人世的火焰作最后的一吻了。

简评

诗人徐志摩是因飞机失事"浴火"而逝的。在友人的眼中,志摩一生都在吻着人生的火,都在歌唱人生的神奇。《吻火》中梁遇春撷取别人不曾留意的诗人生活的细枝末节,探悉他的灵魂,复活他诗意盎然奕奕闪亮的诗人形象,达到神秀奇佳的艺术效果。

梁遇春虽英年早逝,才华未能得到充分的展示,但他依然是中国现代散文的重要作家。深受英国随笔影响,有"中国的爱利亚"之称,在小品文理论和创作上都有开创之功。他的散文总数不过五十篇,但独具一格,在现代散文史上自有其不可替代的地位,堪称一家。梁遇春读书极其驳杂,大致以哲学与文学方面较多。好友冯至称他足以媲美中国唐代的李贺、英国的济慈、德国的诺瓦利斯。"他博览群书,他受影响较多的,大体看来有下边的三个方面:他从英国的散文学习到如何观察人生，从中国的诗、尤其是从宋人的诗词学习到如何吟味人生，从俄罗斯的小说学习到如何挖掘人生。这当然不能包括他读过的所有书籍。"（冯至《谈梁遇春》）

本文是一篇精彩而独特的怀人散文。文章通过对徐志摩的灵魂世界的刻画，表现了作者对"隔江观火"的人生态度的否定和对"吻着人生之火"的人生态度的赞美。徐志摩是著名的诗人、学者，"新月派"的代表人物，他的意外死亡曾引起巨大反响，在文学界、教育界和新闻界都掀起过声势浩大的悼念活动。众多作家都发表过悼念文章或哀辞、挽联，以不同方式纪念这位"新月派的灵魂人物"。胡适的《悼念志摩》、凌叔华的《志摩真的不回来了吗？》都是其中颇具影响的代表性文章。本文作者梁遇春在大学读书期间，就开始翻译西方文学作品，并兼写散文，成名比较早。从相关资料来看，梁遇春和徐志摩似乎并无非常密切的交往，他的悼念文章却另辟新径，别具一格，从数量极为可观的"悼徐"文章中脱颖而出，成为其中的佼佼者。这与作者独特的角度选择、高超的艺术功力是分不开的。

短短五百多字的篇幅中，作者既没有详细、全面地叙述徐志摩的生平事迹，也没有浓墨重彩地书写与诗人交往的重大事件，而是通过精选两个最能体现诗人个性气质的"特写镜头"，即其"惊奇"的眼神和"吻火"的动作，传神地勾勒出徐志摩的个性灵魂和精神风貌，表现了作者对诗人亲吻人生火焰的人生态度和人格追求的高度赞美。词语"吻火"，得之于作者的亲历，他听到徐志摩向人借火的时候说出来的。说者无心，听者有意，作者拿来作徐志摩"人生态度"的一个代表。把人生比作是"火"，看似平常，实则饱含了深意。因为"火"不仅象征了人世的明亮、温暖、热烈、轰轰烈烈的一面，还有烧灼、破坏、毁灭的一面。所以，作者说有两种对待"火"（人生）的态度：一种是害怕它灼伤自己，于是"敬鬼神而远之"，"隔江观火"，结果过的是"暗淡的生活"；一种是投

吻火

身于火，"肯亲自吻着这团生龙活虎般的烈火"，结果是生活中哪怕遇到"腐臭"，烈火也会化它为神奇，人生就会"开满了春花"。徐志摩是肯"吻"人生之火的人，所以他天生"惊奇"，眼睛像希腊雕像的眼睛，同前面的两段意思作了总的照应。这里赞美的显然已经超出了徐志摩，而是包括一切达到如此人生境界的人。无疑，这在很大程度上拓展了悼念文章的深度和感染力。

废名先生在梁遇春《〈泪与笑〉·序》中说："我说秋心的散文是我们新文学当中的六朝文，这是一个自然的生长，我们所欣羡不来学不来的，在他写给朋友的书简里，或者更见他的特色，玲珑多姿，繁华足媚，其芜杂亦相当，其深厚也正是六朝文章所特有的，秋心年龄尚青，所以容易有喜巧之处，幼稚亦自所不免，如今都只是为我们对他的英灵被以光辉。"值得一提的是，梁遇春是中国现代文学史上一个被忽略的角色，在短短27年的生命里，他只给我们留下了37篇小品文和二三十部译作。然而，正如他在给徐志摩的悼文中所写的那个吻火者，梁遇春留给后世的，是一个率性而为的"蹈火者"形象。他对火有着一种特殊的情结，因为他本人的生命也正如一团跳动的火焰，尽管最终剩下的也只不过是一点残灰，却仍然奋不顾身的投入到这烈焰中去，从容起舞。梁遇春在《观火》中说："我们的生活也该像火焰这样无拘无束，顺着自己的意志狂奔，才会有生气，有趣味。我们的精神真该如火焰一般地飘忽莫定，只受里面的热力的指挥，冲倒习俗、成见、道德种种的藩篱，一直恣意下去，任情飞舞，才会迸出火花，幻出五色的美焰。"梁遇春的文章正如他的人品，即使是观火，也是一种把自己燃烧进去的高度。他早已知道生命的火焰最终将熄灭，变成一堆灰烬，所以这投入就带上了一丝悲壮的色彩，也早已蕴涵了最为深刻的绝望与无奈。

心

有
灵
犀

◇ 王三堂

说形体语言

　　人的情感的表现方式的真伪与人的主观自觉控制力大小成反比。书面语言最有时间斟酌和修改，因而也最有可能是可信度最低的一种方式，也是最易撒谎的一种方式（当然对研究笔迹学有造诣的人除外）。口语可斟酌和修改的时间相对要少一些，因此其可信度要强一点，当然，口语也有足够的余地来撒谎。至于非语言交际行为则不易受意识控制，有时完全处于无意之中，即使经过训练的人也不能完全控制，因而可靠性最大。故人常说要听其言、观其

　　本文选自《中学美文读本　唇亡齿寒》（吉林人民出版社，2011 年版）。王三堂，简历不详。曾在《散文百家》发表散文多篇。

行,此"行"包括表面行、背后行、有意识的行和无意识的行,尤其要注意其下意识所表现的行。

弗洛伊德认为,没有人可以隐藏秘密。假如说他的嘴不说话,他会用形体说话。由此可见,人体语言大都发自内心深处,极难压抑和掩盖。比如,做了亏心事,肯定会心神不定、鬼头鬼脑;听到好话会眉开眼笑,听到批评时则肯定会垂头丧气,即使强装笑脸也会是皮笑肉不笑。人在激动时会手舞足蹈,人在发怒时会青筋暴露。这些都不难证实人体语言的可靠性。要想了解人心的真伪,应注意观察他的人体信号,因此测谎仪应运而生。当然这个信号的表演用的是特殊语言,要读懂也要认真研究,否则也会误解。

聪明和漂亮成反比

有人说"漂亮女人不聪明,聪明女人不漂亮",此话虽非普遍真理,但也不无道理。吾悟其理:一、上帝是公平的,世间之事,好事不能都让一个人占全,总要留点缺憾;二、在世人的眼中或许对漂亮女人和不漂亮女人的才能要求有差别;三、从后天上讲,漂亮女人注意了扬长而忘了避短,而不漂亮的女人注意避短反而扬了长。盲人听觉、触觉会更灵敏,聋人的观察力、感受力会更细致。同理。

有价与无价

能用金钱买到的东西是有价的,真正的珍贵之物是金钱买不到的。有形的往往有价、无形的往往无价。医药有价,健康无价;婚姻有价,爱情无价;富贵有价,寿命无价;龙床有价,睡眠无价。你能买到仆人,但买不到真心;能买到帮手,但买不到友情;能买到文凭,但买不到知识;能买到吹捧,但买不到敬重,等等。当然,有价的东西不见得都是不珍贵的东西,无价的东西也不都是好的东西。更要看到有价和无价是对立统一可以转化的,正像物质和精神是可以转化的一样。因此既要重视有价,又要重视无价,更要重视用有价的物质培养、发展许多无价的精神产品,用无价的精神去促进有价的物质生产。

说穷道富

金钱没有罪恶,而罪恶是人造成的。富人、有钱的人没有什么不好,关键看钱是如何来的,钱花到哪里去了。金钱和好人的结合是社会之福,金钱和愚人、恶人结合是社会之祸。好人没钱不能很好地办好事,而坏人有了钱则可能更多地办坏事。有钱的人固然有"不仁"的,但仁者却有不少是富人;贫穷的人固然也有仁者,但却很难有大智者。因为穷得一无所有的人如何接受最起码的教育呢?贫穷更多地是和愚昧、落后共生共长。邓小平说,贫穷不是社会主义。我认为贫穷的人也不会是一个健全的、高素质的人。在一定意义上讲,贫穷是一种缺陷。当然,有些时候,有些人的贫穷是社会和客观条件造成的,但也远非完全如此。旧社会贫穷怨社会制度,三中全会以前贫穷怪政策,但三中全会以后再长期贫穷则责任在自己。一个人出生不由人选择,但成长、发展的道路在自己,所以,生而穷者不为耻,终身贫困究可悲。通过不正当手段致富是可耻的,经过正当手段努力仍不能致富的是可悲的,经过正当手段致富是可贺的,而那些不仅自己勤劳致富而且帮助别人致富的人是可敬的。

说“听话”

人人都要说话,人人都要听说话;人都喜欢会说话的人,人更喜欢听话的人。因此一个人,从小就被告知要做个听话的孩子,及至长大后则要做听话的学生、听话的群众、听话的干部等等。总之,好的人都应该是听话的人,不好的人都不是听话的人。果真如此吗? 回答是:不尽然。

我们所说的听话,往往指的是小时候听父母的话,上学听老师的话,走上社会要听领导的话,一生都要听古人的话,听权威的话,听书上的话等等。当然,不可否认这些话大部分是对,但并非完全正确。古人云:“尽信书不如无书”,那么完全听话就可能不如不听话。正确的态度应该是:既听话又不听话。

设想一下，如果所有的人都一味地"听话"，唯唯诺诺，百依百顺，不越雷池一步，社会如何前进？把人都养成温顺的小绵羊，那么他走上社会后又如何面对豺狼虎豹的竞争环境？因为在一定意义讲社会的变迁者首先是那些既听话又不听话的人提出设想的；理论、科技的创新也是那些既听话又不听话的实现的。如果人类的祖先都很"听话"，我们现在可能还在爬着行走；如果孙中山他们很"听话"，我们可能还生活在封建社会中；假如毛泽东他们很"听话"，中国早已沦为殖民地处于四分五裂之中；假如邓小平他们很"听话"，中国的现状是什么样子更加不堪设想。

因此，必须搞清楚真正的听话是什么样子。那种照抄照搬、不折不扣的应声虫叫不叫听话呢？也叫也不叫，或者是假叫真不叫。那种对"话"既继承批判，又创新发展，结合实际创造性运用的叫不叫听话呢？有人说不叫，我说叫。应声虫式的低层次的听话者太多，有棱有角有思想的不听话者（实际是高层次的听话者）太少，是发展之忌，民族之忧。当然那些谁的话也不听，我行我素的不听话者和那些胡作非为者当另作别论。

鲁迅先生曾经说过："中国中流的家庭，教孩子大抵只有两种法。其一，是任其跋扈，一点也不管。骂人固可，打人亦无不可，在门内或门前是暴主，是霸主，但到外面，便如失了网的蜘蛛一般，立刻毫无能力。其二，是终日给以冷遇或呵斥，甚而至于打扑,使他畏葸退缩,仿佛一个奴才,一个傀儡,然而父母却美其名曰'听话',自以为是教育的成功,待到放他到外面来,则如暂出樊笼的小禽。他决不会飞鸣,也不会跳跃。"两种教育方式只能产生假听话者和真不听话者两种结果。鲁迅先生60多年前的话至今仍有振聋发聩的作用。

我呼吁:全社会应共同努力,致力于创造一个崇尚个性、鼓励创新的环境,让低层次的"听话者"越来越少,让高层次的听话者(或曰不听话者)越来越多,此乃国家之幸,民族之幸。

简 评

生动、凝练、经典、意蕴丰富的若干个小标题所揭示的深刻道理,蕴涵在这一组充满哲理情趣的短文中,不讲空话、套话、虚话,是生命的真谛。完美与缺憾,金钱与罪恶,有价的物质与无价的精神等等……散文《心有灵犀》,没有过多的华丽辞藻,写得朴实无华,却有强烈的辩证意味。在一些司空见惯的生活现象和人的本身及其生活态度上,标新立异,广征博引,道人所未道,细细咀嚼,回味无穷。法国思想家帕斯卡尔有一句在全世界流传得极广的名言:"人是一支有思想的芦苇。"意思是说:人的生命像芦苇一样微不足道且脆弱不禁风,宇宙之间任何东西都能置人于死地。但是,即使如此,人类依然比天地万物之间任何东西高贵得多,因为人有一个能思想的灵魂。王三堂先生在《心有灵犀》中说的就是人们在此基础上的心灵的追求。

在人们的交谈、交往中,大概少不了"形体语言",千万不要以为形体语言只是一种动作而已。作者说:"弗洛伊德认为,没有人可以隐藏秘密。假如说他的嘴不说话,他会用形体说话。由此可见,人体语言大都发自内心深处,极难压抑和掩盖。比如,做了亏心事,肯定会心神不定、鬼头鬼脑;听到好话会眉开眼笑,听到批评时则肯定会垂头丧气,即使强装笑脸也会是皮笑肉不笑。"明于此,在和人的交往中,对人的了解会深刻、全面得多。

"能用金钱买到的东西是有价的,真正的珍贵之物是金钱买不到的。有形的往往有价、无形的往往无价。"道理很简单,但往往是这一简单的道理经常被人忽略,以至于做出得不偿失的傻事:"医药有价,健康无价;婚姻有价,爱情无价;富贵有价,寿命无价;龙床有价,睡眠无价。你能买到仆人,但买不到真心;能买到帮手,但买不到友情;能买到文凭,但买不到知识;能买到吹捧,但买不到敬重,等等。"静下心来想想,这里列举的一些生活中的常见的现象,稀里糊涂交了昂贵学费的人,我们见的还少吗? 所以说,本文值得一读。

换一个角度,这一组话题的背后包含着丰富的人生哲理。人们熟知的一段充满禅机的话:看山是山,看水是水;看山不是山,看水不是水;看山还是山,看水还是水。这里浓缩了人生的三种境界,也即是同一的问题,不同的人站在不同的立场上会得出完全不同的看法。比如文中的"说穷道富":"金钱没有罪恶,而罪恶是人造成的。富人、有钱的人没有什么不好,关键看钱是如何来的,钱花到哪里去了。"古往今来,在"穷与富"之间演出了无数的人间悲喜剧。有一种奇怪的现象:有时候幸福愈多幸福感就愈少。这说明幸福与幸福感不是一回事。为什么? 宋代文学家苏东坡看惯了人生中的人性的弱点,说过一段很深刻的话:"处贫贱易,处富贵难。安劳苦易,安闲散难。忍痛易,忍痒难。"贫贱者易生焦虑,富贵者易生厌倦,二者都不是好事。但贫贱者的焦虑是处在幸福的入口之外,不管怎么说,还有追求的目标,希望尚存。富贵者的厌倦则是处在幸福的出口之内,繁华的幻影在身后破灭,前面只有目标丧失的茫然。问题的根本或许就在于那个充满禅机的话语中。不同的人生境界,他们的眼里人生自然会呈现出不同,只有通过自己的人生历练，让自己厕身于第三种人生境界，才会居高临下地看待人生和生活中的一切，否则，追求一生，忙碌一生，人生的理想，人生的追求，总是无法达到，甚至抱恨终身。现实生活里存在的很多东西是我们无法左右的，但心情却是可以由我们自己来掌握的。

在此基础之上，细读这篇文章的几个片段，举一反三，我们还可以明白更深刻的道理。例如：金无足赤，人无完人。

世间没有十全十美的东西，一切事物都是有缺陷的，但缺陷并不一定是坏事，重要的是你如何面对。诸如维纳斯的断臂、池塘里的残荷、天上的残月、人类文明遗存的残垣……。他们并不完美，然而这些令人叹息的缺陷却并未减少他们本身的美丽，相反，它给了人美丽的想象空间，增添了无穷的魅力。所以很多时候，我们相信有一种美丽叫"残缺"。"留得残荷听雨声"正是这种境界。残缺是美丽的，却并不意味着我们要抱残守缺，因为它的美丽要在弥补它的同时得到体现。人类之所以会进步，从本质上源于一种不满——对现状残缺的不满。因为残缺，人类总是有留待开发的潜能；因为不完美，人类总是有不断前行的方向；因为永无止境的完美，世界才变得进步而充满光明；因为美丽的残缺依然存在，人类的精神将永远完满而充实。艺术上，悲剧总比喜剧更让人难忘。罗密欧与朱丽叶若是一个皆大欢喜的结局便不足以流传千古；西楚霸王若不是乌江自刎，便不足以显出英雄的豪迈悲壮；《红楼梦》中的贾氏家族若不是分崩离析的结局，便不足以达到批判的力度。也许这一切正应了一句话：没有缺憾，就失去了永恒，失去了美丽。

捷克作家米兰·昆德拉1985年5月获耶路撒冷文学奖时在颁奖典礼上演讲的标题是"人类一思考上帝就发笑"。这句如今广为流传的犹太谚语，道出了米兰·昆德拉对生命和整个人类世界的全部感悟。因为人的自作聪明，也因为人自身的渺小和微不足道。思考得越多，以为越接近真理了，却发现我们反被上帝愚弄了。为什么上帝发笑呢？因为人们越思索,真理离他越远。人们越思索,人与人之间的思想距离就越远。因为人从来就跟他想象中的自己不一样。这是在社会伦理道德的约束下无法打破的怪圈,亦是存在于人类本性中狭隘卑微的一部分。由于不能摆脱,于是开始怀疑和否定,最终却陷入了一场人性悲剧。其悲剧性不在于结果,而是在于整个产生悲剧的过程中人类始终做不到自我超越。

在认知的领域里,东方文化讲究内求之法,重精神性;西方文化讲究外求之法,重物质性。新时代的特点就是将物质性和精神性合而为一,注重生命的完整性,那就是作者在本文的结尾所说的:"全社会应共同努力,致力于创造一个崇尚个性、鼓励创新的环境,让低层次的'听话者'越来越少,让高层次的听话者(或曰不听话者)越来越多。"

我的梦中城市

◇ [美]德莱塞

本文选自《外国散文欣赏》（四川人民出版社，1982年版，傅东华译）。德莱塞（1871—1945），全名西奥多·德莱塞，美国现代小说的先驱，美国二十世纪最重要的作家之一，主要作品有《欲望三部曲》《美国悲剧》《天才》等。《美国悲剧》是德莱赛成就最高的作品，使人们清晰地看到了美国社会的真实情况，至今依然具有巨大的现实意义。

它是沉默的，我的梦中城市，清冷的、静穆的，大概由于我实际上对于群众、贫穷及像灰砂一般刮过人生道途的那些缺憾的风波风暴都一无所知的缘故。这是一个可惊可愕的城市，这么的大气魄，这么的美丽，这么的死寂。有跨过高空的铁轨，有像狭谷的街道，有大规模升上壮伟广市的楼梯，有下通深处的踏道，而那里所有的，却奇怪得很，是下界的沉默。又有公园、花卉、河流。而过了二十年之后，它竟然在这里了，和我的梦差不多一般可惊可愕，只不过当我醒来时，它是罩在生活的骚动底下的。它具有角逐、梦想、热情、欢乐、恐怖、失望等等的哗鸣。通过它的道路、峡谷、广场、地道，是奔跑着、沸腾着、闪烁着、朦胧着，一大堆的存在，都是我的梦中城市从来不知道的。

关于纽约——其实也可以说关于任何大城市，不过说纽约更加确切，因为它曾经是而且仍旧是大到这么与众不同的——在从前也如在现在，那使我感着兴味的东西，就是它显示于迟钝和乖巧，强壮和薄弱，富有和贫穷，聪明和愚昧之间的那种十分鲜明而同时又无限广泛的对照。这之中，大概数量和机会上的理由比任何别的理由都占得多些，因为别处地方的人类当然也并无两样。不过在这里从中挑选的人类是这么的多，因而强壮的或那种根本支配着人的，是这么这么的强壮，而薄弱的是那么那么的薄弱——又那么那么的多。

我有一次看见一个可怜的、一半失了神的而且打皱得很厉害的小小缝衣妇，住在冷街上一所分租房子厅堂角落的夹板房里，用着一个放在柜子上的火酒炉子在做饭。在那间房的四周，她也有着充分空间可以大大地跨三步。

"我宁可住在纽约这种夹板房里，不情愿住乡下那种十五间房的屋子。"她有一次发过这样的议论，当时她那双可怜的没有颜色的小眼睛，包含着那么的光彩和活气，是我在她身上从来不曾看见过，也从来不再见到的。她有一种方法贴补她的缝纫的收入，就是替那些和她自己一般下等的人在纸牌、茶叶、咖啡渣之类里面望运气，告诉许多人说要有恋爱和财气了，其实这两项东西都是他们永远不会见到的。原来那个城市的色彩、声音和光耀,就只叫她见识见识,也就足够赔补她一切的不幸了。

而我自己也不曾感觉到过那种炫耀吗?现在不也还是感觉到吗?百老汇路,当四十二条街口,在这些始终如一的夜晚,城市是被西部来的如云的游览闲人所拥挤。所有的店门都开着,差不多所有酒店的窗户都张得大大,让那种太没事干的过路人可以看望。这里就是这个大城市,而它是醉态的,梦态的。一个五月或是六月的月亮将要像擦亮的银盘一样高高挂在高墙间。一百乃至一千面电灯招牌将在那里霎眼。穿着夏衣戴着漂亮帽子的市民和游人的潮水;载着无穷货品震荡着去尽无足重轻的使命的街车;像嵌宝石的苍蝇一般飞来飞去的出租汽车和私人汽车。就是那轧士林也贡献了一种特异的香气。生活在发泡,在闪耀;漂亮的言谈、散漫的材料。百老汇路就是这样的。

还有那五马路,那条歌唱的水晶的街,在一个有市面的下午,无论春夏秋冬,总是一般热闹。当正二三月间,春来欢迎你的时候,那条街的窗口都拥塞着精美无遮的薄绸以及各色各样的缥缈玲珑的饰品,还再有什么能一样分明地报告你春的到来吗?十一月一开头,它便歌唱起棕榈机、新开港以及热带和暖海的大大小小的快乐。及到十二月,那末同是这条马路上又将皮货、地毯、跳舞和宴会的时候,陈列得多么傲慢,对你大喊着风雪快要来了,其实你那时从山上或海边回来还不到十天哩。你看见这么一幅图画，看见那些划开了上层的住宅，总以为全世界都是非常的繁荣、独出而快乐的了。然而，你倘使知道那个俗艳的社会的矮丛，那个介于成功的高树之间的徒然生长的乱莽和丛簇，你觉得这些无边的巨厦里面并没有一桩社会的事件是完美而沉默的了！

我常常想到那庞大数量的下层人，那些除开自己的青春和志向之外再没有东西推荐他们的男孩子和女孩子，日日时时将他们的面孔朝着纽约，侦察着那个城市能够给他们怎样的财富或名誉，不然就是未来的位置和舒适，再不然就是他们将可收获的无论什么。啊，他们的青春的眼睛是沉醉在它的希望里了！于是，我又想到全世界一切有力的和半有力的男男女女们，在纽约以外的什么地方勤劳着这样那样的工作——一爿店铺，一个矿场，一家银行，一种职业，——唯一的志向就是要去达到一个地位，可以靠他们的财富进入而留居纽约，支配着大众，而在他们认为是奢侈的里面奢侈着。

你就想想这里的幻觉吧，真是深刻而动人的催眠术哩！强者和弱者，聪明人和愚蠢人，心的贪馋者和眼的贪馋者，都怎样地向那庞大的东西寻求忘忧草，寻求迷魂汤。我每次看见人似乎愿意拿出任何的代价——拿出那样的代价——去求一啜这口毒酒，总觉得十分惊奇。他们是展示着怎样一种刺人的颤抖的热心。怎样的，美愿意出卖它的花，德性出卖它的最后的残片，力量出卖它所能支配的范围里面一个几乎是高利贷的部分，名誉和权力出卖它们的尊严和存在,老年出卖它的疲乏的时间,以求获得这一切之中的不过一个小部分,以求赏一赏它的颤动的存在和它造成的图画。你几乎不能听见它们唱它的赞美歌吗?

简评

　　有人说,城市是人类文明的结晶。但是,美国作家德莱塞,在生活中接触到当时现实社会中各个不同的层面,亲眼目睹了城市中灯红酒绿的另一面:贫民窟、酗酒、色情、凶杀、拐骗、抢劫等各种城市弊病,更进一步认识到美国的现实是一种"残酷的、不公道的现实"(指城市),是一种"毁灭的过程,而幸福只不过是幻想而已"。作者的辉煌巨著《欲望三部曲》就真实地再现了美国社会的现实。散文《我的梦中城市》是作者众多写城市作品中的一篇知名的短文。现代城市的文明给生活于其中的人带来无尽的福祉,随之而来的问题,也促使很多人思考。美国现代哲学家路易斯·芒福德说过:"城市是一种特殊的构造,这种构造致密而紧凑,专门用来流传人类文明的成果。"西方诸多文字中的"文明"一词,都源自拉丁文的"Civitas"(意为"城市"),这并非偶然。城市兼收并蓄、包罗万象、不断更新的特性,促进了人类社会秩序的完善。1800年,全球仅有2%的人口居住在城市,到了1950年,这个数字迅速攀升到了29%,而到了2000年,世界上大约有一半的人口迁入了城市。2010年,全世界的城市人口已经占总人口的55%,超过了一半。生活在20世纪的美国著名医生和病理学家,也是深受读者喜爱的诗人和散文家刘易斯·托马斯在散文《池塘》所描写的纽约中心的曼哈顿,高楼大厦,鳞次栉比,集中体现了现代的城市文明。就是在这样一个地方,作者却对"池塘"——因修建高楼大厦而暂时留下的水坑——这样往往被忽略的城市边缘事物,进行了一次绝妙细致的观察。它似乎与城市的繁华格格不入,但它们的的确确是城市的产物,当然也是城市文明的一部分。也同样印证了本文所体现的,在城市文明表明合理的内部,潜藏着与之俱来的荒谬。

　　20世纪初,德莱塞是以纽约作为大城市的典型写了《我的梦中城市》,文中写尽了城市的光亮、热闹、漂亮、繁荣,也写出了城市底层人奋斗的艰难、悲哀与盲目。文章通过对20世纪初美国垄断资本主义时期的纽约城市生活的描写,揭示了美国社会表面繁荣的背后所隐伏的深刻的社会危机。文章通篇贯穿对比的手法,以互相对立的两组事物或现象之间所产生的强烈反差,准确生动地展示了纽约城市生活的内在实质:梦中城市的清冷、静穆,现实城市的沸腾、朦胧;缝衣女工的贫困生活,纽约城的喧嚣、繁华等。文章语言凝练,笔调沉郁,行文流畅自然,凸显了美国城市日常生活里潜藏的不易为人察觉的社会危机,告诫人们不要沉湎于浮华的城市生活,要看到在表面的繁华下潜伏于整个社会中的深刻精神危机。时至今日,城市已发生许多变化,得到了长足的发展。今天,当我们谈论城市时,会想到"城市,让生活更美好"。城市是一个常说常新的话题。

　　"城市,让生活更美好",就是中国2010年上海世界博览会的主题。不可否认的是,在城市飞速发展的今天,人们的城市生活也越来越面临一系列挑战:高密度的城市生活模式不免引发空间冲突、文化摩擦、资源短缺和环境污染。如果不加控制,城市的无序扩展会加剧这些问题,最终侵蚀城市的活力、影响城市生活的质量。联合国人居组织1996年发布的《伊斯坦布尔宣言》强调:"我们的城市必须成为人类能够过上有尊严的、身体健康、安全、幸福和充满希望的美满生活的地方。"而城市面临的种种挑战的发端,不论是拥挤、污染、犯罪还是冲突,根源都在于城市化进程中人与自然、人与人、精神与物质之间各种关系的失谐，长期的失谐。必然导致城市生活质量的倒退乃至文明的倒退。自20世纪80年代以来，随着环境问题和发展问题的日趋严重，可持续发展理念应运而生。各国政府为实施《21世纪议程》而提出的战略，大多围绕如何重建人与城市、人与自然的和谐，最终达到今世与后世之间的和谐。"和谐"的理念蕴藏在中国古老文化之中。中华文化推崇人际之和、天人之和、身心之和。同时"和谐"也见诸西方先贤的理想。数百年来，人们对"和谐城市"模式的探讨，从来没有停止过。从"乌托邦"，到18世纪的"理想城市"，再到"田园都市"，一系列的理论、主张和模型无不在探索如何建立城市在空间上、秩序上、精神生活和物质吐纳上的平衡与和谐。正是基于这种认识，德莱赛凭借敏锐的眼光，洞察到在美国当时繁荣的幻景背后，隐含着日益沉重的精神危机，认识到虚幻的"美国梦"对个人精神上的麻痹和毒害。因此，他通过把城市描绘成"梦中的城市"来对现代城市生活和"美国梦"对民众的迷醉和毒害予以批判和揭露，体现着他面对精神缺失困境的清醒认识和深刻忧虑，并进一步提出了对"美国梦"迷醉精神追求、麻木人生苦难的质疑与批判，体现了他对城市生活虚幻梦想的否定、批判态度。

德莱赛的许多作品采用了直接对照的手法，刻画贫富差距，但这篇文章只是蜻蜓点水地选取了上层社会的一些侧面和缝衣妇具有代表性的话语，就将整个社会置于鲜明的对照中，进而抓住"醉"和"梦"，对当时美国社会日益严重的精神危机和存在的问题进行了透彻尖锐的剖析和揭露，对生活在21世纪的我们，有着深刻的警醒作用。

寻

找都市野趣

◇ 查志华

在高楼大厦拔地而起的同时，人们却在低头寻觅绿地。人不管在水泥森林里生活多久，总磨不掉寻找大自然野趣的天性。

虽然也大面积地绿化，但过于规则的几何型土地上种出来的花草，太像法国人的城中路与庭中园（相对而言英国人的园林随意一些），不合东方人的心意眼意。虽说绿色能愉悦人心，但人工气十足的东西因其本身违反自然规律，看多了，心绪也会不宁。

最念淮海公园的梧桐树。这片多少年来一直长在最摩登的商业街上的随随意意的林子，可以说是我们市中心的异数。上海人在物质世界里看花了眼

本文选自《朝花——散文随笔精选（1997—1999）》（文汇出版社，2000年版）。查志华，浙江桐乡人。生于上海，毕业于复旦大学中文系。现为上海《解放日报》"读书"专版编辑，中国作家协会上海分会会员。作者擅写散文、随笔和书话小品，作品得到柯灵、施蛰存等前辈作家的赏识。

走酸了腿的时候，瞬间就能享受到它的绿荫。

一年前有一次走过，突然感到它消失了。当看到剩下的几棵已被移种在一大片花岗岩基座上时，真是好一阵莫名。从此再看它，就是看舞台布景的感觉。商人做塑料树塑料花，做到以假乱真换钱不容易。可要把真的树种得像假的，也要点本事。

绿化似乎等于种草，是不少城市的误区。以至于眼下从大城市到县级市，许多地方弃自己的特色树种于不顾，在郊区和乡镇公路两旁清一色地种满了从外国进口的高价草。前不久在江南一个名镇的一条明清老街上，看到了几处整齐划一的外国草坪时，我承认自己彻底跌破了眼镜！人们去郊区乡野路上走走，原先最想看的当然是路两边蚕花紫、芦花白、油菜的金黄，抑或还有红了草莓，绿了辣椒。可现在不行了，他们只能看到和城里一样的草。中国耕地面积本来就少，市郊路两边种上四时庄稼当令菜蔬，在看了乡野之景饱了眼福后又能饱口福，岂不是比种草更好？

在大观园里，还要造一座"稻香村"。即将迈入二十一世纪的现代人，审美趣味应该不会比曹雪芹时代的人低？

我把路分两类：种草的路与种树的路。君不见赤日炎炎下，人们走在头顶上毫无遮蔽的种草的路上，惶惶然奔走疾行，躲避烈日都来不及，那草就是种得再好也不屑一看了。

在上海，树种得最好的路是衡山路与复兴西

路。每当夏日来临，路两边颇有些树龄的梧桐就会撑起如伞的穹盖，织起绵延的浓荫，人和车行进在下面，犹如走进一个绿色的长廊。而当秋风起，黄叶舞时，走在这落叶的路上，人们才能感受到季节的递变与岁月的更替。

我并不反对种草，也不反对高尔夫球场式的大草坪。毕竟每一座大型城市都需要一些标志性的草坪景观。况且草在美化城市的同时，还能净化空气。但无论如何比不过树。树净化空气的效果远远胜过草。据说，一万亩森林的蓄水能力，相当于一个蓄水量为一百万立方米的水库。印度加尔各答农业大学的T.M.达斯教授经过计算得出结论：50吨重的普通树木每年至少生产1吨氧气，50年生产氧气的价值为31250美元。听说在西欧有些国家，凡是能种树的地方尽量不种草。因为早就有园林学家从科学的角度作出论证：乔木的生态效益大大优于草坪，且养护费仅为草坪的几分之一。

我不懂园林学，我只知道少花钱多办事。与此同时，我也知道上海人口稠密，每天有几百万人在城市里奔走流动，他们最想要的大概还是头顶上的一片绿荫。无论如何，草与树相比，树应该成为我们城市的主角。香港是个弹丸之地，走在中环繁闹的街区，也常能突兀地见到大树的身影，给你一个古木参天的不期的惊喜。可如今我们不少马路，草种得很考究，路面也翻修成彩色的，可就是不及时种树，尤其是行道树。在两边亮晃晃的玻璃幕墙的逼衬下，走在这样的无树的路上，就像走进布景搭起来的摄影棚里。就现状而言，我认为头上的树似乎比脚下的路更为重要。

终于盼到了大树进城的消息，我自认为是这条消息的铁杆知音。那些天就在心里欢呼雀跃地看着一棵棵大树在路两边植起，看着它萌枝展叶，营造绿荫。

旅居德国的龙应台有一次来沪，说起她在德国时经常去森林散步。我问森林离家有多远？她笑说，就在家后面。据说在德国，森林的覆盖率占了国土的三分之一，其中不少是城市森林，都市中许多人家开了后门就能走进林子深处去。德国向来多哲学家，是否与咫尺森林方便沉思有关？

我们倘若要沉思，目前大概还一下子找不到合适的地方。不要说开放式的森林市中心还几乎没有，稍成气候的树林也不多，较多见的还是依附地种在草坪上的不成林的树。即使有树林，有的也早已用铁栅栏围住，只能远观不能近赏。一个城市的市内如果没有众多的树林，特别是一些少人工雕琢、更多地保留自然植被自然形态的生态型树林，那么这个城市也就没有野趣可言。倘若有了这样的树林却围而远之，不让人与之亲近，同样也就没有野趣可言。因为"野"可以是树木本身的，而这"趣"却要人来品味和领略。

倘使绿化还仅仅停留在"美化城市"的观赏层面上，那只是绿化的"初级阶段"。只有到了绿化体现出"城市与自然、人类和谐共存",为当代人和他们的子孙后代创造出"可持续发展的良好的生存环境"时,绿化的功能才被完全开发出来了。令人欣喜的是,人们对绿化的理解正在深化,绿化的实施也正在越来越接近科学与完美。

当写完这篇小文的时候,我兴奋地获悉,一大批人工林正在郊区落户,但愿不久我们在市中心也能见到它们的身影。

简 评

作者笔下的散文,如同夏日清泉。用敏锐的眼睛观测,用细腻的心映照,用灵巧的手描画,用笔墨打造自己眼中的人文风光、心里的美学风景——这就是查志华。金庸评价她的散文说:"查志华的散文,文笔优美且富有情趣,乃难得之散文佳作。"

在西方,休闲是一种中世纪的贵族遗风。"上帝创造了乡村,人类创造了城市。"这是英国诗人库柏的诗句。如果我们将诗句的蕴涵稍作引申,就说明这样一个道理:在乡村中,时间保持着上帝创造时的形态,抽象为岁月和光阴;在城市里,时间却又被机械地抽象成了花开花落、云卷云舒。在高楼林立的都市里,渴望着自然的野趣,这是作者心灵的回归,也是一曲大自然的礼赞。休闲日,年轻人喜欢背着行囊,尽量走得远一些,用自己的双脚去踏着润泽的土地,白天穿梭于林间草场,晚上则伴着星星,与露珠同眠。而上了年纪的人,更多地选择在青山绿水之间,呼朋唤友,扶老携幼,歌于途,休于树,怡情养性。

因为自然中的人,没有了雕琢的痕迹,也没有功利虚名的压力;大自然赋予人以力量和创造灵感,她有着不可抗拒的力量和未知性。游走于自然,陶冶出我们如水一般的情怀,感受阳光的温暖,拥抱清风的和煦,让自己融入自然,释放火热的情怀。

自然赋予我们许许多多的浪漫,让心情游走在自然之中,看着缓缓升起的朝阳,迎接着新一天的开始,漫步于小河边,感受落日时的晚霞,让疲惫的心境在晚霞里宁静。因为人类是从大自然中来的,所以,只有当人真正返回大自然中时,才能找到心灵的慰藉。生活中,人们喜欢鸟语花香,难忘大自然的亲切。在紧张的工作之后,不少人不畏路途遥远,从繁华的都市,涌向郊野,奔向高山大海,在水浪的冲洗、绿叶的遮护,及森林淙淙流水与虫鸣的安谧祥和中,尽情地呼吸大自然的气息,获得放松和汲取智慧,在大自然中寻求直觉和力量的源泉。

自然和人类是相互联系的。我们欣赏自然美的过程,就是自然景观以它的形式特征之美与人的思想相结合相交融的过程。人们把山岳看成是风景地貌的骨骼,把河流看成是大地的血脉。所谓山因水活,水随山转。山水风景的自然美,是指自然山水本身焕发出来的天然美。葱郁的山冈,清沏的流泉,飞瀑的云海,峰峦的白雪,它们的共同特点是天然性。"清水出芙蓉,天然去雕饰",它贵在自然,没有任何矫揉造作的虚假,说白了,也就是真、善、美的巧妙结合。

日益现代化的今天,在这繁杂的世界里,享受宁静,似乎已成了一种奢侈。宁静的消失,正是人们心灵深处不再平静的表现。随之而来的是,心中的浮躁便也挥之不去了。顾行伟先生说:"余暇是生活的驿站。余暇提供了八小时之外心之追求的时空⋯⋯于是,我懂得了:像水一样从海绵中把余暇挤出来,一段段地接起来,组成了一个比金子更辉煌的生命链,戴在人生的脖子上。"生活在今日的世界上,心灵的宁静如镜花水月,往往和我们本来的意愿背道而驰。我们生活的世界既充满着机会,也包含着压力。机会诱惑人去尝试,压力逼迫人去奋斗,太多的理由使人静不下心来。生活在都市里的我们,如今多少感到有些疲倦。尽管每天穿梭在熙熙攘攘的人群中,却有着无法排遣的孤寂。在光怪陆离的灯光下，也有着难以言表的沉闷和诱惑，在钢筋水泥的包围中，犹如一尾离开水的鱼，似乎感到了呼吸的不畅。直到忽然有一天，蓦然回首才会发现，我们的内心竟然是如此渴望着与大自然亲近。城市中水泥建筑愈来愈多（也是好事），而树木如果愈来愈少，"热岛效应"就会给城市人以报复。人是大自然的组成部分，如同万物，也依赖于大地母亲的"哺育"，获得生命与生存条件。人类应该在顺应和掌握自然规律、保护环境的前提下进行建设，改善生活条件。可以说：森林是地球上最古老、最便宜、最自然、最有效的空气净化剂。

生活在现代大都市的人们，都或多或少地带有一种说不清道不明的精神重压，那便是钢筋水泥丛林中的沉重和冷漠。所以，现代社会，人们崇尚着许多的时尚，而回归自然也许是其中最重要的一种。提倡以人为本的生活，其实就是提倡一种健康的生活方式，提倡对自然生态的回归，因为人类已经越来越懂得珍惜自己。当某些前卫、新潮的生活方式开始侵袭我们的身体和心灵的时候，我们是不是应该想到，与人类永远的朋友——大自然靠近一点，再靠近一点呢？因为现代城市的文明，在现代化进程中，一些负面效应的问题也与之俱来。周国平先生生动形象地告诉我们："在城市里，光阴是停滞的。城市没有季节，它的春天没有融雪和归来的候鸟，秋天没有落叶和收割的庄稼。只有敏感到时光流逝的人才有往事，可是，城里人整年被各种建筑物包围着，他对季节变化和岁月交替会有什么敏锐的感觉呢？"撇开某些不合理的人为因素，从另外一个角度来看，美国小说家德莱塞的"梦中城市"告诫人们不要沉湎于浮华的城市生活，要看到表面的繁华掩盖着的"恐怖和失望"："它是沉默的，我的梦中城市，清冷的、静穆的，大概由于我实际上对于群众、贫穷及像灰砂一般刮过人生道途的那些缺憾的风波风暴都一无所知的缘故。这是一个可惊可愕的城市，这么的大气魄，这么的美丽，这么的死寂。有跨过高空的铁轨，有像狭谷的街道，有大规模升上壮伟广市的楼梯,有下通深处的踏道,而那里所有的,却奇怪得很,是下界的沉默。"但愿这种城市梦赶快醒来！许纪霖先生说过:在现代化大都会中,当一个词开始流行的时候,总是宣告着一种新的文化时尚的诞生。休闲——在一定的意义上可视同本文"都市野趣"——这个经常被大大小小的城市白领们以及羡慕白领的蓝领们挂在嘴边的流行词,有着同样的意蕴和内涵。

钢

琴 课

◇ 张 海 迪

我不知道我是否该讲述这件事。

十几年前的一个冬天,我买了一架钢琴,琴是紫红色的,闪着宁静的光。它靠在墙边,像一只神秘的宝箱。掀开琴盖,欢乐立刻在我心里流淌,白色的键像鸽子,黑色的键像燕子,当我的手从它们身上轻轻抚过,它们就发出一片欢悦的合鸣。我喜欢钢琴,是因为一个很早的记忆,那时我们幼儿园的教室里有一架钢琴,平时它被锁着,老师把钢琴的钥匙挂在墙上,钥匙在窗外照进的阳光里闪着金灿灿的光。只有开联欢会或是六一儿童节,老师才会打开钢琴,请一位身穿白裙的大班的女孩子为我们弹琴。我和很多女孩子一样向她投去羡慕的目光,她有一对大而

本文选自《骆驼草丛书:张海迪作品精选》(华夏出版社,2008年版)。张海迪(1955—),山东文登人,中国著名残疾人作家,哲学硕士,英国约克大学荣誉博士。1983年张海迪开始从事文学创作,先后翻译了《海边诊所》等数十万字的英语小说,代表作有《向天空敞开的窗口》《生命的追问》《轮椅上的梦》等。

黑的眼睛,她在我们面前毫不胆怯地扑闪着又长又黑的睫毛。她的装束也让我们羡慕,她的白裙子下摆打了很多褶,如同美丽的伞。两条同样洁白的裙带在她的腰际打了一个大大的蝴蝶结。她坐在琴凳上,背对着我们,只见她的双手在琴键上飞快地划过,一阵阵轻盈快乐的风就飘荡起来。她像一个天使,我这会儿想,其实那时我并不知道什么是天使。她像一个精灵,我这会儿想,其实我那时也不知道什么是精灵。我那时觉得她像童话里美丽的公主。钢琴曲结束了,我们为那个美丽的公主热情鼓掌。她回转身眨眨黑眼睛,对我们微微一笑,很高傲的样子。她走后,老师把钢琴锁上,将钥匙重又挂在墙上。

后来,上课时,我的眼睛总是被那把闪光的钢琴钥匙吸引,我常常望着它呆想,我想假如我摘下钥匙,打开琴盖,尽情地弹一支我喜欢的琴曲该多好啊! 一次,教室里没有人,我走近了那把钥匙,我的眼睛被它的光芒迷惑,我要弹钢琴,我也要弹钢琴,我这样想着,就爬到椅子上,我摘下金钥匙。在我的手心里,那长长的钥匙沉甸甸的。我的手有点发颤,我发颤的手打开了锁,终于我掀开了琴盖,我用小小的食指轻轻按压白色的琴键,它们发出喑哑的叮咚。我多想和那个孩子一样奏出好听的琴声啊! 我的双手在琴键上急切地寻找,那美妙的音符藏到哪儿去了? 不知什么时候,老师来到我的身旁,她轻轻摸摸我的头顶。我抬头望着她,老师没有责备我,她慈爱地微笑着，她说，孩子，如果喜欢你就弹吧。我赶忙低下头，我觉得我的脸很热，眼睛也很热……

不久，我病了。

医院的病房里，高大的玻璃窗照进明媚的阳光，躺在病床上，望着洁白的墙壁，我常想起那把挂在教室墙上的金晃晃的钥匙。我想念那架钢琴，想念那个穿白裙子的会弹钢琴的公主。那时，我们大多数女孩子家里都没有钢琴，我的梦中从没有出现过钢琴，它只出现在我的冥想之中。

而那个冬天，我拥有了钢琴，拥有了能够开启它的金钥匙。像童年一样，我坐在了钢琴旁，不同的是，那时我是坐琴凳上，而现在我却坐在轮椅里。我苍白的手指在一个个琴键上迟疑着，一支优美的旋律在我心中如同河流急急淌过。

我知道一切都必须从头开始。

尽管已经太晚，我也要去寻找。

Y就在这时来到我的身边。

Y是我朋友的朋友，Y也是我朋友的同学。他们毕业于同一个音乐学院。Y风度儒雅，表情沉静，在藏青色的毛衣和浓密的络腮胡须的衬托下，Y的脸色有点苍白。Y说他正在写一部歌剧，每天都很累。Y对我说，钢琴课，重要的是你要先学钢琴课。Y给我带来了儿童们学的《汤普森钢琴基础教程》。他翻开了第一页，他白皙灵活的手指在琴键上跳动着。

Follow me，Y说。

我照他的样子做了。

手，Y说，我想现在的问题是你的手没有感觉。

Y十分耐心地给我演示，他说你的手不要压琴键，这是钢琴，不是管风琴。你必须弹钢琴，而不是压钢琴，你必须使你的手指有力量。让我们想想自由落体的感觉。

Y抬起手臂让它慵懒地落下，他的手指像一群疲倦的少女卧在雪白的大理石上。

我反复按Y的要求练习。

Y说很好，你还可以做得更好。Y说，当你抬起手臂时，你可以想象一颗流星闪着美丽的光芒，划过蓝色的夜幕，它落下来，落到我们的星球上，落到我们的键盘上……

于是，蓝色的星星升起又落下。

Y给我带来了他为我选编的《拜尔》教程。

钢琴课一度成了我生活的一部分。

有一天当我流畅地弹奏出一支钢琴曲时，我忽然看见了那个穿白裙的女孩子，当她回转身，我看见那竟是我在对自己微笑。我真希望Y能看见那个童年的我在微笑。那会儿，我忽然很想念Y。我很想对Y说，我很想念你。我听见我的心那会儿跳得很快。哦，Y，这真奇怪。我这样想。

一个雨天，是春天的雨。窗外的树缀满了鲜绿。Y来了。他为我带来了一本新的琴谱。他问我是否喜欢塞内维尔的《乡愁》。当一支潺缓温暖的琴曲在春天的雨中漾开，我觉得温暖的泪水也从我的心底涌上来。那一刻我不知道还能有什么能比那种思乡的愁绪更美的存在了。我想这琴声假如变成物质或许就是一张棕黄色而模糊的旧照片。照片上是什么？我恍若看见一个怅然的人影，在那遥远的地方，在一片蒙蒙的雨中，在一棵孤独的树下，在一条呜咽的小河旁……我看见他久久地凝视着我，我听见了他不平静的呼吸。

眨眨眼睛，我看见我身边的Y正在这样凝视我，久久地，我也凝视他。过去我从未这样长久地注视过Y的眼睛，我甚至描述不清他的眼睛的形状。那时他的眼睛在我只是一种感觉，他的眼睛融在他的整体的英姿和洒脱中。我从未想过他的眼睛对我意味着什么。而此时，Y的目光充满了温情，如同窗外绿色的雨天。我的心里盛满了感动，Y，假如我那时就认识你该多好啊！我轻轻地说，我的声音或许只有我自己听见了，我甚至不知道我是否说出了这句话。

海迪，我也曾这样想……

Y的声音有些发颤，他轻轻拿起我的一只手。

我看见自己穿着洁白的裙子，我爬上椅子，从墙上摘下那把闪光的钥匙，阳光里我向Y跑来。我说，Y，假如时光能倒流，我从没有病多好……

Y握紧了我的手，泪水从他的眼里涌出。Y说，海迪，这些天我觉得有好多话想对你说，也总想多为你做些什么……

我松开Y的手。我说，Y，你最好什么也别说。

你知道坐在轮椅里的每一天是多么痛苦,而你的琴声告诉我,无论我的痛苦怎样加倍,无论我面对的残疾是怎样一片荒原,生活对我来说也是值得的,你已经为我做了很多,你的琴声给了我那么多快乐……

我说,Y,现在和今后,我只希望你做我的好朋友。Y,再弹一遍《乡愁》吧。

那是一个伤感的下午,从此淡灰色的雾霭就笼罩在我的心头。我尽量不让自己沉溺在某种幻想之中,我知道幻想折磨人是因为幻想注定会破灭,幻想是美的化身,是绚丽而轻幻的泡沫,它负载不起人生沉重的寄托。

我开始害怕听见 Y 的叩门声,我害怕和 Y 并肩坐在钢琴旁。我发现 Y 变得沉默,他的脸色也更加苍白。Y 说他的歌剧已近尾声。

我更加勤奋地练习弹奏 Y 给我的每一份作业,一段一段的弹奏,然后连接,终于我能完整地弹奏《乡愁》了。

那一天,我给 Y 弹奏《乡愁》,我尽量好地表现我的手,表现那琴曲中纷飞的愁绪。可我的手却变得那么笨拙,《乡愁》被我弹得断断续续,磕磕绊绊,仿佛一个异乡人在远方伤心地抽泣。我在 Y 面前心慌意乱,我的泪水总是忍不住流下来,我很想找一个没有人的地方尽情地哭泣。因为我知道这是 Y 最后一次来给我上钢琴课了,今后他不会来了,Y 已办理好手续去法国留学。Y 说,其实过去我并不特别想走,而现在我觉得音乐对于我是多么重要,每当我看到你坐在轮椅上弹琴,我就想我应该去追求更高的艺术境界。Y说,海迪,我很高兴,无论怎样你毕竟能弹奏这支琴曲了……

我觉得自己泪眼迷蒙。

Y说,海迪,你将是我永远的《乡愁》……

我很想紧紧地拥抱Y。

可我知道我不应该那样做。

我说,Y,虽然我心中爱的火焰已化成了永恒的灰烬,但这爱或许会因此更加美丽。无论它让我多么痛苦,美也依然存在。

Y送了我一件礼物,那是他用过的节拍器,Y说它听起来就像心的跳动,就像激情的澎湃。

我也送给Y一件礼物,那是我的钢琴的另一把钥匙。

我常常想念Y。随着时间的流逝,我对Y的思念日日加深。Y常寄来明信片,那上面有奇丽的异国风光和他亲切的话语。偶尔Y也打来电话,他越来越多地说,海迪我多么想念你。我说,Y,我也想念你,你什么时候回来,我什么时候才能见到你。Y说,我想快了,也许就是今年的夏天,那时候我的论文就完成了。我说Y,时间的隧道多么漫长啊!Y说,海迪,别忘了你的钢琴课……

春天展开绿色的翅膀向着远方飞去。

夏天到了。

我盼望Y的归来。

可是Y却没有回来。

不久,我知道Y永远也不会回来了。

Y在这个世界上永远地消失了。

他死于一次车祸。

泪如雨下。

我掀开琴盖。

《乡愁》的旋律重又响起,我仿佛觉得Y就坐在我身边。我想起那个春天绿色的下午,想起Y深情的目光,想起Y因激动而发颤的手……

Y,我爱你,我一遍遍地说。

Y你没有离去。

节拍器在响。

我听见了Y的心跳。

然后是《乡愁》永不绵绝地诉说:

$$\underline{6\ 7}\quad\underline{1\ 3}\quad\underline{6\ 7}\quad\underline{\dot{1}\ \dot{3}}\ |\ 4---\ |$$

…………

简评

　　张海迪五岁时因患脊髓血管瘤导致高位截瘫,之后,她以坚强的毅力,自学了小学、中学和大学的知识,并学习针灸,在当地行医。张海迪克服了常人难以想象的困难,也取得了一般人难以取得的成就。1983年,张海迪得到了两个赞誉:一个是"八十年代新雷锋",一个是"当代保尔"。1983年3月7日,共青团中央举行命名表彰大会,授予张海迪"优秀共青团员"光荣称号,并作出向她学习的决定。也是在1983年,张海迪开始从事文学创作,清丽忧伤的文字里,隐含着一位身有残疾的女孩的压抑情感，透露出一份颤栗惊悸的美。在精致细腻的描述中，我们很自然地感受到内心压抑、忧郁、苦痛的张海迪对美丽的生活有一份执著的追求。这是一个凄美的故事。这是身残志坚的张海迪发自内心的对生命的追问。

一直以来，张海迪被人们视作英雄式的人物，而在我们心目当中总觉得英雄和常人不一样，不食人间烟火，没有七情六欲。但张海迪和每一个平凡的女性一样，从小就对爱情充满了幻想，充满了追求。当然她品尝过爱情的幸福，也遭受过失恋的打击。不过她说即使翅膀断了，心也要飞翔。1970年，张海迪跟随父母，来到山东聊城莘县农村。在那里，少女时代的张海迪情窦初开有了初恋。她曾经喜欢上一个男孩，那个男孩也对她有好感，但让她没有想到的是，一个冬天，男孩忽然带着一个女孩到她家，那个女孩穿着当时很少见的毛大衣，就跟冬妮娅穿的衣服一样。他们推着她去看电影，而敏感的她内心却感到——她喜欢的那个男孩，真的疏离了她。回忆起这次经历，她说："我心里当时真的像……你知道，什么叫针扎吗？"张海迪又说："就是像莎士比亚说的，爱情就是让人尝遍天下所有的滋味，如果一开始就是甜蜜蜜，不经历一点疼痛的话，一个女性也是完整的。"

不幸得很，张海迪曾经热恋过的Y死于一次车祸。他在这个世界上永远地消失了。命运为什么如此不公平！这对于一个轮椅上的青春少女来说，无疑是沉重的打击。可是，我们相信，天助自助者，命运会在反抗与抗争中得到改变。向命运抗争在平常平淡的生活中也会表现为以积极快乐的方式来对待。向命运抗争的人，不管结果如何，这种勇气和坚韧是高尚的。那种遇大灾大难坚韧不拔，临危不惧，殊死搏斗的豪情令人热血沸腾，令天地为之感动。我们读《钢琴课》，读的是一个凄美的爱情故事，似乎走进了张海迪辽阔的内心世界。

张海迪是坚强的，也是幸运的。1982年7月23日，张海迪与志同道合的王佐良幸福地步入了婚姻的殿堂。共同浇灌的爱情之花盛开在张海迪崎岖坎坷的生命旅途上。1983年，收获了爱情的张海迪走上了文学创作的道路，她以顽强的毅力克服疾病和困难，精益求精地进行创作，执著地为文学而战，至今已出版的作品有长篇小说《轮椅上的梦》《绝顶》、散文集《鸿雁快快飞》《向天空敞开的窗口》《生命的追问》、翻译作品《海边诊所》《丽贝卡在新学校》《小米勒旅行记》《莫多克——一头大象的真实故事》等。她的作品在青少年中引起了很大的反响。

1998年上半年，两个深爱的人合作，共同翻译了美国当代作品《莫多克——一头大象的真实故事》，这本书获得了第四届全国优秀外国文学图书奖。张海迪曾幸福地回忆说："读《莫多克》的时候，我一次次地流下了眼泪。我觉得，遇到那些哀伤的段落我会译不下去的，我感到力不从心。于是我请爱人王佐良与我一同翻译，这是我们十几年来第一次合作。只有一本原文书，我每天下午翻译我的章节，他就在夜晚进行工作，我将那些伤感的章节'让'给了他。"两个相爱的人，每天都想着为对方做点什么。

张海迪又是自己幸运命运的主宰者。面对命运的挑战，她没有言败。命运给她关上了一扇门，却给她打开了一扇窗。不，确切地说，这扇窗是她自己打开的。充满生命活力的张海迪对自己的婚姻生活相当满意。她说，要是能打分的话，她的婚姻生活可以打八九十分。甚至，对自己的晚年，张海迪有着很美丽的憧憬："在一棵树下我坐着，我穿着红毛衣，要穿鲜红的毛衣。我头发已经白了，我的腿上要盖上一条非常漂亮的毯子，在我的头顶是石榴树，在我的身边是绿湖。"这对于一个残疾的作家来说，多么不容易。

张海迪拥有了显赫的名声。这样的名声对于一个演员、一个明星来讲，是求之不得的。可惜张海迪不是，张海迪拥有坚强的意志和脆弱的灵魂。作为一名残疾人，她能够接触到的社会实在是太有限了，于是,她只好拼命地向自己内心去挖掘、去幻想,在这样的压榨和无奈中,张海迪越发痛苦。身体上的痛苦别人看得见,她也说得出来,而这种内心的痛苦,张海迪是说不出的。现代医学延续了张海迪的生命,但是,靠一次次手术延续的生命,究竟会有多少光泽呢?张海迪怀着"活着就要做个对社会有益的人"的信念,以保尔为榜样,勇于把自己的光和热献给人民。她以自己的言行,回答了亿万青年非常关心的人生观、价值观问题。张海迪的人生,因美丽而精彩,是一部因精彩而丰富、深刻的人生教科书。

"《乡愁》的旋律重又响起,我仿佛觉得Y就坐在我身边。我想起那个春天绿色的下午,想起Y深情的目光,想起Y因激动而发颤的手……"这是张海迪"钢琴课"的旋律,也是张海迪生命之美的源泉。

买

一张火车票去看母亲

◇ 高建群

本文选自《狼之独步——高建群散文选粹》(东方出版中心,2008 年版)。高建群(1954—),祖籍西安市临潼区。新时期重要的西部小说家,国家一级作家。代表作有长篇小说《最后一个匈奴》《六六镇》《古道天机》《愁容骑士》等,散文集《新千字散文》《东方金蔷薇》《匈奴和匈奴以外》《西地平线》《胡马北风大漠传》等。

买一张火车票,我到小城去看母亲。我曾经在一篇文章中说,等我什么时间有了空闲了,我要做的第一件事情,就是去陪母亲住一段时间,吃她做的饭,跟她拉家常,捧起一本书读给她听。这文章写了几年了,可是我始终是一个忙人,无暇脱身。前几天,站在城市的阳台上,怅然地望着北方,我突然明白了,忙碌的人生是永远不会有空闲的。你要去看母亲,你就把手头的所有事撂下,硬着心肠走,你走的这一段时间就叫"空闲"。这样,我买了一张火车票,去小城。

卧铺票没有了,我于是买了张硬座票。我对自己说,等上了火车再补。可是等上了火车以后,我只

128

是轻描淡写地问了列车员两句,并没有认真去补。这时候我明白了,买票的时候,我是在欺骗自己:我是生怕自己突然改变了主意,于是先把票买上,叫自己再不能回头,至于到时候补不补票,我并没有认真去想。

火车轰隆轰隆地开着,开往山里。这条单行线的终点站就是小城。母亲就在小城居住。火车要运行一个夜晚,从晚上到早晨。火车要穿过一百零八个山洞,这是这条支线当年修通后,我第一次经过时,一个个数的。我坐在火车上,毫无倦意,脸上挂着一种善良的微笑。因为这是看母亲,因为在铁路线的另一头,有一个我生命中最重要的人物之一在等着我。

陶渊明是在四十一岁头上,写出那篇著名的《桃花源记》的。神州大地,何处是这桃花源?历朝历代,都有人在做琐碎考证。然而,一个美国心理学家在将这篇奇文输入电脑程序,一番研究之后,却得出一个石破天惊的结论。这结论说,这桃花源说的是母体,这《桃花源记》表现了一种人类渴望回归母体的愿望。当人类在这个为饥饿而忧、为寒冷而忧、为无尽的烦恼而忧的世界上进行着生存斗争时,他有一天会问自己,在自己的一生中,曾经有过那无忧无虑阳光明媚的时光吗?后来他说,有的,那是在娘肚子那十月怀胎的日子。

坐在火车上,在我的善良的微笑中,我突然想起陶渊明的《桃花源记》这些事。我的微笑很像母亲。

记得有一年我陪母亲在小城的街道上行走时，一位同事立即认出我们是母子，"你们有一样的微笑。"他说。此刻我想，当母亲在十月怀胎的日子里，她的脸上也一定时时挂着我此刻的这种微笑。我曾经写过一篇文章，剖析过雨中的洋芋花微笑的原因，按照老百姓的说法，这是一种母癔行为。洋芋花在微笑的同时，它的根部开始坐下果实。

我今年四十六岁，比陶渊明写《桃花源记》时大五岁。我也是从四十岁头上，突然开始恋家的。是不是人步入这个年龄段以后，都会突然产生这种想法？我不知道。我这里说的"这种想法"，直白一点说，就是渴望回归母体，渴望在那里获得片刻的安宁，渴望在那里歇一歇自己旅程疲惫的身子，是这样吗？我不知道！不光我不知道，我想当年陶渊明写他的《桃花源记》时，大约也不知道，自己的潜意识中，会有那么古怪的想法的。

在经过十个小时的乏味旅程，在穿过一百零八个洞之后，火车终于一声长鸣，到达了小城。出站后，我迅速地搭乘一辆出租车，向母亲居住的地方飞驰而去。后来，我来到家门口，白发苍苍的母亲，还有几位邻居的老太婆，站在家门口等我。邻居的老太婆对我说，母亲知道我要回来，天不明，她就在门口等我了。

母亲是河南扶沟人，黄河花园口决口的遭灾者。遭灾后，他们全家随难民逃到陕西的黄龙山。后来，他们全家死于克山病，只母亲一人侥幸逃脱。

逃脱后，七岁的她给父亲当了童养媳。我母亲十四岁时完婚，十六岁时生下我的姐姐，十八岁时生下我，二十岁时生下我的弟弟。我的父亲于七年前去世，如今这家中，只母亲一个人居住。

我已经有一年多没见母亲了，在母亲的家中，我幸福地生活了一个星期。我说我有胆结石，一位江湖医生说，多吃猪蹄，可以稀释胆汁，排泄积石。我这话是随意说的。谁知母亲听了，悄悄地跑到市场，买了五个猪蹄，每天早晨我还睡觉时，母亲就热好一个，我一睁开眼睛，她就将猪蹄端到我跟前。母亲养了许多的花，花盆摆了半个院子。这花盆里还长着些朝天椒。我说，这朝天椒如果和青西红柿切在一起，又辣又酸肯定好吃。这句话刚一说完，母亲又不知从哪里弄来几个青西红柿，从此我每顿饭的桌上，都有这么一小碟生菜。

谁言寸草心，报得三春晖。在这一个星期中，我收敛自己的种种人生欲望，坐在家里陪着母亲。小城的朋友们听说我回来了，纷纷请我吃饭，我说饶了我吧，我这次回来只有一件事，就是陪母亲。

母亲不识字。记得我曾经在一篇文章中说，等有一天，我有了余暇，我要坐在母亲跟前，将那些世界上最好的书读给她听，我说，那时我读的第一篇小说，也许是普希金的《驿站长》。现在，我这样做了，《驿站长》中那个二百年前的俄国人的悲惨命运，此刻成为这对小城母与子之间的话题。

一个星期到了，我得走了，世界上还有那么多的人生俗务在等着我。听说我去买票，母亲的神色立即黯淡了下来。她下意识地拽住我的衣角。这一拽，令我想起《西游记》中的白龙马眼里含着哀求，用嘴噙住猪八戒衣襟时的情景。我对母亲说，等我的大房子分下以后，她来我那里住。母亲含糊地应了一句。

我还说，父亲已经去世。脚下纵有千路，但是没有一条能通向那里，因此我纵然有心，也是无法去探望的；不过母亲还健在，我是会时时记着她，时时探望的。

"热爱母亲吧，这是一个失去母亲三十年的人在对你说话！"这段话，是一个叫卡里姆的苏联作家在他的《漫长漫长的童年》中说过的话。此刻，在我就要结束这篇短文，在我就要离开小城的时候，这段话像风一样突然飘入我的记忆之中。由这句话延伸开去，最后我想说的是，亲爱的读者，如果你也有母亲，那么你不妨抽暇去看一看，世界并不因你离开位置的这段日子而乱了秩序，而你会发现，这段日子里你做了一件多么重要的事情。

简评

陕西作家高建群被誉为浪漫派文学"最后的骑士"。曾几何时，他的长篇小说《最后一个匈奴》，被称为"陕北史诗""新时期长篇小说创作的重要收获"。与陈忠实的《白鹿原》、贾平凹《废都》等陕西作家的作品引发了"陕军东征"现象，震动了中国文坛。文艺评论家认为，高建群的创作，具有古典精神和史诗风格，是中国文坛罕见的一位具有崇高感和理想主义色彩的写作者。

散文《买一张火车票去看母亲》是浪漫派文学"最后的骑士"另一种心迹的袒露。传统的、理想的父母与子女的关系应是父慈子孝、严父慈母、平等互爱，但我们有理由使义务的天平稍微偏向儿女一方，更强调他们对父母的义务，因为它是对双方之间感情天生不平衡的一种调节，从而显示出文明和道德的力量。淳朴的天伦之乐是很诱人的，但是，"树欲静而风不止，子欲养而亲不待"，字里行间警示我们的是，不要等到"风树之悲"降临的时候才去咀嚼"伤亲之痛"。高建群《买一张火车票去看母亲》站在一个全新的角度阐发了子女如何孝敬父母的传统伦理。

可怜天下父母心啊！孩子小的时候，盼的就是他能健康、聪明地成长；读书后又希望他能考上好的学校；读书毕业后又为他的工作担忧；找到工作后又要为他的婚姻伤脑筋；也许，以后还要给第三代服务。普天之下，很少有例外。高建群先生所要告诉我们的是，作为子女，永远不要忘记你的父母亲！其实，倒不是轰轰烈烈为他们做些什么，只是平平淡淡地跟他们生活在一起，不在身边的时候一声祝福，一次电话，一声问候，一份牵挂，一起……生活中有那么多的一瞬间，你为什么不能尽可能多分一点点给你的父母亲呢？所以，"不要为了你那永无止境的规划和奔波而冷落了父母""买一张车票"就能如愿以偿。季羡林先生回忆早年留学海外时怀念母亲说过一句很动人的话："夜里梦到母亲，我哭着醒来。醒来再想捉住这梦的时候，梦却早不知道飞到什么地方去了。"在他的心里留下不尽的悔恨。"最后一次是分离八年以后，又回家奔丧。这次奔的却是母亲的丧。回到老家，母亲已经躺在棺材里，连遗容都没能见上。从此，人天永隔，连回忆里母亲的面影都变得迷离模糊，连在梦中都见不到母亲的真面目了。这样的梦，我生平不知已有多少次。直到耄耋之年，我仍能频频梦到面目不清的母亲，总是老泪纵横，哭着醒来。对享受母亲的爱来说，我注定是一个永恒的悲剧人物了。奈之何哉！奈之何哉！"老人的锥心之痛怎能不撞击我们的心扉？

由于年龄和生活经历的差异，父母和子女所处的时代不同，思想观念和文化水平当然会有所不同，看待事情的角度自然也就不一样。这就要求做子女的应该多为父母着想。生活中的快乐包括物质和精神的共同享受，现在大多数的子女都能够满足父母的物质消费，所以"孝"的要求也就相应提高，如果仅仅是物质上的考虑，又怎么满足他们的精神享受呢？人生在世，我们能回报父母的与父母给予我们的相比，是不可能同日而语的。父母最大的心愿就是我们能好好活着，活得更好。他们很希望儿女们能在身边多陪伴一会儿，却因害怕耽误儿女们的工作而张不开口。其实，人每天不停地忙碌着，却忽略了这么一个道理：世界并不会因为你的离开而乱了秩序，而你却是父母的整个世界。

作者说，"我"买张火车票，到小城去看母亲。陪母亲住一段时间，吃她做的饭，跟她拉家常，捧起一本书读给她听。朴实的语言，感人至深。的确，父母亲不需要我们拿太多的贵重的东西去孝敬，不需要我们给太多的钱，需要的是沟通，是说上几句话，常回家去看看，为的是，无论何时何地他们做父母的都心甘情愿地为儿女奉献。

在作者详细地记录了自己坐火车专程看望母亲之后，要跟和自己一样有母亲的人说几句：让我们记住苏联作家卡里姆在他的《漫长漫长的童年》里说的话："热爱母亲吧，这是一个失去母亲三十年的人在对你说话！"不必等到在母亲节来临的时候，也不必等到过年过节的时候。忙碌的人生永远也不会有真正的空闲，只要自己愿意，总会抽出时间的。如作者在文章最后所说："在我就要结束这篇短文，在我就要离开小城的时候，这段话像风一样突然飘入我的记忆之中。由这句话延伸开去，最后我想说的是，亲爱的读者，如果你也有母亲，那么你不妨抽暇去看一看，世界并不因你离开位置的这段日子而乱了秩序，而你会发现，这段日子里你做了一件多么重要的事情。"

作者在文章中还写下："谁言寸草心，报得三春晖。在这一个星期中，我收敛自己的种种人生欲望，坐在家里陪着母亲。小城的朋友们听说我回来了，纷纷请我吃饭，我说饶了我吧，我这次回来只有一件事，就是陪母亲。这一个星期的晨昏侍奉，对母亲而言是巨大的幸福，于自己又从心灵上获得了极大的安慰。只是，这种安慰要做得经常、持久才好。

卡耐基说过一句使人警醒的话："最重要的就是不要去看远方模糊的事，而要做手边清楚的事。"显而易见，侍奉自己的母亲本是人之常情、再平常不过的事，坐十几个小时的火车回家陪母亲住上几天也绝不是什么惊天动地的壮举，而是手边的事。然而，"树欲静而风不止，子欲养而亲不待"的动人故事千百年来，一直在以各种不同的形式传颂着。

买一张火车票去看母亲

苍天不语

◇王湘

1

本文选自《新时期新锐散文鉴赏》（武汉出版社，2006年版）。王湘，简历不详。

"地上的人活着，天上的星就亮着。"

童年妈妈所教的儿歌总是让我回味无穷。月明星稀的夏夜，我和妈妈在老家院子里乘凉，我躺在用两条木凳架起的门板上，妈妈坐在一旁摇麦秆扇给我驱赶蚊子，教我望月亮数星星，给我天人之间息息相关须臾难分的启蒙，让我萌生对苍穹的好奇和思索。

上学读了些书，便惊异于和天有关的词语竟是那么丰富：天高地远、天长地久、天经地义、天公地道、天伦之乐、天人合一、天有不测风云……

于是，一个个问号便时刻悬挂我的心中。语言是人类思想的外壳。这么丰富的"天"字号词语，数千年来何以能够犹如星辰一般熠熠生辉，光耀人间？究竟是先哲认知的真理毋庸置疑颠扑不破，还是苍天有意让其昭示芸芸众生不忘经典？

只是苍天不语。

2

我便常常仰望天空。

我揣想，人类所以要昂扬头颅，就是为了仰望天空的吧。动物多只能俯视大地，动物便没有哲学家。

仰望天空，我国古代的先民看见的是个圆形的穹隆，是个盖子，俯视大地却是个方盘，所谓"天圆地方"。天有九根柱子支撑着，不会塌下，地有八根柱子、三千六百根轴杆相互牵制不会崩散。

仰望天空，今天的人类看见的是个广袤的空间，无际无涯的空间。其实，确切地说，天空只是无际无涯……

我喜欢凝视太阳、月亮、星辰……

星辰，谁知道宇宙究竟有多少星辰？

星星在不断爆炸，不断毁灭。

星星又在不断凝聚，不断新生。

苍天在看不见处，看不见处皆是苍天。

我理解，苍天为何不语。

3

苍天无形,大象无形。

回想小学老师对我们讲解汉字"天"的构造,实
在意味深长:"大"上加"一",比"大"还大,第一等
大。世上的一切没有比天更雄浑更久远的了。人实
在渺小无奈。人跑得再远也只是"天各一方",即使
到了"天涯海角",也跑不出老天爷的掌心。

苍天可真包容一切。

苍天又遥控一切。大地上的季节更迭、气候变
化,让我感知万事万物都被一双无形的巨掌所把握
和调节,而且我们对于苍天的"风云"多有"不测"。

白昼的无限光明,夜晚的无限星空,让我感知极
致的博大和无限的深邃。

狂风、暴雨、巨雷、闪电,横扫天地,震撼人心,让
我感知大震动、大恐怖。

苍天让我感知最伟大的力量,让我感知地球仅
仅是沧海中的一粟。人类呢?至多是一层尘埃。个
体生命呢?

"吾生也有涯"。天道难明,实在难明。生年不
满百,谁不是带着对于苍天的疑问结束自己的生
命呢?

苍天总是不语。人类只能声声慨叹苍天的伟
大、永恒、深远、神秘……

我将不再浮躁。

我将学会冷静。

4

日光无私，月光无私，星光无私，一切天光都是大慈大悲的恩赐。

于是人们在悲极号哭或走投无路之时，总是求助在上苍天，凄凄然一声声："天哪！"

所有宗教都把自己尊奉的神明安置在天上。

各种神明以其最高统治者的身份在天上统治着芸芸众生。

苍天使人产生了最初的信仰，使人间出现了虔诚和崇高，敬畏和信赖。

"天上有神，有仙，有国。天堂是极乐世界，是人类希望到达的归宿。"人间便有了世代流传不灭的神话。人们便信奉：生命自天而降，死后灵魂要升天堂。

苍天引发了人们对美和善的最初希望和遐想。于是苍天滋育这希望和遐想不断长大……

于是，一个圆形的高大建筑物，一座逐层向上收缩的天坛庄严大方而又富丽典雅地崛立起来了。那祭天场所——全用汉白玉整齐紧密砌成，象征着天寰的露天圆形大平台——构筑而成了。

历代帝皇们便在这里祭天，便在这北京南郊的天坛祭天。

这样的祭天场所，出现在远古时代的中国，也出现在埃及、巴比伦、希腊、罗马……

只是苍天总是不语，让人类去崇拜，让人类去审思。

5

仰望苍天，人类悟到了天有一种规律——天道——天道忌盈。

浩渺宇宙，从未有始，从未有终，从未有际，从未有涯。无所谓时间，也无所谓空间。

仰望天空开拓了人的心灵，让人的心灵有足够的驰骋空间。

"宇宙藏我心中，我心如宇宙。"

宇宙在我心中醒来，我心便成为自觉的宇宙，有意识的宇宙，广袤无垠的宇宙。

有活力的灵魂便成了人世间唯一有价值的东西。

一只成熟的果实离开了树枝，便腐朽了。一个思想在心灵中成熟，就立刻壮大，变成不朽。

人类的衣食住行，无法摆脱形而下的物质；人类的心灵开始超然于物质之上，人类便成了万物之灵长。

人类鸿蒙的心之官从仰望苍天、审思天意中启开了心智——

柏拉图，创建了欧洲第一个庞大的哲学体系。

亚里士多德，发展了柏拉图哲学，奠定了欧洲式的逻辑学。

印度人悉达多头顶苍天枯坐菩提树下苦苦修行终于悟道,后被世人尊为佛陀、如来、法王、世尊、大雄……

上帝的独生子耶稣,为救赎人类自天而降,被人钉死在十字架上,复活后又升上天去,成为基督教救世主。

老子悟天地本原为道,万物皆由道生;孔子"尊天命"而行;庄子以为"天地与我并在,万物与我为一"。人与天地万物,都不是为了主宰或征服谁而存在;人与自然永远相互依存。人类生存要遵循"天经地义"。"天理"总是那么"昭彰"。凡事要做得"天公地道",否则,"天理难容"。为人应具有"天理良心",应懂得"天理人情",珍惜"天伦之乐"。人的生存法则"天命"是谁也难违的……

人类至今依然生活在先哲们所开辟和规范的精神空间中,而先哲们的精神无不发轫于仰思茫茫苍天……

仰望苍天,审思人类,杰出的智星成了人类的精神始祖。

人类探求宇宙中一切有机有序的规律——人间于是有了科学。

人类探求宇宙中一切有机和谐的美——人间于是有了艺术。

哲学家懂得不去追求圆满,不求登峰造极。

文艺家懂得残缺之美,有时是用悲剧去震撼人心，维纳斯便成了永恒……

然而苍天总是不语。

6

苍天不语。天道、天理远远高于人间的一切。

苍天向大地抛扔陨石。19至20亿年前就有陨石陨落于我国滑石山。古陨坑的原始深度超过400米！

"天狗食日（日蚀）"了，扫帚星（彗星）掠空了——人们忧心忡忡。

人们的代表就是杞人。然而历来的世人却嘲笑杞人："杞人忧天"成了贬义词，成了一种揶揄。

然而，谁能担保不会"天翻地覆""天崩地裂"呢？

月亮正离我们远去。小行星不断掠过我们地球的身边。

臭氧层被挖破了，以致紫外线直射，地球上每年死于皮肤癌者数以万计，而挖破臭氧层使生命受害的正是我们人类自己！

别再幻想女娲为我们补天了，到时候，整个地球只能曝裸于太阳的毒焰之下！

不可思议的是，今天的人类似乎只是埋头不再仰望天空，不再顾及天道天意，人们由对天的敬畏审思转向干些违背天道的愚蠢之事。人们忘了人类文明的真正源头，人们忘了生命的保护神。甚至尚未发觉苍天在惩罚人类！人类要想免于毁灭，必须放弃任何"只顾今天"的哲学！

依然有那么多的人无视苍天的昭示，以致上帝只得对人摇头发笑：无奈之笑，苦涩之笑……

苍天不语，并非无话可说，是不需多说。苍天拥有永恒的哲学，用其天象给人类昭示也就足够了。只是我们又明白了多少？又有多少人明白自己该怎么活着？

苍天不语，我们更应对自身多一点忧患。

简评

读《苍天不语》需要对智慧和哲理的思考，更需要心灵的飞翔。作者说："我揣想，人类所以要昂扬头颅，就是为了仰望天空的吧。动物多只能俯视大地，动物便没有哲学家。"人类是离不开睿智的思考的。置身于大自然中，与自然融为一体，与天地对话，只有在这样的环境中，人才能找回自己的天性。或许人只有在这样的时刻，才能站在红尘之外，冷眼观察世界，观察人类；或许在那一瞬间人才能仿佛与所有坎坷和忧愁诀别，摆脱世俗，寻觅到一种随心所欲、逍遥自在，又无拘无束、优哉游哉的心境。或许在这样的时空中，人才能够静静地沉下心来自我反省、自我教育。可以边走边唱，抑或静静地欣赏某一处自然景色——当自己能够去读懂她们的时候，任何一个自然景色都那么富有个性和亲和力。顿时，使你感觉到无限美景尽在心灵，任你去揣摩和"雕刻"。如果觉得累了，也可找一处安静的地方小憩一会儿，听听音乐，抑或听风声、鸟声、天籁声，抑或仰望星空……人之所以为人，因为他能仰望星空！

从旭日东升中感受成长的力量，从和风细雨中感受自然的美丽，在四季更迭、酷暑严寒之下，不受侵扰，保持安宁。也许，这样的人生才是生命最为宽广的地方。活着、笑着、哭着、吃着、睡着，在生命的律动下，都是幸福。享受生命，让心灵在感恩和知足中感受平凡的快乐。享受流动的生命，弹奏幸福的乐章。人生重在深度、厚度，而非长度。

但是，我们与大自然和谐相处有一个前提，我们必须了解和掌握大自然，学习大自然的各种知识和规律，正确驾驭大自然，既不过度索取大自然，也不白白浪费大自然各种资源为我们服务的机会；同样，我们也不能改变和错乱自然界的发展规律，任何试图盲目地与大自然较劲的行为，必定是失败的。

"春江水暖鸭先知。"动物界、生物界，都会按照自己的方式适应大自然，和大自然中各自链条上的生物相关联而生存发展。这就是规律。其实，任何事物都有自身发展规律，各自在各自的循环圈内发展循环，以至生命发展循环往复不止。这是达尔文生物圈理论告诉我们的道理。

"苍天不语。"并非无话可说，是不需多说。苍天拥有永恒的哲学，用其深邃天象给人类昭示也就足够了。"只是我们又明白了多少？又有多少人明白自己该怎么活着。"如果说水是生命的源泉，那么阳光是生命的催化剂；如果说森林和草地是地球的保护伞，那么江河、湖泊和沼泽地则是地球的心肺。蜜蜂给花卉授粉，风儿给植物授粉；在自然界的任何一个事物，都拥有自己生存的合理性；任何事物都不是孤立的，彼此相互依存、相互渗透。也不仅仅如此！在宇宙中任何事物的生存和消亡，也尽在自然法则中。从微观上看，小到一棵小草；从宏观上看，大到某一天体的运行，也都在自然造化下，按自身的固有生存规则，生生息息、进化和轮回。有生就有死，有阴就有阳。有上就有下，有黑就有白；一切都是相对的，一切也都是过程。这是一条万古不变的自然规律。在浩瀚的宇宙中，没有不变的东西，也没有永存的东西。包括大地、太阳、月亮。科学家发现，太阳是一个存在了45亿年左右的中年天体，其寿命最终也只有100多亿年。

似乎，我们是自然的主人。刘易斯•托马斯说："最古老、最容易接受的想法是，地球是人类的私有财产，是人类的菜园、动物园、金库和能源，它摆在我们手边，任我们消费、装点，愿意的话还可以将它撕成片。按我们过去的解释，改善人类处境是世界存在的唯一理由。人要胜天，掌握奥秘，控制一切。这是一种道义责任和社会义务。""我们过去想错了。"我们是这个地球上生灵的一种，我们会影响其他生物，同时也触动自身。也许，除智慧之外，我们与其他生物并无区别。提倡尊重自然、顺应自然、保护自然的生态文明理念，要求我们在发展理念上，要牢固树立人与自然对等互惠的思想。尊重自然，是科学发展的理念和要求。人是自然之子。人在寻求自身生存和发展的过程中，要对自然保持必要的尊重。我们的发展，既不能走向人与自然的尖锐对立，更不能肆无忌惮地把自己凌驾在自然之上。要始终以平等的眼光、敬重的姿态，考量人与自然的关系，尊重自然存在和发展的权利，使我们的发展能和自然相互惠益、相互和谐。要建设美丽的大自然，不仅要有健康的发展模式、丰富的物质成果，更要有先进的思想理念、自觉的保护意识。只有尊重自然、顺应自然、保护自然，才能让我们的物质生产与自然协调、生活空间与自然融合、道德素养与自然融洽、行为方式与自然和谐，才能实现天蓝、地绿、水净。

现代人盲目地追求财富，却失去了肌体的健康，弱化了生命的本能。没有了健康美好的肌体，失去了人的完整，我们又如何享受堆积如山的财富呢？世界上任何事物都有两面性。有时候，我们真为人类感到骄傲，火箭升空，直指苍穹，卫星遨游，巡天遥看，"坐地日行八万里"，这是何等高超的智慧！有时候，我们也为人类感到羞愧，生态破坏，污染遍地，疮痍满目，生灵涂炭，这又是何等的愚蠢！成也人类，败也人类,苍天是个仁慈的长者,被伤害时,总是沉默不语,宽宏大度,苍天在上,苍生如海。人类啊,请珍重我们脚下的土地,让地球花团锦簇,苍天才感到宽慰。不要认为"苍天真的无语"!

《苍天不语》最后一句话点明题意:"苍天不语,我们更应该对自身多一点忧患。"这是对生活在地球上的人们的呼唤,也是警告,字字千钧。作者语重心长,我们必须记在心上!印度诗哲泰戈尔曾说过:"我有群星在天上,可是,唉,我屋里的小小灯却没有点亮。"在诗人的心中,似乎已明确地感觉到苍天的"此时无声胜有声"!这恐怕是对"苍天无语"的最好阐释。

「走出房门！」

◇ 卞毓方

这是 1949 年的秋季，这是美国普林斯顿高等研究所；那位银发灿亮的老人——20 世纪最伟大的科学巨匠爱因斯坦，每天，迈着从容而坚定的脚步，从杨振宁的视野里走过。此情此景，令人想起杨博士获得诺贝尔奖后的另一个主攻方向：规范场。在这里，规范场不仅是一个物理学的概念，更是一种喷薄跃动着创造激情的大境界。

普林斯顿高等研究所的所长是奥本海默，因领导研制第一颗原子弹而遐迩闻名。就在这年春天，杨振宁在他执教的芝加哥大学听了奥本海默的一次演讲，从而萌发了到该所做研究的热望。杨振宁请他的导师泰勒和费米联手推荐，结果如愿以偿。临

本文选自《雪冠——卞毓方散文选》（复旦大学出版社，1998 年版）。卞毓方（1944—），祖籍江苏阜宁，后移居射阳。社会活动家，教授，作家。长期从事新闻工作。1991 年加入中国作家协会。代表作有散文《文天祥千秋祭》《煌煌上庠》《韶峰郁郁，湘水汤汤》。

行前,费米特意嘱咐：高等研究所是一个很好的地方,不过不宜久呆,有一年就够了。你知道,主要是研究的方向太理论化,容易变成形式主义,脱离日新月异的实际。

杨振宁打心眼儿里尊重费米,想当年,还在国内西南联大求学的时候,费米就是他崇拜的物理学大师之一；杨振宁在23岁,也就是1945年底到了美国,他选择芝大完成博士学业,就是因为费米在那儿任教；费米的临别告诫,自是牢记在心。

但是呢——牢记归牢记,杨振宁并没有死守,一年后,他还是留在了研究所；而且,一留就是17年。细考起来,固然和奥本海默的挽留有关,也和他热恋中的一个女子(按:即日后的杨振宁夫人)有关；更为重要的,我想,恐怕还是出于创造的直觉,抑或是参得天机。是的,这是一座象牙之塔,但绝不是一般意义上的象牙之塔。它远离尘嚣,却紧贴着科学发展的前沿；它轻松活跃,却磅礴呼啸着纵横捭阖的生命意志；它荟萃了名流耆宿,初出茅庐的年轻人在这里非但不感到压抑,反而觉得大有用武之地；向科学的进军无时无刻不体现为青锋出鞘,寒光闪闪,为了同一课题,彼此间不乏真诚无私的合作。"千山不隐响,一叶动亦闻。""莫道穹天无路到,此山便是碧云天。"杨振宁执意留在普林斯顿,分明是听到了来自渺渺云天的召唤。

杨振宁的幸运,还在于跟物理学的一个新领域同步成长。为了说明这个问题,不妨上溯到西南联大，那时，他的两位恩师，后来都成了物理学大家的吴大猷和王竹溪，分别把他引上了对称原理和统计力学的研究轨道；还可以再向前溯，在他很小的时候，他的父亲，著名的数学教授杨武之先生，就为他打下了扎实的数学基础。所以，经过在芝大的两年深造，又留校教了一年书，如本文前面叙述，1949年的秋季，杨振宁来到奥本海默的麾下，走进爱因斯坦的光圈。这时，恰恰在这时，物理学的海平面上隐现出一片"新大陆"：粒子物理学。在高等研究所，更是活跃着一大批勇敢的"哥伦布"。因为大家都是从同一港口扬帆，所以任何人只要把握好航向，就有可能捷足先登。杨振宁不失时机地抓住了这一机遇——到这时候，人们有理由相信，以杨振宁的天赋，他的胜利已经是遥遥在望。

说到杨振宁的天赋，就不能不谈到他独特的眼光。任何巨大能量的爆发，都要以当事者的眼光为先导的，眼光是一种胸襟，是一种顿悟，是人格精神和知识底蕴的升华，是勃郁才情和创造实力的凝注。杨振宁生于安徽合肥，长于厦门、北平、昆明，在战火纷飞、灾难深重的故国完成了从小学到硕士生的学业，然后负笈于大洋彼岸。春蚕未老，蜡炬犹红；他乡满眼黄发，回首不见青山；强烈的生命冲撞，复杂的生存感受，飞扬的竞争意识，神秘的创造灵感，融汇在一起，渗透在一起——这就导致了他把目光投向平衡世界的经典理论：宇称守恒。

关于宇称守恒，几乎已经是一个不需要讨论的问题。众所周知,自然界有四种基本力量:强力量、电磁力量、弱力量以及万有引力。1956年以前,所有的实验表明,这四种力量的每一种都左右对称,术语就称之为宇称守恒。可是,1956年前后,却发现了一些新粒子,它们不按照已有的规则游戏,这自然成了物理学家们关注的焦点。那年夏天,杨振宁和与他有着相同文化背景、相同人生际遇的李政道联袂登场——这就如一座水库,沟通了另一座水库,长期的积蓄,浩瀚的期待,在一阵思想强风的激荡下,忽然就雷奔海立,白浪如山——两位年轻人一反传统,大胆提出:宇称守恒也有误区,在弱力量里宇称不守恒。

杨振宁和李政道的理论,完全是石破天惊,在国际物理学界引发起山呼海啸。很多人都认为是无稽之谈,著名物理学家鲍利便是之一。他听说吴健雄等已按照杨、李二位提出的方案,着手实验,就在给朋友的信中断言,这是不可能的,"我可以跟任何人打赌,做出来的结果一定是左右对称。"然而,真理常常是在不为人承认处破空而出。半年后,也就是1957年1月,吴健雄等的实验做出来了,证实杨、李二位描述的绝对正确。

鲍利惶惑了,实在难以置信,但又不能不信。——这就是科学家的风格。"幸亏没有人跟我打赌,否则,我就要破产了。"鲍利在致朋友的另一封信中,不无幽默地解剖自己:"现在还好,我只是损失了一点名誉……"

与此同时,激动万分的杨振宁把喜讯报告给正在处女岛休假的奥本海默。人们记得,15年前,当来自罗马的费米首次指导核反应堆运转成功,消息是以意味深长的预言形式传出的:"意大利航海家进入了新世界。"这一次,在接到杨振宁的电报后,奥本海默也以预言的形式回了短短的一句。但这一句却值得当代及后世的物理学家们永远奉为圭臬,那就是:"走出房门!"

简评

现当代中国散文园地里鲜花盛开,姹紫嫣红,种类繁多,不胜枚举:女性散文、学者散文、历史散文、文化散文、情感散文、生活散文、日常散文;还有写《我的鼻涕》《一地鸡毛式》的反文化散文等等。卞毓方先生的散文被人们称为"哲思散文"。他的散文不仅是文学家的散文,而且还具有了哲学家和思想家的风采和思维。其散文的构思行文,或如天马行空、虹飞天际,或如清风出袖、明月入怀;其散文的格调如黄钟大吕,声韵高亢;其散文的笔锋所至,熔神奇、瑰丽、灿烂于一炉——独树一帜于今天的散文园地,颇受读者喜爱。

我们翻开任何一本散文集,通常看到的多数是写情或写景,作者围绕或事或景进行抒情、说理和实录、叙述。而卞毓方的散文作品我们称之为"知性"散文,即在完成常态的写情写景之上的那种融入知识与智慧的文学。写知性散文不仅需要作家有知识面,还得有散文家的那种灵动的文采,擅长的景情叙述,更得有智慧的眼光与选择以及结构、章法上的考究。卞毓方在这方面是高手,甚至可说是哲学家的睿智和政治家的犀利融于一身的那一类高手,故而读他的散文,可以明显地感受到博古说今、谈天说地,尤其是在论说政治和政治人物的文章中也变得丝毫不生硬、不胆怯、不回避,且能左右逢源、高瞻远瞩、入木三分。

　　散文《"走出房门!"》写的是世界著名科学家的研究与成果。对于研究人员来说,最基本的两条品格是对科学的热爱和难以满足的好奇心。一般说来,科学研究的爱好者比常人保有更多好奇的本能。一个人的想象力,如果不能因想到有可能发现前人从未发现过的事物而受到激励,那么,他从事科学研究只能是浪费自己和他人的时间,因为只有那些对发现抱有真正兴趣和热情的人才会成功。最有成就的科学家具有狂热者的热情,但又受到客观判断自己成果以及必须接受他人批评这两点的辖制。科学家之所以能够做出不平凡的成绩,重要的一条是靠自己锲而不舍地钻研、努力,敢于打破旧框框的束缚,"走出房门"(房门,就是旧框框),去迎接新领域的挑战,去开辟一个新天地。说得更直白一些就是:"科学研究需要多种才能——制造仪器之才,观察实验之才,抽象思维之才,推理计算之才等等。但基本上是两种,一是实验,二是思维。既动手,又能动脑。"(王梓坤《谈才》)其实无论何种才能,对科学的热爱和好奇心是不可或缺的。杨振宁、李政道对传统的宇称守恒定理的挑战,并获得成功的例子,很好地证实了这一点,我们赞赏杨振宁、李政道这种敢于"走出房门"的勇气和毅力,也正是卞毓方在散文《"走出房门!"》中所礼赞的科学家精神,一种永葆青春、价值无限的科学精神。

　　在作者的眼里,科学和文学的进步,同样必须站在巨人的肩上,同样面临一个"守正与创新"的问题。"守正"是需要勇气的。"正"就是中流砥柱,就是树立一种遗世独立的尺度。某种意义上说卞毓方先生是孤独的,因为在这个反文化反文学的后现代时代坚持"正"是艰难的。创新是守旧的反面。俄国科学家罗蒙罗索夫说过:"随时随地研究吧!什么是伟大的和美丽的?什么是世界上未曾有过的?"把世界上还未曾有过的东西创造出来,那才是创新。创新是很稀罕、很困难的。

创新之所以困难，因为创新发源于奇思异想。"普林斯顿高等研究所的所长是奥本海默，因领导研制第一颗原子弹而遐迩闻名。就在这年春天，杨振宁在他执教的芝加哥大学听了奥本海默的一次演讲，从而萌发了到该所做研究的热望。"他如愿以偿到了那里，一呆就是17年，要知道临行前费米教授特地嘱咐："高等研究所是一个很好的地方，不过不宜久呆，有一年就够了。你知道，主要是研究的方向太理论化，容易变成形式主义，脱离日新月异的实际。"杨振宁并没有死守。他和同胞李政道的理论，完全是石破天惊，在国际物理学界引发了山呼海啸。当"激动万分的杨振宁把喜讯报告给正在处女岛休假的奥本海默。人们记得，15年前，当来自罗马的费米首次指导核反应堆运转成功，消息是以意味深长的预言形式传出的：'意大利航海家进入了新世界。'这一次，在接到杨振宁的电报后，奥本海默也以预言的形式回了短短的一句。但这一句却值得当代及后世的物理学家们永远奉为圭臬，那就是：'走出房门！'"在散文的结构上，卞毓方的文章最后才亮出了关键的四个字："走出房门！"——言有尽而意无穷。

　　科学的发展是无止境的。1993年，李政道先生在复旦大学的一次演讲中说："整个科学的发展与全人类的文化是分不开的，在西方是如此，在中国也是如此……现在我们猜不到21世纪的文化是什么，就如同在19世纪我们猜不到20世纪的文化将是怎样一样。同样，若我们真能激发真空的话，很可能我们对宇宙的了解要远远超过20世纪。将来的历史会写上：是在我们这个时代，把微观的世界和宏观的世界用科学的方法连接起来。"奇思异想只能出现于不受常规约束、富有好奇心、耽于幻想的人的脑子中。而且，仅仅是富有奇思异想还远远不够。还要有迅速行动的能力、百折不挠的决心和天不怕地不怕的冒险精神，去把这奇思异想变成现实。几乎所有有成就的科学家都具有一种百折不回的精神。达尔文这种性格就很突出，据他的儿子说，他的这种性格超出一般的坚韧性，可以被形容为顽强。化学家巴斯德说："告诉你使我达到目标的奥秘吧。我唯一的力量就是我的坚持精神。"作为有成就的作家，写作中不死守教条，笔下的作品同样有"走出房门"精神。两者珠联璧合，这样的文章读起来才畅快。

静

夜功课

◇ 张承志

子夜清时，匀如池水的夜静谧地等待着，悄悄拍了拍，知道小女儿这回真地睡熟了。

蹑脚摸索，漆黑不见门壁。摸索着突然踢了椅子一下，轰隆砰然的炸响惊得自己晕眩了刹那。屏息听听，暗幕中流响着母亲女儿的细微鼾息——心中松了一下。

摸至椅子坐下，先静静停了一停。

读书么？没有一个读的方向。

写么？不。

清冷四合。肌肤上滑着一丝触觉，清晰而神秘。我突然觉察到今夜的心境，浮凸微明的窗棂上星光如霜粉。

本文选自《静夜功课》（民主与建设出版社，1997 年版）。张承志（1948—），回族，中国当代最具影响力的回族作家。代表作有《北方的河》《黑骏马》《心灵史》等，已出版各类著作 30 余种。

我悄悄坐下了，点燃一支莫合烟。

黑暗中晃闪着一星红点，仿佛是一个意外的谁。或者那才是我。窗外阴云，室内沉夜；黑暗充斥般流溢着，不知是乌云正在浸入，还是浓夜正在漾出。其中那一点红灼是我的魂么，我觉得双目之下的自己的肉躯，已经半溶在这暗寂中了。

我觉得那红亮静止了，仿佛不愿扰乱此界的消溶。于是我坐得牢些，不再去想书籍或纸笔。

这样，有生以来第一次看见了真正的夜。我惊奇一半感叹一半地看着，黑色在不透明的视野中撕絮般无声裂开。浪头泛潮般淹没，黑的粒子像溶开但未溶匀的染料，趁夜深下着暗力染晕着。溶散有致，潮伏规矩，我看见这死寂中的一种沉默的躁力，如一场无声无影的角斗。

手痉挛了一下，触着的硬硬边缘是昨夜读着的书，高渐离的故事。

远处窗外，遥遥有汽笛凄厉地撕裂黑布般的夜，绝叫着又隐入窗外沉夜。高渐离的盲眼里，不知那永恒黑暗比这一个怎样；而那杀人呼救似的汽笛嘶叫，为什么竟像是高渐离的筑声呢。

我视界中的黑暗慢慢涌来，在我注视中闭合着这一抹余空——若是王侯根本不懂音乐呢——黑潮涨满了，思路断了。

我在暗影里再辨不出来，满眼丰富变幻的黑色里，没有一支古雅的筑。

那筑是凶器……

我决心这样任意遐想一回。应该有这样的夜：独自一人闭锁黑暗中思索的夜。如墨终于染透了、晕匀了六合的纸，我觉得神清目明，四体休憩了。我静静地顺从地等着，任墨般的黑夜一寸寸浸透我这一具肉躯。

　　墨书者，我冥冥中信任的只有鲁迅。

　　但这夜阵中不见他，不见他的笔。渐离毁筑，先生失笔，黑夜把一切利器都吞掉了。是的，我睁大双眼辨了许久，黑色的形形色色中并不见那支笔。只有墨，读不破的混沌溶墨。春秋王公显然是会欣赏音乐的，而到了民国官僚们便读不懂鲁迅的墨书。古之士子奏雅乐而行刺，选的是一种美丽的武道；近之士子咯热血而著书，上的是一种壮烈的文途——但毕竟是丈夫气弱了。

　　因为乌云般的黑暗在浸漫淹没，路被黑夜掩蔽得毕竟窄了。

　　我心中残存着一丝惊异，仍然默默坐在黑暗的闭室之中。黑暗温暖，柔曼轻抚，如墨的清黑涤过心肺，渐渐淹上来，悄然地没了我的顶。

　　近日爱读两部书，一是《史记·刺客列传》，一是《野草》。可能是因为已经轻薄为文，又盼添一分正气弥补吧，读得很细。今夜暗里冥坐，好像在复习功课。黑暗正中，只感到黑分十色，暗有三重，心中十分丰富。秦王毁人眼目，尚要夺人音乐，这不知怎么使我想着觉得战栗。高渐离举起灌铅的筑扑向秦王时，他两眼中的黑暗是怎样的呢？鲁迅一部《野草》，仿佛全是在黑影下写成,他沉吟抒发时直面的黑暗,又是怎样的呢?

这静夜中的功课,总是有始无终。

慢慢地我习惯了这样黑夜悄坐。

我觉得,我深深地喜爱这样。

我爱这启示的黑暗。

我宁静地坐着不动,心里不知为什么在久久地感动。

黑暗依然温柔,涨满后的深夜里再也没有远处闯来的汽笛声。我身心溶尽,神随浪摇,这黑暗和我已经出现了一种深深的默许和友谊。

它不再是以前那种封闭道路的围困了。此刻,这凌晨的黑暗正像一个忠实的朋友,把我和我的明日默默地联系在一起。

简评

著名作家张承志是中国当代最具影响力的回族作家、学者。张承志 1978 年开始发表作品,早年的作品带有浪漫主义色彩,语言充满诗意,洋溢着青春热情的理想主义气息。张承志是新时期文学中性格最鲜明、立场最坚定、风格最极端的作家。他既不断地寻求突破,又始终坚定不移地朝着既定的目标走下去。他在《语言憧憬》中说:"我是一位从未向潮流投降的作家。我是一名至多两年就超越一次自己的作家。我是一名无法克制自己渴求创造的血性的作家。"说起创造,张承志的理解有着自己鲜明的个性,从 1978 年发表的《骑手为什么歌唱母亲》开始,张承志便以一种强烈的理想精神鲜明地区别于当时"伤痕文学"的时尚。王蒙称他是"最后一个理想主义者"。王安忆在《孤旅的形式》中指出,张承志的写作是表达心灵,草原上的黑骏马、蒙古额吉、北方河流、金牧场、疲惫的摇滚歌手、哲合忍耶,都是他心灵的替代物。"他所写下的每一个文字都是从心灵里来,因此他是最不堪忍受文字最终社会化而被大众消费的命运,他觉得他最宝贵的东西受到了践踏。可是要求表达心灵的渴望又是那样强烈,使他不得不忍受遭遇谬误的痛苦。这一类作家总是极其认真,严肃,因而便极其痛苦。他们对文学还抱有宗教般的神圣情感,他们无法以游戏的态度对待,他们也无法以实验的态度对待。他们将心灵凌驾于一切之上,痛恨形式主义。张承志又是其中尤为激烈的一个。"

　　说到张承志的作品所产生的巨大反响,作家朱苏进在《分享张承志》一文中说:"两年前,读罢《心灵史》,我知道文化界的上空掠过了一道闪电。那光锋过于炽烈耀眼,以致于那一瞬间苍天乌云都沦陷为透明的废墟。"《静夜功课》是张承志在文坛上影响巨大的散文佳作,也是代表他思想者意识的重要作品。作者独自一人静坐于黑夜之中,虽然目无所见,但是却心眼洞开,思绪飞扬,在静思中获得精神上的慰藉与激励。夜深人静的"清冷四合"中,亲人在安睡,作家却张开思想的翅膀,思考、遐想。在思想者的笔下,高渐离在目盲的黑暗中看到了什么?鲁迅的《野草》在二十世纪早期的夜色里,沉吟抒发,直面黑暗:"过去的生命已经死亡。我对于这死亡有大欢喜,因为我借此知道它曾经存活。死亡的生命已经朽腐。我对于这腐朽有大欢喜,因为我借此知道它还非空虚。"(鲁迅《野草·题辞》)高渐离的筑和鲁迅的笔都曾是作为利器存在的,而如今"满眼丰富变幻的黑色里,没有一支古雅的筑"。"渐离毁筑,先生(鲁迅)失笔,黑夜把一切利器都吞掉了。"张承志的眼里,"古之士子奏雅乐而行刺,选的是一种美丽的武道;近之士子咯热血而著书,上的是一种壮烈的文途——但毕竟是丈夫气弱了。"他崇尚古代的英雄豪气,同时尊崇鲁迅的"直面黑暗",为的是为社会和现实弥补正气、滋生豪情。

　　因为张承志具有丰富的历史知识,长时间、孜孜不倦地阅读《史记·

刺客列传》与鲁迅的著作，深入骨髓的是黑夜中古雅与刚烈共存的美感，在黑夜中寻找共鸣的默契。在一个偶然的、墨色浸透身躯的静夜里重新回味，感动与感悟就顿时涌来，感觉也就"神清目明，四体休憩"。只是这静夜里的功课太累，褪去所有的虚华不实，抛却一切的借口理由。真实地，看自己和世界。张承志一直在冥思苦想：尽管，大多时候，那个真实的现实，逼得我们不忍直视。但是在夜里，我们都会更真实一些。

张承志在一间不大的房屋里，"清冷四合。肌肤上滑着一丝触觉，清晰而神秘。我突然觉察到今夜的心境，浮凸微明的窗棂上星光如霜粉。""轻薄为文"是时代迫切需要的一种勇气，寻找平添"一分正气"的出路。"无援的思想"使他孤独地投入到一场战斗中，评论者称他是"以笔为旗"的精神斗士。诗人顾城说："黑夜给了我黑色的眼睛，我却用它寻找光明。"作家余杰说："让所有习惯光明的眼睛，都习惯黑暗。"张承志却说："有生以来第一次看见了真正的夜。"他们都是在一种同样的境界里不懈地思考着的"思想者"。

黑夜，思想者看见死寂中沉默的躁力，如一场无声无影的角斗。撕裂黑夜的厚布，作者冥冥中所见的是毁筑的渐离和失笔的鲁迅，并且强调渐离两眼中的黑暗，鲁迅仿佛在黑影下写成《野草》。从隐姓埋名最终被秦始皇熏瞎了双眼黑暗中仍不忘"击筑"的高渐离，到呐喊"地火在地下运行，奔突；熔岩一旦喷出，将烧尽一切野草，以及乔木，于是并且无可朽腐"的鲁迅，悠悠千年，精神永驻；行文中思绪跳动极大，联想与现实相互交错。鲁迅在黑暗的时代里，找到"民族劣根性"的病源，从思想上拯救国人灵魂，一篇篇战斗性檄文直批当权者。张承志的思想里悬满忧患，愤疾而激昂。他的灵魂，流淌着鲁迅的某些热血，在变革的时代里，用低沉而透着无比坚定的声音，旨在唤醒黄土地里为时代摇旗呐喊而死去的英魂。

身在滚滚红尘的人们,在寂静的夜里,品一杯清茶,听一首心曲,翻开一本封面黯淡的书,让自己与行走在同一个世界上的另一个人取得沟通,足不出户就体会到那些心旷神怡的奇景和匪夷所思的经历。这是心灵的升华,是我们每一个人心灵真正的归宿。一个寂静的夜,就是最适合思考的时间。"黑暗中晃闪着一星红点,仿佛是一个意外的谁。或者那才是我。窗外阴云,室内沉夜;黑暗充斥般流溢着,不知是乌云正在浸入,还是浓夜正在漾出。其中那一点红灼是我的魂么,我觉得双目之下的自己的肉躯,已经半溶在这暗寂中了。"心被震撼了,张承志睁大了自己的眼睛。

　　可惜的是,这个暗夜,我们很少真正面对。要做好"静夜功课"是张承志精神的追求。他的思考启示我们:白昼的浮华常常被我们有意地延续,那些声光色影的热闹空洞地浮现在周围,我们需要这些空虚的热闹,因为,我们害怕。我们怕看到真实的自己,我们总是想尽办法不去逼问自己的内心,因为,我们知道,真正的需要和我们所拥有的是多么的差之千里。我们知道,可我们都需要这种糊涂,这种掩盖,这种自我的欺骗。因为,我们不愿承认内心的孤独,还有深深的寂寞。或者,我们承认,我们只是不知道要如何去面对?

　　这就是张承志。

静夜功课

161

关于精神

◇李书磊

本文选自《智慧小品》（河南人民出版社，2003年版）。李书磊（1964—），河南原阳人。14岁考入北京大学。21岁获北大中文系当代文学专业硕士学位，24岁获文学博士学位。代表作有《为什么远行》《重读古典》《我观世音》《都市的迁徙：现代小说与城市文化》《文学的文化含义》等。

初夏季节，日里夜里总传来孤单而嘹亮的鹧鸪声，在这热风冷雨的无赖光阴中乱人心肠。"惟有鹧鸪啼，独伤行客心。"鹧鸪在中国古诗中是感伤的象征，声声鹧鸪曾唤起一代代文人的多少愁怨。认真追究起来，中国古文学对我产生过最深刻影响的精神不是别的，而是感伤。喜或者怒最多只是入心而已，感伤却能彻骨。从杨柳依依、雨雪霏霏的《诗经》到厚地高天、痴男怨女的《红楼梦》，至少在我初涉人生的少年时代，是这一以贯之的感伤传统以它有毒的甜蜜滋养了我的情感。

当然，最使我倾心的还是那不知出处的《古诗十九首》。惟其不知出处，那些文字才更显得神秘，有一种天启般的意味。"思君令人老,岁月忽已晚","人生天地间,忽如远行客",这人生苦短、天地苍茫的痛楚不断地袭上心头,使那无所依凭的凄凉与空虚挥之不去。教科书里说《古诗十九首》代表了"人生的自觉",我觉得这断语下得贴切。好像是过去的人们一直都没心没肺却也兴致勃勃地存在着,去打仗,去婚嫁,去种去收,去生去死,至此才猛地恍然大悟,发现了人的真实处境,不禁悲从中来。从此这感伤情绪就一发而不可收。后世的感伤文人我最喜欢的有两位,一是李后主,一是秦少游。他们把《古诗十九首》那种无缘无由、无端无绪的感伤具体化也情景化了。李后主丢失了江山,秦少游丢失了爱人,这种人间最根本的丢失使今生今世变成了他们的伤心之地。李词"雕栏玉砌应犹在,只是朱颜改"与秦词"伤情处,高城望断,灯火已黄昏",这同样美丽的句子正可以互相印证。我们看出这种感伤既是他们对人世的控诉又是他们在人世的寄托。他们经由这种感伤与人生生出了斩不断的纠缠,他们玩味甚至珍惜这种感伤就像珍惜与生俱来的病痛。这是怎样的孽缘啊! 感伤的文人对人世必有的丢失总是耿耿于怀,对人生必有的缺憾不能报之以坦然;然而他们不安于生命的定数又无可奈何,它们对世界有太强的欲望却只有太弱的力量,他们既不能战胜世界也不能战胜自己。这正可以说是一种孱弱和病态,这种病态对于少年人却有无法抵抗的传染性。我那时候对"感伤一派"真是入迷得很。

后来，随着年龄的增长，或许是因为生命个体所秉承的趋向健康的自然机缘，我的这种感伤病在某一天霍然而愈。我对李后主和秦少游再也没有那样强烈的共鸣了。我转换了兴趣，竟喜爱起了苏东坡的达观。苏东坡无论在怎样失意的情况下都能保持心情的平和，都能欣赏身边的风景。他在赤壁赏月，在西湖种柳，一派诗心；贬谪黄州也能"长江绕郭知鱼美"、贬谪惠州也能"日啖荔枝三百颗"，对生命的喜悦甚至表露出这样直接的口腹之快。他放弃了对生命的无限欲望，放弃了那种"非如何不可"的悲剧感，随遇而安，没有什么事情能真正伤害他。他总能在既有的境况中获得满足，总能保持生机的充盈。他知道怎样在这大不如意的人世间保护自己。这种自我保护的心态被后人誉为"生活的艺术"。这种"艺术"同样在诸种坎坷中保护了我，使我平安度过了生于人世难免的一次次危机。

然而，到了今天。在我青春将逝的而立之年，夜半醒来我突然感到一种大惶恐。我要一直这样平庸而快乐地生活下去吗，直到暮年？在这青春将逝的时候我突然对青春有了一种强烈的留恋，突然生出一种要抓住青春、抓住生活的强烈冲动。我不要感伤但我要唤醒占有的欲望，不要达观但要保持那种顽强的力量。我发现我内心真正向往的乃是那种反抗人生缺憾的英雄情怀，那种对人类悲剧命运了悟之后的承担。我想起了曹操的《短歌行》："对酒当歌，人生几何！譬如朝露，去日苦多。慨当以慷，忧思难忘。何以解忧？惟有杜康。"这也是一种感伤吗？这是英雄的感伤，这是苍凉。这也是对人类命运的屈服，但这是恪尽人力之后的屈服，这种屈服中包含着人类不可折辱的尊严。我从中受到了莫大的感动，我想我要记下并且记住这壮年的感动。

简 评

  本文作者李书磊先生把文化作为信仰，媒体评价他是"两个世纪间的'磊落书生'"。信仰出自文化是既深刻而又平凡的：深刻是信仰对于人生和人性的信仰，相信人生之有意义，相信人性之美好；平凡因为它体现了一个人的追求，又时刻置这样的追求于永不满足之中。在一般人的观念中，中国文化和现代生活似乎是两个截然不同而且相互对立的理念。前者是漫长的中国几千年发展积累而产生的旧文化传统；后者则是近一个世纪以来才出现的新的生活方式。读本文的"关于精神"，我们自然而然地感受到的是：生命的过程即是一种感悟的过程。传统文化和现代生活自然地融为一体。作者在文中说："认真追究起来，中国古文学对我产生过最深刻影响的精神不是别的，而是感伤。喜或者怒最多只是入心而已，感伤却能彻骨。"人是极易于产生感伤情怀的，同样，人也可以显现达观；不安于生命的定数却又无可奈何，只得感伤；但是，无论在怎样失意的情况下都能保持心境的平和，这比感伤聪明。作者的睿智启示我们："不要感伤但我要唤醒占有的欲望，不要达观但要保持那种顽强的力量。"著名散文家梁衡先生在《〈岳阳楼记〉是怎样写成的》一文中对"不以物喜，不以己悲。居庙堂之高，则忧其民；处江湖之远，则忧其君。"有一段深刻的解读：物，指的是外部世界，表达的是不为一己私利所动；己，指的是内心世界，同样说的是不为一己的私利所惑。概括起来就是说：有信仰，有目标，有精神追求，有道德操守。本文作者李书磊先生的心境正是如此。

作者拥有常识，也拥有因常识而生的宽容与仁厚。这是一种人道主义的情怀，正如他所敬佩的白居易一样。他称白居易"是一个伟大的人道主义者，他用佛家的无差别心洞见人生，他避免了人们常用的那种等级偏见"。因为从《琵琶行》到《长恨歌》，白居易不仅体察了下层的苦难，为歌妓的遭遇而湿了"青衫"，也还给了帝王"人"的角色，同情作为一个帝王内心的痛苦与无助。因而，"这入骨三分的倾诉使我们对无限的人生肃然起敬，我们从这里读出了对人类整体命运的深深悲悯。"而他自己由于对"悲悯"这种大气度的向往与追随，也隐隐具备了悲天悯人的情怀与气质。

人的气度务必要文化心态的支撑。有记者采访杨绛老人，当记者问老人在忙什么，老人淡淡地回答："我不忙什么了。钱先生去了，女儿钱瑗也去了，留下我打扫现场。"记者又说到了身后的事，杨绛老人以更加淡定的口吻答道："捐是肯定要捐的，准备捐给公益事业，但不会以钱先生的或者我的名义命名，捐就捐了，还留名干什么？""……我这几年活过来就不容易。我为什么要翻译《斐多》呢？这一本非常难译的书，我就想把精力全部投入进去，忘了我自己。这本书的第一版一万本已销完了，明年就是第二版了。现在我就算是休息过来了，开始做我分内的事。我不想活得长，活着实在很累。"淡然、坦然、恬然，多么可敬重的老人！真是："宠辱不惊，闲看庭前花开花落；去留无意，漫随天外云卷云舒。"放得下宠辱，自然安详自在。能让人真正快乐的，并不是物欲，也不是名利，而是灵魂的安宁！如此静下心来想想，死亡，何尝不是一种美丽。如果你读懂了随缘，你便能够在艰难坎坷的生活中收放自如，游刃有余。如果你读懂了随缘，你便能在逆境中找到前行的方向，保持坦然愉悦的心情。随缘，是一个人对人生彻悟后的一份平静和恬淡！

这也是对作者"占有的欲望"和"顽强的力量"的又一种诠释。

一个理智、达观的人会渐渐地懂得,对生活不要期望太高。当他运用有效的方法力求成功的时候,他便做好了失败的准备。他时时渴望幸福的降临,但他耐心地忍受各种苦难。在生活中,怨天尤人、悲号哀鸣是毫无用处的,惟有愉快而不懈的进步,才能有真实的收获。理智而达观的人对自己身边的人也不会期望太多。只要能与别人和平相处,他就会容忍和克制。保持心境的平和比一味的感伤要聪明得多。

作者还曾说过,读散文我联想到,现代散文中的这种感伤主义和达观主义其实也是中国文学传统中两种基本的审美态度。感伤主义在中国源远流长。"昔我往矣,杨柳依依。今我来思,雨雪霏霏",《诗经》中已露出了动人的哀伤情调。《诗经》以后,中国文人伤春悲秋开始滥觞,"见花在落泪,睹月伤心",至宋代的秦观、柳永而达到极致。他们的词清丽典雅,其独特魅力还表现在伤感中有着旷达的境界。如果说感伤主义是一种自虐式的昏聩,那么达观主义则可以称为一种磊落的智慧。达观主义的审美态度代表着超脱之后的入世,悲观之后的乐观。它对人生的有限性有清醒的了悟和认可。这对于我们今天的存在、人生也不无借鉴的意义。人生在世,不能总是低头觅食,那样会矮化得像动物一般。人总是要仰望点什么,向着高远支撑起生命的灵魂。从某种意义上说,仰望是一种精神上昂的生存姿态,是贯穿于自然、宇宙中的精神境界和灵魂的增长力量。哲学大师康德最喜欢凝神仰望夜空的星河,他说:"每当我静静地伫立,仰望那浩渺深邃的蔚蓝色的天空时,一种永恒的肃穆和生命的崇高庄严便油然而生——仿佛上帝在叩响自己的额头,一股神秘而伟大的授意如光涛般汹涌而来……"

感伤与达观是人生两道重要思考题,李书磊先生的答案值得借鉴:"在这青春将逝的时候我突然对青春有了一种强烈的留恋,突然生出一种要抓住青春、抓住生活的强烈冲动。我不要感伤但我要唤醒占有的

关于精神

欲望，不要达观但要保持那种顽强的力量。我发现我内心真正向往的乃是那种反抗人生缺憾的英雄情怀，那种对人类悲剧命运了悟之后的承担。"正因为如此，曹操的《短歌行》中的感伤给作者注入了感动，值得注意，文章的结尾值得我们去细细地品味："这也是一种感伤吗？这是英雄的感伤，这是苍凉，这也是对人类命运的屈服，但这是克尽人力之后的屈服，这种屈服中包含着人类不可折辱的尊严。我从中受到了莫大的感动，我想我要记下并且记住这壮年的感动。"

珍贵的尘土

这则关于巴黎一个叫让·夏米的清扫工的故事，我是从哪儿知道的，已不复记忆。夏米是靠了替一个街区的工匠们打扫作坊挣钱糊口的。

夏米住在巴黎郊外一间窳陋的窝棚里。本来我完全可以不惜笔墨，把这个郊区的景色绘声绘影地描写一通，可是这会把读者引离故事的主线。不过有一点我看还是值得旁涉一笔的，那就是巴黎郊外那些古堡的壁垒直到今天还保存得完好无损。而在这则故事发生的时候，这些壁垒还淹没在金银花和山楂等杂树丛中，是野鸟营巢栖息的所在。

清扫工夏米的窝棚歪歪斜斜地搭在北面那堵壁垒的脚下，同洋铁匠、鞋匠、捡烟头的和叫化子的陋

本文选自《金蔷薇》（上海译文出版社，2007年版，戴骢译）。帕乌斯托夫斯基（1892—1968），全名康斯坦丁·格奥尔吉耶维奇·帕乌斯托夫斯基，苏联著名小说家、剧作家、散文家和文艺评论家。出身于莫斯科一个铁路员工家庭。1912年发表了第一篇短篇小说。其代表作有《塔拉斯·谢甫琴柯》《北方故事》《金蔷薇》

169

屋为邻。

如果莫泊桑当初注意到了这些棚户居民的生活的话,那么他大概还会写出几篇杰作来。说不定这些作品还能给他无可动摇的荣誉再增添几顶新的桂冠。

遗憾的是除了暗探,外人谁也不到这种地方来。即使暗探也只有在搜索贼赃的时候才会来。

邻居们给夏米起了个绰号,管他叫"啄木鸟",据此可以想象得出他是个瘦子,鼻子尖尖的,帽子底下总是戳出一撮头发,活像鸟的冠羽。

让·夏米当年也曾过过一段好日子。在墨西哥战争期间,他曾在"小拿破仑"的军队里当兵吃粮。

夏米可说是命大福大。他在维拉克鲁斯得了严重的疟疾病。于是这个病号还未打过一仗,就被遣送回国了。团长借此机会,托夏米把他的女儿苏珊娜,一个八岁的小姑娘,带回法国。

团长是个鳏夫,所以不论到哪里都不得不把女儿带在身边。可这回他决意同女儿分离,把她送到里昂的姐姐那儿去。欧洲孩子受不了墨西哥的气候,闹不好就会丧命。何况神出鬼没的游击战争杀机四伏,常常会出现意想不到的危险。

夏米回返法国途中,大西洋上溽暑蒸腾。小姑娘终日一言不发。即使看到鱼儿从油汪汪的海水中飞跃出来,脸上也没有一丝笑意。

夏米尽其所能地照料苏珊娜。他当然知道苏珊娜期待于他的不仅是照料,而且还要抚爱。可是叫他这个殖民军团的大兵能够想出什么抚爱的方式呢？他能用什么来叫小姑娘开心呢？玩骨牌？或者唱几支兵营里粗野的小曲？

但又不能老是这样同她默默相对。夏米越来越经常地捕捉到小姑娘向他投来的困惑的目光。他终于决定开口，把自己的身世讲给小姑娘听。他讲得虽然凌乱，可是挺详细，连拉芒什海峡岸边那个渔村的好些细节，诸如流沙、退潮后的水洼、乡村教堂那口有了裂纹的破钟、他那给邻居们治疗胃灼热的母亲等等都想了起来。

夏米认为这些回忆中没有一丝一毫东西能够使苏珊娜开心起来。但叫他奇怪的是小姑娘居然听得津津有味，甚至还没完没了地缠着他把这些故事讲了又讲，而且还要他讲得一回比一回详细。

夏米搜索枯肠，挤出了一个又一个细节，临了连他自己都不敢相信是否真有其事了。其实，这不是对往事的回忆，而是回忆的淡淡的影子。这些影子好似一团团薄雾，早已飘散殆尽。这也难怪夏米，因为他从来没想到过有朝一日还要他重新去回想他一生中这段早已逝去的岁月。

有一天，他隐隐约约地回想起了关于金蔷薇的事。他家乡有个年老的渔妇，在她家那座耶稣受极刑的十字架上，挂着一朵用金子打成的、做工粗糙的、已经发黑了的蔷薇花。但他已记不清，是亲眼看到这朵金蔷薇的呢，还是听旁人说的。

不，大概不是听旁人说的，有一次他好像还看到

过这朵蔷薇,他至今还记得那天虽然窗外阴云密布,
海峡上空起了风暴,可是这朵蔷薇却微微闪烁着金
光。夏米越往下讲,就越清晰地想起那朵金蔷薇的
光华——在低矮的天花板下闪烁着几个金灿灿的
火花。

全村的人都很奇怪,这老婆子干嘛不把这件宝
物卖掉,否则准能卖到一大笔钱。只有夏米的母亲
一个人要人家相信这朵金蔷薇是不作兴卖掉的,因
为这是当初,老婆子还是个嘻嘻哈哈的姑娘,在奥迪
埃尔纳一家沙丁鱼罐头厂当女工的时候,她的未婚
夫为了祝愿她"幸福"馈赠给她的。

"像这样的金蔷薇世上是少有的,"夏米的母亲
说,"谁家有金蔷薇,谁家就有福气。不光这家子人
有福气,连用手碰到过这朵蔷薇的人,也都能沾
光。"……

每当他想起同她告别时的情景,就不由得大骂
自己是头蠢猪。按理说应当亲亲小姑娘,可他却一
把将她推到老恶婆子跟前,还说什么:"苏珊,你是个
女兵,忍耐着点!"

大家都知道,清扫工是在夜阑人静的时候干活
的,这有两个原因:首先,由沸腾的然而并非总是有
益的人类活动所产生的垃圾,大都是在一天的末尾
积聚起来的,其次,巴黎人的视觉和嗅觉是不容许玷
污的。而深更半夜,除了老鼠以外,几乎不会有人看
到清扫工干活。

夏米已习惯于夜间干活,甚至爱上了一天之中

的这段时间。他尤其爱曙光懒懒地廓清巴黎上空的那个时分。塞纳河上腾起一团团的雾,但这雾却从不超越桥栏。

有一回,也是在这样一个烟雾朦胧的拂晓时分,夏米走过伤残人桥,看到一个少妇,穿着一身镶黑花边的淡雪青色连衣裙,凭栏俯视着塞纳河。

夏米停下来,脱下沾满灰尘的便帽,说道:

"夫人,这个时候的塞纳河水寒气很大。还是让我送您回家去吧。"

"我现在没有家了,"那少妇一边迅速地回答,一边掉过头来望着夏米。

夏米的便帽落到了地上。

"苏珊!"他悲喜交加地说道。"苏珊,女兵!我的小姑娘!我到底见到你啦。你大概已经把我忘了。我是让·欧内斯特·夏米,就是那个把你送到鲁昂可恶的姑妈家去的第二十七殖民军团的列兵。你长得多美呀!你的头发梳得多好看呀!可我这个笨手笨脚的大兵,当初给你梳的是什么头呀!"

"让!"少妇大声叫道,扑到夏米的怀里,搂住他的脖子,失声痛哭起来。"让!你还是跟当初一样心地善良。我什么都记得!"

"嗳,尽说傻话!"夏米喃喃地说。"我心地善良管什么用,又不能给别人带来一点儿好处。我的小姑娘,什么事叫你这么难过?"

夏米紧搂住苏珊娜,做了当初他在里昂没敢做的事——摸了摸她亮闪闪的头发,并且吻了一下。

但马上往后退了一步,生怕苏珊娜闻到他短上衣上耗子的臊味,可苏珊娜却更紧地伏在他的肩上。

"小姑娘,你出了什么事儿?"夏米不知所措地又问了一遍。

苏珊娜没有回答。她已哭得欲罢不能。夏米明白了,眼下什么也不该问她。

"我在古堡的墙脚下有个小窝,"他急忙说,"离这儿挺远的。我家里当然什么也没有,只有四堵墙壁。但烧个水,睡个觉什么的还是行的。你可以在那儿洗个脸,歇一会儿。总之你要住多久都行。"

苏珊娜在夏米家住了五天。在这五天之内,巴黎的上空升起了一个非同寻常的奇异的太阳。所有的房子,即使是结满烟炱的旧屋,所有的花园,甚至连夏米的窝棚,都像一颗颗宝石似的,在这轮红日的辉耀下璀璨生光。

谁要是从来未曾听到过沉睡着的年轻女人的依稀可闻的鼻息声,并因此而激动过,谁就不懂得何谓温柔。她的双唇比含露的花瓣还要鲜艳,她的睫毛因夜来的泪珠而熠熠闪光。

是的,苏珊娜的遭遇,正像夏米所料想的那样:她的情人,一个年轻的演员,另有新欢了。但是苏珊娜在夏米家寄居的五天时间,已足以使她同那个演员言归于好。

夏米是参与了这件事的。他不得不为苏珊娜传递书信给那个男演员。当那人想赏给夏米几个苏作为脚钱的时候,他又不得不教训那个懒散的花花公子要懂得待人接物的礼貌。

没隔多久，那个男演员便乘了一辆出租马车来接苏珊娜了，并做了这种场合下应该做的一切事情：鲜花、接吻、闪着泪花的笑，悔过和声音微微有些发颤的轻松的谈话。

当这对年轻人要离去时，苏珊娜是那样的迫不及待，竟忘了同夏米告别就跳进了马车。但她马上发觉了自己的疏忽，脸涨得通红，歉疚地把手伸给夏米。

"既然你喜欢给自己选择这样的生活，"夏米最后一次不无责备地说，"那就祝你未来幸福。"

"未来怎么样，我还一点也不知道呢，"苏珊娜回答说，双眸中闪烁着泪花。

"我的小乖乖，你何苦这么激动，"那个年轻演员不满地曼声说道，同时又叫了一声："我的迷人的小乖乖。"

"要是有人送给我一朵金蔷薇就好了！"苏珊娜叹了口气。"那就一定会幸福了。让，我直到今天还记得你在轮船上讲给我听的那个故事。"

"谁知道！"夏米回答说。"反正这位先生是不会给你金蔷薇的。原谅我说话直来直去，我是个当兵的。我不喜欢花花公子。"

一对年轻人相互看了一眼。演员耸了耸肩膀。马车起动了。

过去，夏米总是把从作坊里扫出来的垃圾一股脑儿倒掉，但自从送别苏珊娜后，他就不再把首饰作坊里的尘土倒掉了。他把这些作坊里的尘土全都偷偷地倒进一个麻袋，背回家去。街坊们都认为这个清洁工"发了精神病"。很少有人知道这种尘土里混有一些金粉，因为工匠们打首饰时总是要锉掉少许金子的。

夏米决定把银匠作坊的尘土里的金子筛出来，铸成一小块金锭，然后用这块金锭打一小朵金蔷薇，送给苏珊娜，祝愿她幸福。说不定这朵金蔷薇还能像母亲当年所说的那样，给许多普通人带来幸福。谁知道！他决定在这朵蔷薇没有打成之前，先不同苏珊娜见面。

夏米没把自己的打算讲给任何人听。他害怕当局和警察。司法机关的那些吹毛求疵的人总是说到风就是雨。他们很可能宣布他是窃贼，把他投入狱中，没收他的金子。说到底，这金子毕竟是人家的嘛。

夏米入伍前，在一个乡村神父的农场里当雇工，所以懂得怎么簸扬麦子。这方面的知识现在可以派上用处了。他想起了扬麦的情景，沉甸甸的麦粒落到地上，而轻盈的尘土则随风飘散。

夏米做了一个小小的簸扬机，每当夜深人静，他就在院子里簸扬从首饰作坊里背回来的尘土。每回他都焦灼不安地扬着，一直要见到料槽里隐隐出现了金粉才安下心来。

许多日子过去了，金粉日积月累，终于可以铸成一块金锭了。但夏米却迟迟没有把金锭拿去请工匠打成金蔷薇。

倒不是因为他付不起手工费——他只消用三分之一的金锭作为手工费，任何一个工匠都会乐意接下这桩生意的。

问题不在手工费上。问题在于同苏珊娜见面的时刻一天近似一天，然而从某个时候起，夏米却开始害怕这个时刻。

他要把久已深埋在心底的温情全都给予她，给予苏珊娜一人。可是谁会稀罕一个丑陋的老人的温情呢！夏米久已发觉凡是碰见他的人，唯一的愿望便是尽快离开他，忘掉他那张皮肤松弛、目光灼人、干干瘪瘪、灰不溜丢的脸。

他窝棚里有一片破镜子。夏米偶尔也拿起这片镜子来照照，但每回都破口大骂地立刻把镜子扔到一边。还是别看到自己的好，别看到这个瘸着两条患风湿病的腿的丑八怪的好。

当蔷薇花终于打成的时候，夏米得知苏珊娜已经在一年前离开巴黎去了美国，据说这一去就不再回来了。而且谁也告诉不了夏米她在美国的地址。

最初夏米甚至有如释重负之感。但后来那种企望愉快地、充满温情地同苏珊娜见面的心情，不知怎么变成了一块锈铁。这块戳人的锈铁卡在夏米胸中靠近心脏的地方，于是夏米一再祈求上帝让这片锈铁快一点刺入他衰老的心脏，使它永远停止跳动。

夏米不再去打扫作坊。一连好几天他躺在自己的窝棚里，面孔朝墙，默默地不发一声，只有一回，他

把破上衣的袖子蒙住眼睛，微微地笑了。但是谁也
没见到他笑。邻居们甚至没有人来看望过夏米，因
为他们每个人都在为自己的温饱而奔走。

　　只有一个人在注视着夏米的动静，这就是那个
老工匠。正是他用金锭给夏米打了一朵极其精致的
蔷薇花，蔷薇花旁边有根细枝，枝条上有一朵尖形的
小巧的蓓蕾。

　　老工匠不时来看望夏米，但从没给夏米带过药
来。他认为药物对夏米来说，已经没有用处了。

　　果然，有一次老工匠来探望夏米的时候，夏米已
经悄悄地死去了。老工匠抬起这位清扫工的脑袋，
从灰不溜丢的枕头底下拿出了用一条揉皱了的天蓝
色缎带包好的金蔷薇，然后掩上吱嘎作响的门扉，不
慌不忙地走了。那条缎带上发出一股耗子的臊味。

　　这时正是深秋。秋风和忽明忽灭的灯火摇曳着
沉沉的暮色。老工匠想起夏米死后脸变了样，显得
严峻而又安详。他甚至觉得凝结在这张脸上的痛苦
也是优美的。

　　"凡是生所没有给予的，死都会带来，"一脑门子
这类陈腐念头的老工匠想道，同时喟然长叹了一声。

　　没隔几天，工匠就把这朵金蔷薇卖给了一个衣
着邋遢的上了年纪的文学家，据工匠看来，这个文学
家寒酸得很，不配买这种贵重物品。

　　很清楚，这位文学家之所以买下金蔷薇，完全是
因为听工匠讲了这朵蔷薇的历史。

　　多亏这位老文学家的札记，人们才得以知道前

第二十七殖民军团列兵让·欧内斯特·夏米生活中的这段凄惨的遭遇。

老文学家在他的札记中深有感触地写道：

"每一分钟，每一个在无意中说出来的字眼，每一个无心的流盼，每一个深刻的或者戏谑的想法，人的心脏的每一次觉察不到的搏动，一如杨树的飞絮或者夜间映在水洼中的星光——无不都是一粒粒金粉。

"我们，文学家们，以数十年的时间筛取着数以百万计的这种微尘，不知不觉地把它们聚集拢来，熔成合金，然后将其锻造成我们的'金蔷薇'——中篇小说、长篇小说或者长诗。

"夏米的金蔷薇！我认为这朵蔷薇在某种程度上是我们创作活动的榜样。奇怪的是没有一个人花过力气去探究怎样会从这些珍贵的微尘中产生出生气勃勃的文字的洪流。

"然而，一如老清洁工旨在祝愿苏珊娜幸福而铸就了金蔷薇那样，我们的创作则旨在让大地的美丽，让号召人们为幸福、欢乐和自由而斗争的呼声，让人类广阔的心灵和理性的力量去战胜黑暗，像不落的太阳一般光华四射。"

简 评

作者从中学时代起就醉心于文学。在十月革命和国内战争时期，他比较广泛地接触俄国的社会生活，参加过红军，当过记者及报社编辑。这期间他创作了许多作品。本文作者帕乌斯托夫斯基曾长期在"高尔基文学院散文讲习班"讲授写作技巧和心理学，他的讲授引起了广泛的注意。后来他想将讲课内容写成题名《铁玫瑰》的一本书，但被卫国战争打断。五十年代他重拾这一写作计划，将书易名为《金蔷薇》。《金蔷薇》是一部总结作者本人创作经验、研究俄罗斯和世界上许多文学大师的创作活动、探讨文学创作的过程方法和目的的美文集。文学大师用他别具一格的文笔气势磅礴而又精致入微地描绘了人类的美好情感和大自然的如画美景,阐述了作家的使命、文学创作的目的和方法。1955年,苏联《十月》杂志的第九期和第十期连载了《金蔷薇》。同年,苏联作家出版社出版了此书单行本。本书一问世便引起广泛的关注。帕乌斯托夫斯基的作品多以普通人、艺术家为主人公,突出地表现了对人类美好品质的赞颂,具有动人的抒情风格。"《金玫瑰》不是创作经验谈,而是生活的启迪,是充满了怕和爱的生活本身。如果把这部书当作创作谈来看待,那就等于抹去了整部书跪下来亲吻的踉跄足迹,忽视了其中包含着的隐秘泪水。"(刘小枫《我们这一代人的怕和爱——重温〈金蔷薇〉》)

帕乌斯托夫斯基在《散文的诗意》曾引用了苏联作家法捷耶夫的名言:"散文是有翅膀的。"又进一步解释:"散文是布匹,诗歌则是纬纱。有的散文毫无诗的因素,这种散文所描绘的生活是一种粗糙的、没有翅膀的自然主义,不能召唤和引导我们到达任何境界。"这是作者对散文这种文学样式的真知灼见,也体现在他自己的创作中。比如《金蔷薇》开篇《珍贵的尘土》,说的是墨西哥战争期间,一个叫夏米的军人患了热病而被遣送回国,团长便托付他将女儿苏珊娜带回国内。为了使途中沉默不语的小姑娘开心,夏米讲了一个金蔷薇的故事。这个故事的结束语是:谁拥有一朵金蔷薇,谁就能拥有福气。不想听完故事的苏珊娜,从此将一个愿望埋藏于心底。回到法兰西后,苏珊娜被送到了里昂的姑母身边,而夏米则流落到巴黎当了一名清扫工。若干年后,两人偶然在巴黎相遇时,苏珊娜已长成一个美丽的女子,而夏米却变成了又脏又丑的老头。当夏米了解到苏珊娜的爱情遇到挫折之后,便努力说服苏珊娜的恋人回心转意。为了永远祝福被恋人接走的苏珊娜,夏米决定打造一朵金蔷薇送给她。此后的岁月里,夏米每天都把一家首饰作坊清扫出来的尘土收集起来,然后用筛子筛出尘土中的细小金屑。这一切都是在悄悄地进行,并决定在金蔷薇没做成之前不和苏珊娜见面。然而等到夏米用积攒的金屑订出了一朵金蔷薇时,苏珊娜已只身去了美国,并且永远不会回来了。结果是,夏米在无望与痛苦中死去,那朵金蔷薇也被首饰匠卖给了一个文学家。而在交易过程中,首饰匠所叙述的"金蔷薇的历史"起了决定性的作用。后来这位文学家在其杂记中写道:"我们,文学家们,以数十年的时间筛取着数以百万计的这种微尘,不知不觉地把它们聚集拢来,熔成合金,然后将其锻造成我们的'金蔷薇'——中篇小说、长篇小说或者长诗。"这是作者从文学创作的角度的评论,"人们会透过所谓'创作经验谈'恍悟到其中对受苦和不幸的温存抚慰和默默祝福这一主题。"

但从作品深层次的蕴涵来说,本文解读的是默默的祝福和牺牲自我的温柔。在帕乌斯托夫斯基的笔下,夏米对于苏珊娜的爱是埋藏在心底的、随着岁月积淀的一种厚实的温情,这样的难以言说的感情,虽然带着悲剧色彩,但帕乌斯托夫斯基的描写让人感受到的是一种在不完美中的爱,不完美中人性的光芒。给苏珊娜带来好运的金蔷薇,是由岁月中的金粉一点一点汇聚而成的,过程中有沉默的苦痛,也有饱含着渴望的泪光。人活在世上,仅仅靠柴米油盐,维持的只是一种最原始的生活,它只是保证你的躯体还活着,而人生的真正意义呢,还是在于精神的质地;人的精彩生活,需要一个坚强的支点。这个支点激励着你度过人生的逆流,给你一种汹涌澎湃的力量……试想,如果没有心中的那个金蔷薇,孤身一人的夏米的晚年生活会是什么样子? 它将会是黯淡无光的。不必要起早贪黑,不必要忙忙碌碌,只需要慵懒地打发时日罢了,那样的人生是毫无光泽的!

从夏米一生的悲剧中,我们读出了作者通过细节描写、刻画的这个冷酷无情的社会。墨西哥的热病摧毁了夏米的健康,军队也没给他什

珍贵的尘土

么军衔,就把他遣散了。失去了健康的夏米,一生被注定要做最卑贱的工作。作者对此辛辣地嘲讽道:"巴黎人的视觉和嗅觉是不容许玷污的。"是啊,夏米这样一个卑贱的工作者,连在阳光底下出没的权利都没有,做人的权利被践踏得一干二净。尽管这个社会无情地摧毁了夏米的肉体与尊严,他却保留有一颗善良的心灵。为了履行团长给他的任务,他认为使苏珊娜快活是他神圣的义务。出于对天真无邪的小姑娘的怜爱,他痛恨自己在分别时没有给予小姑娘足够的关爱,并为之自责不已。对这样一名善良的人,苏珊娜又给予了他什么呢?苏珊娜是那样匆忙,她跳上了马车,连和夏米道别都忘记了。她眼中只剩下那年轻的男演员了。最终,当夏米躺在床上闭目等死时,只有首饰匠陪着他。文中说:"老工匠不时来看望夏米,但从没给夏米带过药来。他认为药物对夏米来说,已经没有用处了。"首饰匠与夏米非亲非故,在这个冷酷无情的社会中,他为什么常常来看夏米,因为这值钱的金蔷薇!因而他不带药来,这无益于他早日拿到一笔意外之财。因而他"抬起这位清洁工的脑袋",拿出金蔷薇,"不慌不忙地走了"。人与人之间的每一次呼吸都充斥着铜臭味,这就是这个冷酷无情的社会,这就是作者所深深批判的社会。从象征意义上来看,"珍贵的尘土"不正是夏米这样的人吗?他们生活在社会的底层,地位卑贱,却至死保留有一颗善良的心。尘土是如此的珍贵,而那些浮艳华美的事物呢?如年轻的演员一样,虚伪、无情而趾高气扬,如巴黎人一样毫不犹豫地践踏了夏米的一切。珍贵的尘土正深深地反衬着他们的卑鄙无耻。

家

◇ 苏雪林

家的观念也许是从人类天性带来的。你看鸟有巢，兽有穴，蜜蜂有窠，蚂蚁有地底的城堡。而水狸还会作木匠，作泥水匠，作捍堤起坝的功夫，经营它的住所哩。小儿在外边玩了小半天，便嚷着要家去。从前在外面做大官的，上了年纪，便要告老还乡，哪怕外面有巴黎的繁华，纽约的富丽，也牵绊他不住，这叫做树高千丈，落叶归根，楚霸王说富贵不归故乡，如衣锦夜行。道士以他企图达到的境界为仙乡，为白云乡。西洋宗教家也叫天国为天乡。家乡二字，本有连带的意义，乡土不就是家的观念的扩大吗。

我曾在另一节文章里说过：鸟儿到了春天便有

本文选自《苏雪林文集（第二卷）》（安徽文艺出版社，1996年版）。苏雪林（1897—1999），原名苏小梅，安徽太平人，女作家、学者。她一生从事教育，先后在沪江大学、安徽大学、武汉大学任教。后到台湾省立师范大学、成功大学任教。她笔耕不辍，被喻为文坛的常青树。代表作有散文集《绿天》《青鸟集》，学术论著《李义山恋爱事迹考》《唐诗概论》《中国文学史》等。

筑巢的冲动，人到中年也便有建立家庭的冲动。这话说明了一种实在情况。我们仔细观察那些巢居的鸟类，平常的日子只在树枝上栖身，或者随便在哪里混过一夜。到了快孵卵了，才着忙于筑巢，燕子便是一个例。人结婚之后，有了儿女，家的观念才开始明朗化起来，坚强化起来。少年时便顾虑家的问题，呸，准是个没出息的种子！

　　我想起过去的自己了。当文章写到转不过弯时，或话说到没有得说时，便请出自己来解围，这是从吴经熊博士学来的方法。一半是天性，一半是少时多读了几种中世纪式的传奇，便养成了一种罗曼谛克的气质。美是我的生命，优美，壮美，崇高美，无一不爱。寻常在诗歌里，小说里，银幕里，发现了哀感顽艳，激昂慷慨的故事时，我决不吝惜我的眼泪。有时候，自觉周身血液运行加速，呼吸加急，神经纤维一根根紧张得像要绷断。好像面对着什么奇迹，一种人格的变换，情感的升腾，使我忘失了自己，又神化了自己。我的生命像整个融化在故事英雄生命里，本来渺小的变伟大了，本来龌龊的变崇高了。无形的鞭策，鼓舞我要求向上，想给自己造成一个美的人格，虽然我的力量是那么薄弱。

　　那时候我永远没想到家是什么，一个人要家有什么用。因为自己是学教育出身的，曾想将自己造成一个教育家，并非想领略得天下英才而教育之的私人乐趣，其实是想为国储才。初级师范毕业后，当了一年多小学教师，盲目的热心，不知摧残了几个儿童嫩弱的脑筋。过度的勤劳，又在自己身体里留下不少病痛的种子。现在回想，真是一场可爱而又可笑的梦。在某些日子里，我又曾发了一阵疯，想离开家庭，独自跑东三省垦荒去，赚了钱好救济千万穷苦的同胞。不管自己学过农业没有，也不管自己是否具有开创事业的魄力与干才，每日黄昏望着故乡西山尖的夕阳默默出神，盘算怎样进行的计划。那热烈的心情，痛苦的滋味，现在回想，啊，又是一场可爱而可笑的梦。

于今这一类的梦想，好像盈盈含笑的朝颜花，被现实的阳光一灼，便立刻萎成一绞儿枯焦的淡蓝了。教育家不是我的份，实业家不是我的份，命定只配做个弄弄笔头的文人。于今连笔也想放下，只想有一个足称为自己主有物的住所，每天早起给我一盏清茶，几片涂着牛油的面包，晚上有个温暖的被窝，容我伸直身子睡觉，便其乐融融，南面王不易也。

家，我并不是没有。安徽太平县乡下有一座老屋，四周风景，分得相离不远的黄山的雄奇秀丽，隐居最为相宜。但自从我的姓氏上冠上了另一个字以后，它便没有了我的份。南昌也有一座几房同居的老屋，我不打算去住。苏州有一座小屋倒算得是我们自己的，但建筑设计出于一个笨拙工程师之手。本来是学造船出身的，却偏要自作聪明来造屋，屋子造成了一只轮船，住在里面有说不出的不舒服，所以我又不大欢喜。于今这三座屋宇，有两座是落在沦陷区里，消息阻隔，也不知变成怎样了。就说幸而瓦

全,恐怕已经喂了白蚁。这些戴着人头的白蚁是最
好拣那无主的屋子来蛀,先蛀窗棂门扇,再蛀顶上的
瓦,墙壁的砖,再蛀承尘和地板。等你回来,屋子只
剩下一个空壳。甚至全部都蛀完,只留给你一片白
地。所以我们的家的命运,早已成了未知数,将来战
事结束,重回故乡,想必非另起炉灶不可了。

记得少壮时性格善于变动,不喜住在固定的地
方。当游览名山胜水,发现一段绝佳风景时,我定要
叫着说:喔,我们若能在这里造座屋子住多好! 于是
康,即上述的笨拙工程师,就冷冷地讪嘲我:"我看你
不必住房子,顶好学蒙古人住一种什么毡庐或牛皮
帐。他们逐水草而迁徙,你呢,就逐好风景而迁徙。"
对呀,屋子能搬动是很合理的思想,未来世界的屋子
一定都是像人般长了脚能走的。忘记那位古人有这
么一句好诗,也许是吾家髯公吧,"湖山好处便为
家",其中意境多可爱。行脚僧烟蓑雨笠,到处栖迟,
我常说他们生活富有诗意,就是为了这个。

由髯公联想到他的老表程垓。他的《书舟词》,
有使我欣赏不已的《满江红》一首云:

> 茸屋为舟,身便是烟波钓客。况人间原
> 似浮家泛宅,秋晚雨声蓬背稳,夜深月影窗棂
> 白。满船诗酒满船书,随意索。
>
> 也不怕云涛隔,也不怕风帆侧,但独醒
> 还睡,自歌还歇。卧后纵教鳅鳝舞,醉来一任
> 乾坤窄。恐有时撑向大江头,占风色。

这词中的舟并非真舟，不过想象他所居之屋为舟，以遣烟波之兴而已。我有时也想假如有造屋的钱，不如拿来造一只船，三江五湖，随意遨游，岂不称了我"湖山好处便为家"的心愿。不过船太小了，像张志和的舴艋，于我也不大方便，我的生活虽不十分复杂，也非一竿一蓑似的简单，而且我那几本书先就愁没处安顿。太大了，惹人注目，先就没胆量开到太湖。我们不能擘破三万六千顷青琉璃，周览七十二峰之胜，就失却船的意义了。

以水为家的计划既行不通，我们还是在陆地上打主意吧。

像我们这类知识分子，每日都需要新的精神食粮，至少一份当天报纸非入目不可。所以家的所在地点离开文化中心不可太远，但又不必定在城市之中，若能半城半郊，以城市而兼山林之乐，那就最好没有了。为配合那时经济情形起见，屋子建筑工料，愈省愈好。墙壁不用砖而用土，屋顶用茅草也可以。但在地板上不可不多花几文，因为它既防潮湿又可保持室中温度，对卫生关系极为重大。地板离地高须二尺，装置要坚固，不平或动摇，最为讨厌。一个人整天在阢陧不安的环境里度日，精神最感痛苦的。屋子尽可以不油漆，而地板必抹以桐油。我们全部生命几乎都消耗于书斋之中，所以这间屋是必须加意经营的。朝南要有一面镶玻璃大窗，冬爱暖日，夏天打开，又可以招纳凉风。东壁开一二小窗，西北两壁的地位则留给书架。后面一间套房，作为我的寝室，只须容得下一榻二橱之地。套房和书斋的隔断处，要用活动的雕花门扇，糊以白纸，或浅蓝鹅黄色的纸。雕花是中国建筑的精华，图样多而美观，我们故乡平民家的窗棂门户，多有用之者，工价并不贵。它有种种好处：光线柔和可爱，空气流通，一间房里有了炭火，另一间房可以分得暖气。这种艺术我以为应予以恢复。造房子少不了一段游廊，风雨时可以给你少许回旋之地，夏夜陈列藤椅竹榻，可与朋友煮茗清谈；或与家人谈狐说鬼，讲讲井市琐闻，或有趣味的小故事，豆棚瓜架的味儿，是最值得人怀恋的。

屋旁要有二亩空旷之地，一半莳花，一半种菜，养几只鸡生蛋，一只可爱的小猫，晚上赶老鼠，白昼给我做伴。书，从前梦想的是万卷琳琅，抗战以后，物力维艰，合用的书有一二千卷也够了。要参考时不妨多跑几趟图书馆，所以图书馆距离要近，顶好就在隔壁。外文书也要一些。去旧书铺访求，当然比买新的便宜，又可替国家节省外汇，岂非一举两得。图书馆或旧书铺弄不到的书，可以向藏书最多的朋友去借。我别的品行不敢自信，借书信用之好，在朋友间是一向闻名的，想朋友们决不至于拿"借书一瓻"的话来推托吧。书有了，于是花前灯下，一卷陶然，或于纸窗竹榻之间，抒纸伸笔，写我心里一些想说的话。写完之后，抛向字篓可以，送给报纸杂志发表也可以。有时用真姓名与读者相见，有时捏造个笔名用也可以。再重复一句，我写的文字无论如何不好，总是我真正心里想说的话。我决不为追逐时代潮流，迎合世人的口味，而歪曲了我创作的良心。我有我的主见，我有我的骄傲。

只有做皇帝的人才能说富有四海，臣属万民的话。但我们若肯用点脑筋，将自然给予我们的恩惠，仔细想想，每个人都有这一项资格的。飞走之物的家，建筑时只有两口儿的劳力，所以大都因陋就简。据说喜鹊的窝做得最精巧，所以常惹斑鸠眼红，但你若将鹊巢研究一下，咳，可怜，大门是向天开的，育儿时遇见风雨，母鸟只好拱起背脊硬抵，请问人类的母亲受得这苦不？就说那硬尾巴，毛光如漆的小建筑师吧，它能采木，能运石，可算最伶俐了，但我敢同你打赌，请你进它屋子去住，你一定不肯。人呢，就不然了。譬如我现在客中所住的一间书斋，虽然说不上精致，但建筑时先有人制图，而后有木匠泥水匠构造。木材是从雅安一带森林砍下，该锯成板的锯成板，该削成条子的削成条子，扎成木排，顺青衣江而下淌，达到嘉定城外，一堆堆，一堆堆积着。要用时，由江边一些专靠运木为生的贫民扛来，再由木匠搭配来用。木匠的斧子，锯子，刨子，钉子，原料是由本城附近某矿山出产的，又用某矿山的煤来锻炼的，开矿的，挖煤的，运铁煤的，烧炉的，打铁的，你计算计算看，该有多少人？全房的油漆，壁上糊的纸，窗上的玻璃和帘幕，制造和贩卖的，又该有多少人？我桌上有一架德国制造的小闹钟，一管美国制造的派克自来水笔，一瓶喀莱尔墨水，几本巴黎某书店出版的小说，一把俄国来的裁纸刀。在抗战前，除那管笔花了我20元代价之外，其余都不值什么。但你也别看轻这几件小东西，它们渡过鲸波万重的印度洋和太平洋，穿过数千里雪地冰天的西伯利亚，一路上不知换了多少轮船，火车，木船，薄笨车；不知经过多少人的手，方能聚首于我的书斋，变成与我朝夕盘桓的雅侣。

飞走之物无冬无夏，只是一身羽毛。孔雀锦鸡文采最绚烂，但这一套美丽衣服若穿烦腻了，想同白鹭或乌鸦换一身素雅的穿，换换口味，竟不可能。我们则夏纱，秋夹，冬棉皮，还有羊毛织的外套。要什么样式就什么样式，要什么颜色就什么颜色。谈及吃的，则虎豹之类吃了肉便不能吃草，牛马之类吃了草又不能吃肉。蚊子除叮人无别法生活，被人一巴掌拍杀，也决无埋怨。苍蝇口福比较好，什么吃的东西都要爬爬嗦嗦，但苍蝇也最受人憎恶，人类就曾想出许多法子消灭它。人则对于动植物，甚至矿物都吃，而有钱人则天天可以吃荤。有些好奇的有钱人则从人参，白木耳，猩猩的唇，黑熊的掌，骆驼的峰，麋鹿的尾，猴子的脑，燕儿的窝，吃到兼隶动植二界的冬虫夏草。人是从平地上的吃到山中的，水底的；从甜的吃到苦的，香的吃到臭的。猥琐如虫豸总可饶了吧，也不饶，许多虫类被人指定了当做食料，连毒蛇都弄下了锅作为美味。这才真的是"玉食万方"哩。

可见上帝虽将亚当夏娃赶出地上乐园，待遇他们的子孙，其实不坏。我们还要动不动怨天咒地，其实不该。譬如做父母的辛辛苦苦，养育儿女，什么东西都弄来给他享受，还嫌好道歹，岂不教父母寒心，回头他老人家真恼了，你可要当心才好。有人说人不但是上帝的爱子，同时是万物的灵长，自然界的主人，我想无论是谁，对于这话是不能否认的。

你虽则是丝毫没有做统治者的思想，但是在家里，你的统治意识却非常明显。这小小区域便是你的封邑，你的国家。你可以自由支配，自由管理。你有你的百官，你有你的人民，你有你的府库。你添造一间屋，好似建立一个藩邦；开辟一畦草莱，好似展拓几千里的疆土；筑一道墙，又算增加一重城堡；种一棵将来足为荫庇的树，等于造就无数人才；栽一株色香俱美的花，等于提倡文学艺术。家里几桌床榻的位置，日久不变，每易使人厌倦，你可以同你的谋臣——你的先生或太太——商议，重新布置一番。布置妥帖之后，在室中负手徐行，踌躇满志，也有政治上除旧布新的快感。或把笔床茗碗的地位略为移动，瓦瓶里插上一支鲜花，墙壁间新挂一幅小画，等于改革行政，调动人员，也可以叫人耳目一新，精神焕发。怪不得古人有"山中南面"之说，人在家里原就不啻九五之尊啊。

够了，再说下去，人家一定要疑心我得了什么帝王迷，想关起门来做皇帝。其实因为有一天和朋友袁兰子女士谈起家的问题，她说英国有一句俗语："英国人的家，就是他的城堡"，具有绝对的主权，绝

家

对的尊严性。觉得很有意思，就惹起我上面那一大堆废话罢了。

实际上，家的好处还是生活的自由和随便。你在社会上与人周旋，必须衣冠整齐，举止彬彬有礼，否则人家就要笑你是名士派。在家你口衔烟卷，悠然躺在廊下；或趿着一只拖鞋，手拿一柄大芭蕉扇，园中来去；或短衣赤脚，披襟当风，都随你的高兴。听说西洋男人在家庭里想抽支烟也要得太太的许可；上餐桌又须换衣服，打领结，否则太太就要批评他缺少礼貌，甚或有提出离婚的可能。啊，这种丈夫未免太难做吧，幸而我不是西洋男人，否则受太太这样拘束，我宁可独身一世。

没有家的人租别人房子住，时常会受房东的气。房租说加多少就多少，你没法抗议。他一下逐客之令，无论在什么困难情形之下，你也不得不拖儿带女一窝儿搬开。若和房东同住，共客厅，共厨房，共大门进出，你不是在住家，竟是住旅馆。住旅馆，不过几天，住家却要论年论月，这种喧闹杂乱的痛苦，最忍耐的心灵也要失去他的伸缩性。虽说人生如逆旅，但在短短数十年生命里，不能有一日的自由，做人也未免太可怜，太不值得了。

人到中年，体气渐衰，食量渐减，只要力之所及，不免要讲究一点口腹之奉。对于食谱烹饪单一类的书，比少年时代的爱情小说还会惹起注意。我有旨蓄，可以御冬：腌菜，酸齑，腐乳，芝麻酱，果子酱，无论哪个穷措大的家庭，也要准备一些。于是大坛小罐也成为构成家庭乐趣的成份，对之自然发生亲切之感，这类坛罐之属，旅馆是没地方让你安置的，不是固定的家也无意于购备，于是家就在累累坛罐之中，显出它的意味。人把感情注到坛罐上去，其庸俗宁复可耐，但"治生哪免俗"，老杜不早替我们解嘲了吗。

但一个人没有家的时候就想家，有了家的时候，又感到家的累赘。我们现在不妨谈谈家的历史。原始时代家庭设备很简单，半开化时代又嫌其太复杂。孟子虽曾提倡分工合作之说，但中国人日常生活的需要，几乎件件取诸室中。一个家庭就等于一个社会。乡间富人家里有了牛棚，豕牢，鸡埘，鹅栅不算，米豆黍麦的仓库不算，还有磨房，舂间，酒浆坊，纺车，织布机，染坊，只要有田有地有人，关起门来度日，一世不愁饿肚子，也不愁没衣穿。现在摩登化的小家庭，虽删除了这些琐碎节目，但一日三餐也够叫人麻烦，人类进化已有几千年，吃饭也有了几千年，而这一套刻板文章总不想改动一下，不知是何缘故。假如有人将全地球所有家庭主妇每日所费于吃饭问题的时间，心思，劳力，做一个统计，定叫你大吃一惊。每天清早从床上滚下地，便到厨房引燃炉火，烧洗脸水，煮牛奶，烤面包，或者煮粥，将早餐送下全家肚皮之后，提篮上街买菜。买了菜回家差不多十点钟了，赶紧削萝卜，剥大蒜，切肉，洗菜，淘米煮饭，一面注意听饭甑里蒸气的升腾，以便釜底抽薪，一面望着锅里热油的滚沸，以便倒下菜去炒。晚餐演奏的还是这样一套序目。烹饪之余，更须收拾房子，洗浆衣服，缝纫，补缀，编织毛织物。夜静更深，还要强撑倦眼在昏灯下计录一天用度的账目。有了孩子，则女人的生活更加上两三倍的忙碌，这里我不必详细描写，反正有孩子的主妇听了就会点头会意的。有钱人家的主妇，虽不必井臼躬操，而家庭大，人口多，支配每天生活也够淘神。你说放马虎些，则家中盐米，不食自尽，不但经济发生问题，丈夫也要常发内助无人之叹，假如男人因此生了外心，那可不是玩的。我以为生活本应该夫妇合力维持的，可是男人每每很巧妙的逃避了，只留下女人去抵挡。虽说男人赚钱养家，不容易，也很辛苦，但他究竟不肯和生活直接争斗，他总在第二线。只有女人才是生活勇敢的战士，她们是日日不断面对面同生活搏斗的。每晨一条围裙向腰身一束，就是披好甲胄，踏上战场的开始。不要以为柴米油盐酱醋茶，微末不足道，它就碎割了我们女人全部生命，吞蚀尽了我们女人的青春，美貌和快乐。女人为什么比男人易于衰老，其缘故在此。女人为什么比男人琐碎，凡俗，比男人显得爱斤斤较量，比男人显得更实际主义，其缘故亦在此。

未来世界家庭生活的需要，应该都叫社会分担了去。如衣服有洗衣所，儿童有托儿所和学校，吃饭有公共食堂。不喜欢到公共食堂的，每顿看膳可以由饭馆送来。那时公共食堂和饭馆的饮食品，用科学方法烹制，省人工，价廉物美，具有家庭烹饪的长处,而滋养成份搭配得更平均,更合乎卫生原则。自己在家里弄点私菜,只要你高兴,也并非不允许的事。将来的家庭眷属,必紧缩得仅剩两三口。家庭的设备,只有床榻几椅及少许应用物件而已。不愿意住个别的家便住公共的家。每人有一二间房子,可以照自己的趣味装潢点缀。各人自律甚严,永不侵犯同居者的自由。好朋友可以天天见面,心气不相投合的,虽同居一院,也老死不相往来。这样则男人女人都可以省出时间精力,从事读书,工作,娱乐,及有益自己身心和有益社会文化的事。

理想世界一天不能实现,当然我们每人一天少不了一个家,但是我们莫忘记现在中国处的是什么时代? 整个国土笼罩在火光里,浸渍在血海里;整个民族在敌人刀锋枪刺之下苟延残喘。我们有生之年莫想再过从前的太平岁月了。我们应当将小己的家的观念束之高阁,而同心合意地来抢救同胞大众的家要紧。这时代我们正用得着霍去病将军那句壮语:

"匈奴未灭,何以为家!"

简评

苏雪林先生一生跨越两个世纪,走过了漫长的98年的人生历程。她出生的时代是新旧交替、咸与维新的变革时代,她出身的家庭是安徽南部一个由农民上升为小官吏的封建家庭。在专制封建家庭里,苏雪林以"无数的眼泪"才争得了读书的机会。新文化运动带来的一股蓬勃、新鲜的空气,弥漫北京;在北京女子高等师范学校国文系求学的苏雪林,曾受教于胡适、李大钊、周作人、陈衡哲等知名教授和学者,同学中又有庐隐、冯沅君、石评梅等追求女性解放的才女。在师友的影响下,她的思想也深受震撼,发生了很大变化。同时,苏雪林是一位勤奋的作家,其执笔时间之长,在中国新文学史上也是少有的。她的作品有小说、散文、剧本、诗词、现代作家作品研究及多种学术著作。形式多样、内容广泛，天文、地理、科学、历史、风土人情、自然风光、山川河流、月夜星空，全部囊括其中。创作的时间跨度之大也是少有的，苏雪林从少年练习写作诗词起，直至古稀之年，仍然笔耕不辍，硕果累累。值得一提的是，她的一生，杏坛执教50载，创作生涯70年，留给后人各类著作50部。她的一生是辉煌的。

散文《家》写于1941年1月。此时，无数中国人的美丽家园正遭受着日军铁蹄的践踏。全篇将一个人的不同阶段，从少年到中年到老年对家的观念与向往——道来，抒写了在不同时期、不同背景下，作者对家有着不同的感情与感受。少年时，总爱幻想四处闯荡，没有做"统治者"的思想，但是在家里统治意识却十分明显："那时候我永远没想到家是什么，一个人要家有什么用。因为自己是学教育出身的，曾想将自己造成一个教育家，并非想领略得天下英才而教育之的私人乐趣，其实是想为国储才。"进而，"也许是吾家髯公吧，'湖山好处便为家'，其中意境多可爱。""记得少壮时性格善于变动，不喜住在固定的地方。当游览名山胜水，发现一段绝佳风景时，我定要叫着说：'喔，我们若能在这里造座屋子住多好！'"成家自立后，那更是令人依恋、牵肠挂肚的处所："像我们这类知识分子，每日都需要新的精神食粮，至少一份当天报纸非入目不可。所以家的所在地点离开文化中心不可太远，但又不必定在城市之中，若能半城半郊，以城市而兼山林之乐，那就最好没有了。"甚至把家想象得极富个性："造房子少不了一段游廊，风雨时可以给你少许回旋之地，夏夜陈列藤椅竹榻，可与朋友煮茗清谈；或与家人谈狐说鬼，讲讲井市琐闻，或有趣味的小故事，豆棚瓜架的味儿，是最值得人怀恋的。屋旁要有二亩空旷之地，一半莳花，一半种菜，养几只鸡生蛋，一只可爱的小猫，晚上赶老鼠，白昼给我做伴。"但是由于抗战军兴，连知识分子必须的书也大为缩水了。人到中年时，家既令人想念，又感到累赘;老年对于一切皆看得通透——就如作者感慨未来的家需要我们的共同努力。想入非非的未来世界让作者很是向往的家:"未来世界家庭生活的需要,应该都叫社会分担了去。如衣服有洗衣所,儿童有托儿所和学校,吃饭有公共食堂。不喜欢到公共食堂的,每顿肴膳可以由饭馆送来。那时公共食堂和饭馆的饮食品,用科学方法烹制,省人工,价廉物美。具有家庭烹饪的长处,而滋养成份搭配得更平均,更合乎卫生原则。自己在家里弄点私菜,只要你高兴,也并非不允许的事。""当然我们每人一天少不了一个家,但是我们莫忘记现在中国处的是什么时代? 整个国土笼罩在火光里,浸渍在血海里;整个民族在敌人刀锋枪刺之下苟延残喘。我们有生之年莫想再过从前的太平岁月了。我们应当将小己的家的观念束之高阁,而同心合意地来抢救同胞大众的家要紧。"结尾笔锋一转,提醒国人莫忘现在中国处在什么时代,毕竟那个时代整个国土笼罩在火光里,浸渍在血海里,整个民族在敌人刀锋枪刺下苟延残喘。作为一名爱国者,苏雪林便将小己一切的家的观念束之高阁了。"这时代我们正用得着霍去病将军那句壮语:'匈奴未灭,无以家为。'"

通过上面的概括介绍,可以看出苏雪林的《家》写得琐碎细致,细细地阐述了她对家的种种看法。这正是她写"家"不同于别人的地方。苏雪林在文中对"家"的看法概括起来说:家的好处是自由随便。不需要寄人篱下,受他人的气。要将家的概念宏观化,同心合意的抢救千万个小家组成的大"家"。同是安徽老乡的女作家方令孺有同名散文《家》,是这样写的:在一个中秋的夜晚,一个异乡人在月光、山水与人的情景交融之中,对"家"的感悟;写她身处异乡,在异乡过中秋节,从而有感而发,写出了对家的感悟;言下之意,每个人都有一个家,家里有自己的爹娘和兄弟姐妹。从你呱呱落地到长大成人,家是你的根源所在。方令孺的追求是:"家"是人们的精神寄托和归宿。无论它给人多大的负担,人们还是愿意像蜗牛一样背着它沉滞地向前爬。无独有偶，丰子恺先生也写了一篇散文《家》，他从居住的角度来写"家"，从南京的旅馆，到杭州的别寓，再到石门湾的缘缘堂本宅，到结尾处峰回路转，直指自己的内心，揭示了无"家"可归和到处为"家"的对立与统一。丰子恺的看法：在无始以来种种因缘凑合而成的地方暂住，到处为"家"。

虽然在对"家"的看法上，就是三位大师级的人物也见仁见智，普通人的答案更该是五花八门。不过，家是人们的精神归宿和寄托，我们都依赖于家庭。生活不见得要注重结果，但一定要注重过程。当我们身心疲惫的时候，我们需要的是"家"，它是我们心的归宿。在这里我们可以生活得很平静，像无风时的湖水一般，我们相信绝大多数人还是喜欢平静的生活。值得一说的是，丰子恺可以把朋友家、旅馆、出租房都当成自己的家，这不失为一种大度，对这个世界的大度，也是对自己的大度。他没有太多的要求，只求一个轻松的氛围，他就觉得是家，这样的家是自由自在的。应该说苏雪林的"家"是充满朝气的，蕴含着现实、社会的"正能量"，就是在今天仍然有着积极的意义："我们有生之年莫想再过从前的太平岁月了。我们应当将小已的家的观念束之高阁，而同心合意地来抢救同胞大众的家要紧。这时代我们正用得着霍去病将军的那句壮语：'匈奴未灭，何以为家！'"

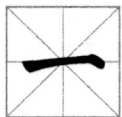

一只特立独行的猪

◇ 王小波

本文选自《一只特立独行的猪》（北方文艺出版社，2006年版）。王小波（1952—1997），中国当代著名学者、作家。1952年出生于北京一个知识分子家庭。先后当过知青、民办教师、工人。1980年王小波与李银河结婚，同年发表处女作《地久天长》，其代表作品有《黄金时代》《白银时代》《青铜时代》《黑铁时代》等。1997

插队的时候，我喂过猪、也放过牛。假如没有人来管，这两种动物也完全知道该怎样生活。它们会自由自在地闲逛，饥则食渴则饮，春天来临时还要谈谈爱情；这样一来，它们的生活层次很低，完全乏善可陈。人来了以后，给它们的生活做出了安排：每一头牛和每一口猪的生活都有了主题。就它们中的大多数而言，这种生活主题是很悲惨的：前者的主题是干活，后者的主题是长肉。我不认为这有什么可抱怨的，因为我当时的生活也不见得丰富了多少，除了八个样板戏，也没有什么消遣。有极少数的猪和牛，它们的生活另有安排。以猪为例，种猪和母猪除了吃，还有别的事可干。就我所见，它们对这些安排也

不大喜欢。种猪的任务是交配，换言之，我们的政策
准许它当个花花公子。但是疲惫的种猪往往摆出一
种肉猪（肉猪是阉过的）才有的正人君子架势，死活
不肯跳到母猪背上去。母猪的任务是生崽儿，但有
些母猪却要把猪崽儿吃掉。总的来说，人的安排使
猪痛苦不堪。但它们还是接受了：猪总是猪啊。

对生活做种种设置是人特有的品性。不光是设
置动物，也设置自己。我们知道，在古希腊有个斯巴
达，那里的生活被设置得了无生趣，其目的就是要使
男人成为亡命战士，使女人成为生育机器，前者像些
斗鸡，后者像些母猪。这两类动物是很特别的，但我
以为，它们肯定不喜欢自己的生活。但不喜欢又能
怎么样？人也好，动物也罢，都很难改变自己的
命运。

以下谈到的一只猪有些与众不同。我喂猪时，
它已经有四五岁了，从名分上说，它是肉猪，但长得
又黑又瘦，两眼炯炯有光。这家伙像山羊一样敏捷，
一米高的猪栏一跳就过；它还能跳上猪圈的房顶，这
一点又像是猫——所以它总是到处游逛，根本就不
在圈里呆着。所有喂过猪的知青都把它当宠儿来对
待，它也是我的宠儿——因为它只对知青好，容许他
们走到三米之内，要是别的人，它早就跑了。它是公
的，原本该劁掉。不过你去试试看，哪怕你把劁猪刀
藏在身后，它也能嗅出来，朝你瞪大眼睛，噢噢地吼
起来。我总是用细米糠熬的粥喂它，等它吃够了以
后，才把糠兑到野草里喂别的猪。其他猪看了嫉妒，

一起嚷起来。这时候整个猪场一片鬼哭狼嚎，但我和它都不在乎。吃饱了以后，它就跳上房顶去晒太阳，或者模仿各种声音。它会学汽车响、拖拉机响，学得都很像；有时整天不见踪影，我估计它到附近的村寨里找母猪去了。我们这里也有母猪，都关在圈里，被过度的生育搞得走了形，又脏又臭，它对它们不感兴趣，村寨里的母猪好看一些。它有很多精彩的事迹，但我喂猪的时间短，知道得有限，索性就不写了。总而言之，所有喂过猪的知青都喜欢它，喜欢它特立独行的派头儿，还说它活得潇洒。但老乡们就不这么浪漫，他们说，这猪不正经。领导则痛恨它，这一点以后还要谈到。我对它则不止是喜欢——我尊敬它，常常不顾自己虚长十几岁这一现实，把它叫做"猪兄"。如前所述，这位猪兄会模仿各种声音。我想它也学过人说话，但没有学会——假如学会了，我们就可以做倾心之谈。但这不能怪它。人和猪的音色差得太远了。

后来，猪兄学会了汽笛叫，这个本领给它招来了麻烦。我们那里有座糖厂，中午要鸣一次汽笛，让工人换班。我们队下地干活时，听见这次汽笛响就收工回来。我的猪兄每天上午十点钟总要跳到房上学汽笛，地里的人听见它叫就回来——这可比糖厂鸣笛早了一个半小时。坦白地说，这不能全怪猪兄，它毕竟不是锅炉，叫起来和汽笛还有些区别，但老乡们却硬说听不出来。领导上因此开了一个会，把它定成了破坏春耕的坏分子，要对它采取专政手段——

会议的精神我已经知道了,但我不为它担忧——因为假如专政是指绳索和杀猪刀的话,那是一点门都没有的。以前的领导也不是没试过,一百人也捉不住它。狗也没用:猪兄跑起来像颗鱼雷,能把狗撞出一丈开外。谁知这回是动了真格的,指导员带了二十几个人,手拿五四式手枪;副指导员带了十几人,手持看青的火枪,分两路在猪场外的空地上兜捕它。这就使我陷入了内心的矛盾:按我和它的交情,我该舞起两把杀猪刀冲出去,和它并肩战斗,但我又觉得这样做太过惊世骇俗——它毕竟是只猪啊;还有一个理由,我不敢对抗领导,我怀疑这才是问题之所在。总之,我在一边看着。猪兄的镇定使我佩服之极:它很冷静地躲在手枪和火枪的连线之内,任凭人喊狗咬,不离那条线。这样,拿手枪的人开火就会把拿火枪的打死,反之亦然;两头同时开火,两头都会被打死。至于它,因为目标小,多半没事。就这样连兜了几个圈子,它找到了一个空子,一头撞出去了;跑得潇洒之极。以后我在甘蔗地里还见过它一次,它长出了獠牙,还认识我,但已不容我走近了。这种冷淡使我痛心,但我也赞成它对心怀叵测的人保持距离。

我已经四十岁了,除了这只猪,我还没见过谁敢如此无视对生活的设置。相反,我倒见过很多想要设置别人生活的人,还有对被设置的生活安之若素的人。因为这个原故,我一直怀念这只特立独行的猪。

简评

　　王小波十六岁时在云南生产建设兵团当"知青"参加劳动,在超负荷的体力劳动的重压之下,狂热与消极,冠冕堂皇与苦闷沉寂,有力地激发了创作灵感,他开始尝试写作。这段经历成为后来《黄金时代》的写作背景,也是处女作《地久天长》的灵感来源。登上文坛,取得了不菲的成绩之后,1992年9月,王小波正式辞去教职,做起自由撰稿人。此时至去世的近五年间,写出了他一生最主要的著作。被誉为中国的"乔伊斯"兼"卡夫卡"。1997年4月11日,王小波因心脏病突发辞世,享年45岁。天妒英才,英年早逝,妻子李银河为悼念早逝的丈夫,发表了全面评价王小波的悼文——《浪漫骑士·行吟诗人·自由思想者——悼小波》。自开始发表文学作品开始,王小波的书一直被认为是中国现代文学的异数;但自他去世以后,他的书被不断再版,成为当代中国文坛影响力最大的作家之一。可王小波的意义不在于特立独行,而在于人性的正常。是的,在"沉默的大多数"人面对王小波的代表作品《黄金时代》《白银时代》《青铜时代》《黑铁时代》等在文坛刮起飓风的时候,"异数或特立独行"却一直是人们对于王小波的最粗暴、最直接的评价。这是很可悲的。

　　王小波的随笔散文往往以幽默诙谐的笔触在显示他的"特立独行"时,要表达的内容则是极为严肃的。例如《一只特立独行的猪》,初读或许让人忍俊不禁非常好笑,甚至给人的感觉不免油腔滑调;然而,再读,再细心地读下去,却会让人品味出文中的辛酸乃至悲愤。原来作者王小波在提醒人们:被他人(当然包括被自己按照他人的意志)无由地安排或设置的生活是不幸的,因为那意味着自由的被扼杀,而可悲的是,人们往往对这样的生活泰然处之、安之若素,极为罕见"特立独行"如此猪者。正如庄周先生评价王小波的思想追求时指出的那样:"知青王小波'文革'之后游学西方，得出一个结论：自由思维是人的本质，追求智慧是思维的乐趣，参差多态是人生的主要幸福。于是他归国后成为当代中国的一个杰出的批判者……"在一个荒谬的时代里，王小波用逻辑来揭示荒谬。在广为流传的散文《一只特立独行的猪》里，王小波怀念了一只特别的猪，因为"除了这只猪，还没见过谁敢于如此无视对生活的设置"。猪的命运是被人设置好的，公猪阉割后，长肉，傻吃，闷睡，等死；母猪一轮又一轮地下仔。就算不甘心于这样的设置，猪们能做的也不过是种猪不与母猪交配，母猪会吃掉小猪仔。不然还能怎么样呢？"猪总是猪啊"。但是那只猪与众不同，它有着几乎不属于猪的骄傲与不羁，不喜欢猪圈，却喜欢到处乱逛。吃饱了以后，它就跳上房顶去晒太阳，还模仿汽车响、拖拉机响。最后因为跳到房上学汽笛，而引起了与人类矛盾总的爆发。文章结尾作者感叹道："我已经四十岁了，除了这只猪，我还没见过谁敢如此无视对生活的设置。相反，我倒见过很多想要设置别人生活的人，还有对被设置的生活安之若素的人。因为这个原故，我一直怀念这只特立独行的猪。"也许正是在这只小他十几岁的"猪兄"道德教育启发下，王小波终于在沉默中爆发了。读者自然明白这不是在写猪，而是在写那些崇尚自由的人。严格地说，他既反对"设置别人的生活"，又反对"对被设置的生活安之若素"。

王小波选择了赋予一头猪"特立独行"的灵魂，用意是很深刻的：既然最下贱不堪的猪都能如此，人呢？人为什么不能？不管怎么说，这反映了王小波写作态度的某一方面，即对现实生活中很多人的关怀，他希望人们有智慧，自己思考，反对别人的设置和灌输，讨厌模式化的生活。这篇文章中的"我"，就是那个喜欢那头猪的知青，就是管猪叫猪兄的那个"我"，是个关键的人物，从他身上我们能看到被设置的人的种种懦弱，与猪兄形成对比，人身上存在的缺点是明显的；猪呢，则是作者理想的具体化，像一个天真的孩子，对有意思的东西怀着强烈的好奇心并且想要学会他们,比如汽车叫、汽笛叫等等。这也是王小波自己的性格,妻子李银河说过,王小波就像是皇帝的新衣里那个口无遮拦的孩子。同时王小波又崇尚智慧与自由,这两点在这篇文章中都有体现。就这篇文章来说,相信不会有人认为这是纪实性的,甚至可以说它很荒谬,但荒谬与否无关紧要,因为这篇文章要体现的是作者的人生态度和所关心的事情,至于故事情节、内容等等不过是形式,形式并不重要,形式上承载了什么内涵才是最重要的。

在王小波去世后,学术界很多人认为,从王小波的创作看,他受哲学家罗素的思想影响比较突出,他推崇和提倡科学与理性,并且认为人的生活应该追求未知,他反对思想上的禁锢,主张人们思维应该保持多样化,使生活变得有意思、有趣。他非常喜欢罗素的一句话:真正的幸福来自建设性的工作。他说:"只有建设的快乐才能无穷无尽,毁灭则有它的极限。夸大狂和自恋都不能带来幸福,与此相反,它正是不幸的源泉。我们希望能远离偏执,从建设性和创造性的工作中获取幸福。"还比如,在《一只特立独行的猪》的开头,王小波这样写道:"插队的时候,我喂过猪、也放过牛。假如没有人来管,这两种动物也完全知道该怎样生活。它们会自由自在地闲逛,饥则食渴则饮,春天来临时还要谈谈爱情;这样一来,它们的生活层次很低,完全乏善可陈。人来了以后,给它们的生活做出了安排:每一头牛和每一口猪的生活都有了主题。就它们中的大多数而言,这种生活主题是很悲惨的:前者的主题是干活,后者的主题是长肉。"结果,这样一位一百人也逮不住,狗也不起作用,手枪、火枪,精心策划都不起作用的猪兄,鬼使神差的逃离后的猪兄,长出来獠牙,拒绝了知青身份的我:"以后我在甘蔗地里还见过它一次,它长出了獠牙,还认识我,但已不容我走近了。这种冷淡使我痛心,但我也赞成它对心怀叵测的人保持距离。"王小波在东西方求学与生活的经历,终于造就了他成为一个富有人文精神和独立知识分子品格的学者、作家。

　　然而，时至今日，王小波还是被捧上了特立独行的神坛。无论是从王小波的小说文集还是散文、杂文，我们都不难发现一个共同的声音——傲慢与偏见。要浪漫而要自由而傲慢，要独立而要自由而偏见。但这只是当年王小波一层表面的颜色，王小波说过："当年我假装（对劳动之苦）很受用，说什么身体在受罪，思想却变好了，全是昧心话。说良心话：身体在受罪，思想也更坏，变得更阴险，更奸诈……"

哭

小弟

◇ 宗璞

我面前摆着一张名片，是小弟前年出国考察时用的。名片依旧，小弟却再也不能用它了。

小弟去了。小弟去的地方是千古哲人揣摩不透的地方，是各种宗教企图描绘的地方，也是每个人都会去，而且不能回来的地方。但是现在怎么轮得到小弟！他刚五十岁，正是精力充沛、积累了丰富的学识经验、大有作为的时候。有多少事等他去做啊！医院发现他的肿瘤已经相当大，需要立即做手术，他还想去参加一个技术讨论会，问能不能开完会再来。他在手术后休养期间，仍在看研究所里的科研论文，还做些小翻译。直到卧床不起，他手边还留着几份国际航空材料，总是"想再看看"。他也并不全

本文选自《宗璞散文选集》（百花文艺出版社，2004年版）。宗璞（1928—），原名冯钟璞。北京人，著名哲学家冯友兰之女，当代作家。曾就职于中国社会科学院外国文学研究所，从事小说与散文创作。代表作有短篇小说《红豆》《弦上的梦》，系列长篇小说《野葫芦引》和散文《紫藤萝瀑布》等。

想的是工作。已是滴水不进时，他忽然说想吃虾，要对虾。他想活，他想活下去啊！

可是他去了，过早地去了。这一年多，从他生病到逝世，真像是个梦，是个永远不能令人相信的梦。我总觉得他还会回来，从我们那冬夏一律显得十分荒凉的后院走到我窗下，叫一声"小姊——"。

可是他去了，过早地永远地去了。

我长小弟三岁。从我有比较完整的记忆起，生活里便有我的弟弟，一个胖胖的、可爱的小弟弟，跟在我身后。他虽然小，可是在玩耍时，他常常当老师，照顾着小朋友，让大家坐好，他站着上课，那神色真是庄严。他虽然小，在昆明的冬天里，孩子们都生冻疮，都怕用冷水洗脸，他却一点不怕。他站在山泉边，捧着一个大盆的样子，至今还十分清晰地在我眼前。

"小姊，你看，我先洗！"他高兴地叫道。

在泉水缓缓地流淌中，我们从小学，中学而大学，大部时间都在一个学校。毕业后就各奔前程了。不知不觉间，听到人家称小弟为强度专家；不知不觉间，他担任了总工程师的职务。在那动荡不安的年月里，很难想象一个人的将来。这几年，父亲和我倒是常谈到，只要环境许可，小弟是会为国家做出点实际的事的。却不料，本是最年幼的他，竟先我们而离去了。

去年夏天，得知他患病后，因为无法得到更好的治疗，我于八月二十日到西安。记得有一辆坐满了人的车来接我。我当时奇怪何以如此兴师动众，原来他们都是去看小弟的。到医院后，有人进病房握手，有人只在房门口默默地站一站，他们怕打扰病人，但他们一定得来看一眼。

手术时，有航空科学研究院、623所、631所的代表，弟妹、侄女和我在手术室外，还有一辆轿车在医院门口。车里有许多人等着，他们一定要等着，准备随时献血。小弟如果需要把全身的血都换过，他的同志们也会给他。但是一切都没有用。肿瘤取出来了，有一个半成人的拳头大，一面已经坏死。我忽然觉得一阵胸闷，几乎透不过气来——这是在穷乡僻壤为祖国贡献着才华、血汗和生命的人啊，怎么能让这致命的东西在他身体里长到这样大！

我知道在这黄土高原上生活的艰苦，也知道住在这黄土高原上的人工作之劳累，还可以想象每一点工作的进展都要经过十分恼人的迂回曲折。但我没有想到，小弟不但生活在这里，战斗在这里，而且把性命交付在这里了。他手术后回京在家休养，不到半年，就复发了。

那一段焦急的悲痛的日子，我不忍写，也不能写。每一念及，便泪下如缏，纸上一片模糊。记得每次看病，候诊室里都像公共汽车上一样拥挤，等啊等啊，盼啊盼啊，我们知道病情不可逆转，只希望能延长时间，也许会有新的办法。航空界从莫文祥同志起，还有空军领导同志都极关心他，各个方面包括医务界的朋友们也曾热情相助，我还往海外求医。然而错过了治疗时机,药物再难奏效。曾有个别的医生不耐烦地当面对小弟说,治不好了,要他"回陕西去"。小弟说起这话时仍然面带笑容,毫不介意。他始终没有失去信心,他始终没有丧失生的愿望,他还没有累够。

小弟生于北京,1952年从清华大学航空系毕业。他填志愿到西南,后来分配在东北,以后又调到成都、调到陕西。虽然他的血没有流在祖国的土地上,但他的汗水洒遍全国,他的精力的一点一滴都献给祖国的航空事业了。个人的功绩总是有限的,也许燃尽了自己,也不能给人一点光亮,可总是为以后的绚烂的光辉做了一点积累吧。我不大明白各种工业的复杂性,但我明白,任何事业也不是只坐在北京就能够建树的。

我曾经非常希望小弟调回北京,分我侍奉老父的重担。他是儿子,三十年在外奔波,他不该尽些家庭的责任么?多年来,家里有什么事,大家都会这样说:"等小弟回来","问小弟"。有时只要想到有他可问,也就安心了。现在还怎能得到这样的心安?风烛残年的父亲想儿子,尤其这几年母亲去世后,他的思念是深的,苦的,我知道,虽然他不说,现在他永远失去他的最宝贝的小儿子了。我还曾希望在我自己走到人生的尽头,跨过那一道痛苦的门槛时,身旁的亲人中能有我的弟弟,他素来的可倚可靠会给我安慰。哪里知道,却是他先迈过了那道门槛啊!

一九八二年十月二十八日上午七时,他去了。

这一天本在意料之中,可是我怎能相信这是事实呢!他躺在那里,但他已经不是他了,已经不是我那正当盛年的弟弟,他再不会回答我们的呼唤,再不会劝阻我们的哭泣。你到哪里去了,小弟!自一九七四年沅君姑母逝世起,我家屡遭丧事,而这一次小弟的远去最是违反常规,令人难以接受!我还不得不把这消息告诉当时也在住院的老父,因为我无法回答他每天的第一句问话:"今天小弟怎么样?"我必须告诉他,这是我的责任。再没有弟弟可以依靠了,再不能指望他来分担我的责任了。

父亲为他写了挽联:"是好党员,是好干部,壮志未酬,洒泪岂止为家痛;能娴科技,能娴艺文,全才罕遇,招魂也难再归来!"我那唯一的弟弟,永远地离去了。

他是积劳成疾,也是积郁成疾。他一天三段紧张地工作,参加各式各样的会议。每有大型试验,他事先检查到每一个螺丝钉,每一块胶布。他是三机部科技委员会委员,他曾有远见地提出多种型号研究。有一项他任主任工程师的课题研制获国防工办和三机部科技一等奖。同时他也是623所党委委员,需要在会议桌上坦率而又让人能接受地说出自己对各种事情的意见。我常想,能够"双肩挑",是我们五十年代到六十年代初期出来的知识分子的特点。我们是在"又红又专"的要求下长大的。当然,有的人永远也没有能达到要求,像我。大多数人则挑起过重的担子,在崎岖的、荆棘丛生的,有时是此路不通的山路上行走。那几年的批判斗争是有远期效果的。他们不只是生活艰苦,过于劳累,还要担惊受怕,心里塞满想不通的事,谁又能经受得起呢!

小弟入医院前,正负责组织航空工业部系统的一个课题组,他任主任工程师。他的一个同志写信给我说,一九八一年夏天,西安一带出奇的热,几乎所有的人晚上都到室外乘凉,只有"我们的老冯"坚持伏案看资料,"有一天晚上,我去他家汇报工作,得知他经常胃痛,有时从睡眠中痛醒,工作中有时会痛得大汗淋漓,挺一会儿,又接着做了。天啊! 谁又知道这是癌症! 我只淡淡地说该上医院看看。回想起来,我心里很内疚,我对不起老冯,也对不起您!"

这位不相识的好同志的话使我痛哭失声! 我也恨自己,恨自己没有早想到癌症对我们家族的威胁,即使没有任何症状,也该定期检查。云山阻隔,我一直以为小弟是健康的。其实他早感不适,已去过他该去的医疗单位。区一级的说是胃下垂,县一级的说是肾游走。以小弟之为人,当然不会大惊小怪,惊动大家。后来在弟妹的催促下,乘工作之便到西安检查,才做手术。如果早一年有正确的诊断和治疗,小弟还可以再为祖国工作二十年!

往者已矣。小弟一生,从没有"埋怨"过谁,也没有"埋怨"过自己,这是他的美德之一。他在病中写的诗中有两句:"回首悠悠无恨事,丹心一片向将来。"他没有恨事。他虽无可以彪炳史册的丰功伟绩,却有一个普通人的认真的、勤奋的一生。历史正是由这些人写成的。

小弟白面长身，美丰仪；喜文艺，娴诗词；且工书法篆刻。父亲在挽联中说他是"全才罕遇"，实非夸张。如果他有三次生命，他的多方面的才能和精力也是用不完的，可就这一辈子，也没有得以充分地发挥和施展。他病危弥留的时间很长，他那颗丹心，那颗让祖国飞起来的丹心，顽强地跳动，不肯停息。他不甘心！

这样壮志未酬的人，不只是他一个啊！

我哭小弟，哭他在剧痛中还拿着那本航空资料"想再看看"，哭他的"胃下垂""肾游走"，我也哭蒋筑英抱病奔波，客殇成都；我也哭罗健夫不肯一个人坐一辆汽车！我还哭那些没有见诸报章的过早离去的我的同辈人。他们几经雪欺霜冻，好不容易奋斗着张开几片花瓣，尚未盛开，就骤然凋谢。我哭我们这迟开而早谢的一代人！

已经是迟开了，让这些迟开的花朵尽可能延长他们的光彩吧。

这些天，读到许多关于这方面的文章，也读到了《痛惜之余的愿望》，稍得安慰。我盼"愿望"能成为事实。我想需要"痛惜"的事应该是越来越少了。

小弟，我不哭！

简评

1982年，一部小说改编的、以强烈现实主义表现手法反映现实的故事影片《人到中年》，一上映就产生了轰动性的效应，一举摘取了第3届中国电影金鸡奖和第6届大众电影百花奖"最佳故事片奖"。影片以尖锐的锋芒，直指中国20世纪80年代知识分子的生存状态，他们的奉献精神与生活的窘困形成了鲜明对照。影片围绕女医生陆文婷的境遇，反映并思考了社会中普遍存在且亟待解决的中年知识分子的待遇问题，同时赞扬了知识分子任劳任怨、忠于事业、热爱祖国的高尚品格。老作家巴金先生在《随想录》中说：读了《人到中年》（指谌容的小说）后我一直忘不了这样一个事实："今天在各条战线上干工作、起作用，在艰苦条件下任劳任怨、鞠躬尽瘁的人多是解放后培养出来的一代知识分子，也就是像陆文婷那样的'臭老九'。"20世纪80年代初，一批批五十岁上下的知识分子过早夭亡的消息却时有所闻。于是，追溯中年知识分子过早夭亡的根源，原因有诸多方面："'十年浩劫'的摧残与折磨、超负荷的工作重担、艰苦的生活条件""上有老下有小"的家庭责任以及自己对自己的无暇顾及，造成了人们不愿看到的"白发人送黑发人"的悲痛场面，蒋筑英、罗健夫们的英年早逝，是我们民族的悲哀，是我们国家的悲哀。

本文《哭小弟》的问世，在当时影响巨大，是一篇催人泪下、痛彻心扉的散文佳作。冯宗璞的作品大多反映知识分子的生活，《哭小弟》是其中最突出的一篇。"小弟"即冯钟越，飞机结构强度专家。在新型歼击机结构强度计算与试验，航空结构分析系统（HAJIF）的开发研制和航空结构静、动、热强度试验现代化等方面作出了重要贡献。"我面前摆着一张名片，是小弟前年出国考察时用的。"名片依旧，小弟却再也不能用它了。宗璞在小弟去世后，怎么也不相信这个事实，同时又联想到一些中年知识分子的英年早逝，强忍悲痛，写下了这篇浸透泪水的悼念散文。"他们几经雪欺霜冻，好不容易奋斗着张开几片花瓣，尚未盛开，就骤然凋谢。"足以表达出作者的哀痛至极。

文章是"哭小弟"的，正是在"哭"的过程中，描绘出了小弟的形象，一般来说，在散文写作中，抒情容易写空，记事容易过实，议论容易抽象。作者将三者完美地结合起来，扬长避短，合理取舍，相得益彰，达到了最佳艺术效果。文章自始至终围绕一个"哭"字，使"哭"字成为行文的基点，以"哭"字为出发点，写回忆、写惜别、写追念、写沉思。文章反复出现"小弟去了""过早地永远地去了""他去了""永远地离去了"等语句，于是，文章产生了一哭三叹，痛惜之至的艺术效果。文章的这种结构避免了写法的单调刻板，体现了既严谨又富于变化的表现手法。特别是文章末尾一句"小弟，我不哭!"使全文沉痛的情绪为之一转，使读者在突兀中产生遐想。这个"不哭"正是全文中心"哭"的延伸。《哭小弟》这篇散文虽在题目中突出了一个"哭"字，但全文正文中"哭"字并不多，全都加起来也超不过十个。而仅在文章倒数第四自然段一段中，就出现了七个"哭"，这就不得不引起我们对该段的注意。该段中先由"我哭小弟"，到"我也哭蒋筑英"，再到"我也哭罗健夫"，进而到"我还要哭那些没有见诸报章的过早离去的我的同辈人"，最后到"我哭我们这迟开而早谢的一代人"，这一连几个"哭"由点及面、由浅入深地把文章的内容全面铺开，从而深化了主题。如此巧妙的安排可说是匠心独运。

作者在行文中，把小弟一生的事迹和病逝切割成许多点和块，然后以"哭"字为焦点，以忆念为引线，将它们重新组合成一个各种材料交叉迭积，抒情与叙事交互为用的有机整体。如文章第一、二两个自然段，由"我"见到的小弟的出国名片回想到小弟的逝世，进而抒发心中悲痛之情，再由失去这份骨肉亲情的刻骨铭心之痛，进一步加深对小弟生平和病逝的回忆。现实与追忆交相往复，这不仅避免了叙事的刻板、抒情的空洞，增强了文章内涵的丰富性、立体感，而且充分体现出作者伏案写作此文时那种思绪万千、难以控制的痛切激情，比较好地把记事、抒情、议论融为一体。看看文章中有这样一段话："小弟去了。小弟去的地方是千古哲人揣摩不透的地方，是各种宗教企图描绘的地方，也是每个人都会去，而且不能回来的地方。但是现在怎么轮得到小弟!他刚五十岁，正是精力充沛、积累了丰富的学识经验、大有作为的时候。"记事、抒情、议论的融合已经到了难以分辨的地步。

宗璞还写了许多祭奠文章，都是叙写亡去的亲人故旧的散文，都很能打动人。宗璞一篇又一篇地记载着离去的人们的音容，从某种意义上讲，这已不是一般意义的散文创作，而是一种情感的欲罢不能。文字间流动的哀痛之深沉，远远超出了所谓的文学创作的意义了。它们没有娴熟的技巧，生动的形容，也无须这些，而是以极质朴无华的至情，传达无尽的悲哀。其情感的表现，理智而有节制，如写母亲的《柳信》，如写父亲的《心的嘱托》《三松堂断忆》等。"这两个月，它天天坐在母亲房门外等，也没有等得见母亲回来，我没有问埋在哪里，无非是在这一派清冷荒凉之中罢了。我却格外清楚地知道，再没有母亲来安慰我了，再没有母亲许诺我要的一切了。"（回忆母亲）"这么多年，每天清晨最先听到的，是从父亲卧房传来的咳嗽，每晚睡前必到他床前说几句话。我怎样能从多年的习惯中走得出来！"（回忆父亲）和本文"哭"小弟一样，感情深厚、催人泪下，细节刻画，侧面烘托，准确地表达人物的内心世界，是值得我们借鉴的写作手法。

论

读书

◇ 林语堂

本篇演讲只是谈谈本人对于读书的意见，并不是要训勉青年，亦非敢指导青年。所以不敢训勉青年有两种理由：第一，因为近来常听见贪官污吏到学校致训词，叫学生须有志操，有气节，有廉耻；也有卖国官僚到大学演讲，劝学生要坚忍卓绝，做富贵不能淫威武不能屈的大丈夫。孟子曰，人之患在好为人师，料想战国的土豪劣绅亦必好训勉当时的青年，所以激起孟子这样不平的话。第二，读书没有什么可以训勉。世上会读书的人，都是书拿起来自己会读。不会读书的人，亦不曾因为指导而变为会读。譬如数学，出五个问题叫学生去做，会做的人是自己脑里做出来的，并非教员教他做出，不会做的人经教

本文选自《林语堂经典作品选：论幽默 论读书》（当代世界出版社，2002年版）。林语堂（1895—1976），原名和乐，后改玉堂，又改语堂，福建漳州人。中国现代著名作家、学者、翻译家、语言学家，新道家代表人物。林语堂于1940年和1950年先后两度获得诺贝尔文学奖提名。曾创办《论语》《人间世》《宇宙风》等刊物，代表作

有小说《京华烟云》《啼笑皆非》、散文和杂文文集《人生的盛宴》《生活的艺术》以及译著《东坡诗文选》《浮生六记》等。

员指导，这一题虽然做出，下一题仍旧非指导不可，数学并不会因此高明起来。我所要讲的话于你们本会读书的人，没有什么补助！于你们不会读书的人，也不会使你们变为善读书。所以今日谈谈，亦只是谈谈而已。

读书本是一种心灵的活动，向来算为清高。"万般皆下品，惟有读书高。"所以读书向称为雅事乐事。但是现在雅事乐事已经不雅不乐了。今人读书，或为取资格，得学位，在男为娶美女，在女为嫁贤婿，或为做老爷，踢屁股；或为求爵禄，刮地皮；或为做走狗，拟宣言；或为写讣闻，做贺联；或为当文牍，抄账簿；或为做相士，占八卦；或为做塾师，骗小孩……诸如此类，都是借读书之名，取利禄之实，皆非读书本旨。亦有人拿父母的钱，上大学，跑百米，拿一块大银盾回家，在我是看不起的，因为这似乎亦非读书的本旨。

今日所谈，亦非指学堂中的读书，亦非指读教授所指定的功课，在学校读书有四不可。

（一）所读非书。学校专读教科书，而教科书并不是真正的书。今日大学毕业的人所读的书极其有限。然而读一部《小说概论》，到底不如读《三国》《水浒》；读一部历史教科书，不如读《史记》。

（二）无书可读。因为图书馆极有限。

（三）不许读书。因为在课室看书，有犯校规，例所不许。倘是一人自晨至晚上课，则等于自晨至晚被监禁起来，不许读书。

（四）书读不好。因为处处受注册部干涉，毛孔骨节，皆不爽快。且学校所教非慎思明辨之学，乃记问之学。记问之学不足为人师，《礼记》早已说过。书上怎样说，你便怎样答，一字不错，叫做记问之学。倘是你能猜中教员心中要你如何答法，照样答出，便得一百分，于是沾沾自喜，自以为西洋历史你知道一百分，其实西洋历史你何尝知道百分之一。学堂所以非注重记问之学不可，是因为便于考试。如拿破仑生卒年月，形容词共有几种，这些不必用头脑，只需强记，然学校考试极其便当，差一年可扣一分？然而事实上于学问无补，你们的教员，也都记不得。要用时自可在百科全书上去查。又如罗马帝国之亡，有三大原因，书上这样讲，你们照样记，然而事实上问题极复杂。有人说罗马帝国之亡，是亡于蚊子（传布寒热疟），这是书上所无的。

今日所谈的是自由的看书读书：无论是在校，离校，做教员，做学生，做商人，做政客，闲时的读书。这种的读书所以开茅塞，除鄙见，得新知，增学问，广识见，养性灵。人之初生，都是好学好问，及其长成，受种种俗见俗闻所蔽，毛孔骨节，如有一层包膜，失了聪明，逐渐顽腐。读书便是将此层蔽塞聪明的包膜剥下。能将此层剥下，才是读书人。并且要时时读书，不然便会鄙吝复萌，顽见俗见生满身上，一人的落伍、迂腐、冬烘，就是不肯时时读书所致。所以读书的意义，是使人较虚心，较通达，不固陋，不偏执。一人在世上，对于学问是这样的：幼时认为什么都不懂，大学时自认为什么都懂，毕业后才知道什么都不懂，中年又以为什么都懂，到晚年才觉悟一切都不懂。大学生自以为心理学他也念过，历史地理他亦念过，经济科学也都念过，世界文学艺术声光化电，他也念过，所以什么都懂。毕业以后，人家问他国际联盟在哪里？他说"我书上未念过"，人家又问法西斯蒂在意大利成绩如何？他也说"我书上未念过"，所以觉得什么都不懂。到了中年，许多人娶妻生子，造洋楼，有身份，做名流，戴眼镜，留胡子，拿洋棍，沾沾自喜，那时他的世界已经固定了：女人放胸是不道德，剪发亦不道德，社会主义就是共产党，读《马氏文通》是反动，节制生育是亡种逆天，提倡白话是亡国之先兆，《孝经》是孔子写的，大禹必有其人——意见非常之多而且确定不移，所以又是什么都懂。其实是此种人久不读书，鄙吝复萌所致。此种人不可与之深谈。但亦有常读书的人，老当益壮，其思想每每比青年急进，就是能时时读书，所以心灵不曾化石，变为古董。

　　读书的主旨在于排脱俗气。黄山谷谓人不读书便语言无味，面目可憎。须知世上语言无味面目可憎的人很多，不但商界政界如此，学府中亦颇多此种人。然语言无味，面目可憎，在官僚商贾亦无妨，读书人是不合理的。所谓面目可憎，不可作面孔不漂亮解，因为并非不能奉承人家，排出笑脸，所以"可憎"；胁肩谄笑，面孔漂亮，便是"可爱"。若欲求美男子小白脸，尽可于跑狗场、跳舞场，及政府衙门中求之。有漂亮面孔，说漂亮话的政客，未必便面目不可憎。读书与面孔漂亮没有关系，因为书籍并不是雪花膏，读了便会增加你的容辉。所以面目可憎不可憎，在你如何看法。有人看美人专看脸蛋，凡有鹅脸柳眉皓齿朱唇都叫做美人。但是识趣的人如李笠翁看美人专看风韵，李笠翁所谓三分容貌有姿态等于六七分，六七分容貌乏姿态等于三四分。有人面目平常，然而谈起话来，使你觉得可爱；也有满脸脂粉的摩登伽，洋囡囡，做花瓶，做客厅装饰甚好，但一与交谈，风韵全无，便觉得索然无味。黄山谷所谓面目可憎不可憎，亦只是指读书人之议论风采说法。若《浮生六记》中的芸，虽非西施面目，并且前齿微露，我却觉得是中国第一美人。男人也是如是看法。章太炎脸孔虽不漂亮，王国维虽有一条辫子，但是他们是有风韵的，不是语言无味面目可憎的。简直可认为可爱。亦有漂亮政客，做武人的兔子姨太太，说话虽然漂亮，听了却令人作呕三日。

至于语言无味（着重"味"字），那全看你所读的是什么书及读书的方法。读书读出味来，语言自然有味，语言有味，做出文章亦必有味。有人读书读了半世，亦读不出什么味儿来，那是因为读不合的书，及不得其读法。读书须先知味。这味字，是读书的关键。所谓味，是不可捉摸的，一人有一人胃口，各不相同，所好的味亦异，所以必先知其所好，始能读出味来。有人自幼嚼书本，老大不能通一经，便是食古不化勉强读书所致。袁中郎所谓读所好之书，所不好之书可让他人读之,这是知味的读法。若必强读,消化不来,必生疳积胃滞诸病。

口之于味,不可强同,不能因我之所嗜好以强人。先生不能以其所好强学生去读,父亲亦不得以其所好强儿子去读。所以书不可强读,强读必无效,反而有害,这是读书之第一义。有愚人请人开一张必读书目,硬着头皮咬着牙根去读,殊不知读书须求气质相合。人之气质各有不同,英人俗语所谓"在一人吃来是补品,在他人吃来是毒质"。因为听说某书是名著,因为要做通人,硬着头皮去读,结果必毫无所得。过后思之,如做一场噩梦。甚且终身视读书为畏途,提起书名来便头痛。萧伯纳说许多英国人终身不看莎士比亚,就是因为幼年塾师强迫背诵种下的恶果。许多人离校以后,终身不再看诗,不看历史,亦是旨趣未到学校迫其必修所致。

所以读书不可勉强,因为学问思想是慢慢怀胎滋长出来的。其滋长自有滋长的道理,如草木之荣枯,河流之转向,各有其自然之势。逆势必无成就。树木的南枝遮荫,自会向北枝发展,否则枯槁以待毙。河流遇了矶石悬崖,也会转向,不是硬冲,只要顺势流下,总有流入东海之一日。世上无人人必读之书,只有在某时某地某种心境不得不读之书。有你所应读,我所万不可读;有此时可读,彼时不可读。即使有必读之书,亦决非此时此刻所必读。见解未到,必不可读,思想发育程度未到,亦不可读。孔子说五十可以学《易》,便是说四十五岁时尚不可读《易经》。刘知几少读古文《尚书》，挨打亦读不来，后听同学读《左传》，甚好之，求授《左传》，乃易成诵。《庄子》本是必读之书，然假使读《庄子》觉得索然无味，只好放弃，过了几年再读。对《庄子》感觉兴味然后读《庄子》，对《马克思》感觉兴味然后读《马克思》。

且同一本书，同一读者，一时可读出一时之味道出来。其景况适如看一名人相片，或读名人文章，未见面时，是一种味道，见了面交谈之后，再看其相片，或读其文章，自有另外一层深切的理会。或是与其人绝交之后，看其照片，读其文章，亦另有一番味道。四十学《易》是一种味道，五十而学《易》，又是一种味道，所以凡是好书都值得重读的。自己见解愈深，学问愈进，愈读得出味道来。譬如我此时重读 Lamb 的论文，比幼时所读全然不同，幼时虽觉其文章有趣，没有真正魂灵的接触，未深知其文之佳境所在。也许我们幼时未进小学，或进小学而未读过地理，或读地理而未觉兴味；然今日逢闽变时翻看闽浙边界地图，便觉津津有味。一人背痛，再去读范增的传，始觉趣味。或是叫许钦文在狱中读清初犯文字狱的文人传记，才别有一番滋味在心头。

由是可知读书有二方面，一是作者，一是读者。程子谓《论语》读者有此等人与彼等人，有读了全然无事者，亦有读了不知手之舞之足之蹈之者。所以读书必以气质相近，而凡人读书必找一位同调的先贤，一位气质与你相近的作家，作为老师。这是所谓

读书必须得力一家。不可昏头昏脑，听人戏弄，庄子
亦好，荀子亦好，苏东坡亦好，程伊川亦好。一人同
时爱庄荀，或同时爱苏程，是不可能的事。找到思想
相近之作家，找到文学上之情人，必胸中感觉万分痛
快，而魂灵上发生猛烈影响，如春雷一鸣，蚕卵孵出，
得一新生命，入一新世界。George Eliot 自叙读《卢梭
自传》，如触电一般。尼采师叔本华，萧伯纳师易卜
生，然皆非及门弟子，而思想相承，影响极大。当二
子读叔本华、易卜生时，思想上起了大影响，是其思
想萌芽学问生根之始。因为气质性灵相近，所以乐
此不疲，流连忘返；流连忘返，始终可深入，深入后，
然后如受春风化雨之赐，欣欣向荣，学业大进。

　　谁是气质与你相近的先贤，只有你知道，也无需
人家指导，更无人能勉强，你找到这样一位作家，自
会一见如故。苏东坡初读《庄子》，如有胸中久积的
话，被他说出，袁中郎夜读徐文长诗，叫唤起来，叫复
读，读复叫，便是此理。这与"一见倾心"之性爱
（love at first sight）同一道理。你遇到这样作家，自会
恨相见太晚，一人必有一人中意的作家，各人自己去
找去。找到了文学上的爱人，他自会有魔力吸引你，
而你也自乐为所吸，甚至声音相貌，一颦一笑，亦渐
与相似。这样浸润其中，自然获益不少，将来年事渐
长，厌此情人，再找别的情人，到了经过两三个情人，
或是四五个情人，大概你自己也已受了熏陶不浅，思
想已经成熟，自己也就成了一位作家。若找不到情
人，东览西阅，所读的未必能沁入魂灵深处，便是逢

场作戏，逢场作戏，不会有心得，学问不会有成就。

　　知道情人滋味，便知道苦学二字是骗人的话。学者每为"苦学"或"困学"二字所误。读书成名的人，只有乐，没有苦。据说古人读书有追月法，刺股法，及丫头监读法。其实都是很笨。读书无兴味，昏昏欲睡，始拿锥子在股上刺一下，这是愚不可当。一人书本排在面前，有中外贤人向你说极精彩的话，尚且想睡觉，便应当去睡觉，刺股亦无益，叫丫头陪读，等打盹时唤醒你，已是下流，亦应去睡觉，不应读书。而且此法极不卫生。不睡觉，只有读坏身体，不会读出书的精彩来。若已读出书的精彩来，便不想睡觉，故无丫头唤醒之必要。刻苦耐劳，淬励奋勉是应该的，但不应视读书为苦。视读书为苦，第一着已走了错路。天下读书成名的人皆以读书为乐；汝以为苦，彼却沉湎以为至乐。必如一人打麻将，或如人挟妓冶游，流连忘返，寝食俱废，始读出书来。以我所知国文好的学生，都是偷看几百万言的《三国》《水浒》而来，决不是一学年读五六十页文选，国文会读好的。试问在偷读《三国》《水浒》的人，读书有什么苦处？何尝算页数？好学的人，于书无所不窥，窥就是偷看。于书无所不偷看的人，大概学会成名。

　　有人读书必装腔作势，或嫌板凳太硬，或嫌光线太弱，这都是读书未入门路，未觉兴味所致。有人做不出文章，怪房间冷，怪蚊子多，怪稿纸发光，怪马路上电车声音太嘈杂，其实都是因为文思不来，写一句，停一句。一人不好读书，总有种种理由。"春天不是读书天,夏日炎炎最好眠,等到秋来冬又至,不知等待到来年。"其实读书是四季咸宜。古所谓"书淫"之人,无论何时何地可读书皆手不释卷,这样才成读书人样子。顾千里裸体读经,便是一例,即使暑气炎热,至非裸体不可,亦要读经。欧阳修在马上厕上皆可做文章,因为文思一来,非做不可,非必正襟危坐明窗净几才可做文章。一人要读书则澡堂,马路,洋车上,厕上,图书馆,理发室,皆可读,而且必办到洋车上、理发室都必读书,才可以读成书。

读书须有胆识,有眼光,有毅力。胆识二字拆不开,要有识,必敢有一自己意见,即使一时与前人不同亦不妨。前人能说得我服,是前人是,前人不能服我,是前人非。人心之不同如其面,要脚踏实地,不可舍己耘人。诗或好李,或好杜,文或好苏,或好韩,各人要凭良知,读其所好,然后所谓好,说得好的道理出来。或竟苏韩皆不好,亦不必惭愧,亦须说出不好的理由来。或某名人文集,众人所称而你独恶之,则或系汝自己学力见识未到,或果然汝是而人非。学力未到,等过几年再读,若学力已到而汝是人非,则将来必发现与汝同情之人。刘知几少时读《前后汉书》,怪前书不应有《古今人表》,后书宜为更始立纪。当时闻者责以童子轻议前哲,乃"赧然自失,无辞以对",后来偏偏发现张衡范晔等,持见与之相同。此乃刘知几之读书胆识。因其读书皆得之襟腑,非人云亦云,所以能著成《史通》一书。如此读书,处处有我的真知灼见,得一分见解是一分学问,除一种俗见,算一分进步,才不会落入圈套,满口滥调,一知半解,似是而非。

简评

　　林语堂先生是从福建漳州走出的一位在国际文坛上享有盛誉的文学巨匠。他一生著述甚丰,据不完全统计,达 60 余种,涉及中、英文两大语种;其中,中文著作 11 种,英文著作 40 种,英译中 6 种,中译英 3 种。(林太乙《林语堂传》)本文是作者 20 世纪 30 年代在上海复旦大学、大夏大学的演讲稿。全文的内容包含五个方面:(1)读书本是一种心灵的活动,借读书之名,取利禄之实,皆非读书本旨;(2)读书,开茅塞,除鄙见,得新知,增学问,广识见,养性灵;(3)见解愈深,学问愈进,愈读得出味道;(4)读书之妙犹如置身于美景,叫人流连忘返;(5)读书须有胆识,有眼光,有毅力,读出自己性灵来。概括起来说,林语堂先生从读书的本质、目的、内容、方法、功用、精神作了细致而深刻的剖析,并对当时弥漫在整个社会的读书功利化、狭隘化、鄙俗化的氛围进行了强烈的抨击。对今天的读书人来说,依然有很多启迪。甚至,1935 年前后"宇宙风"时期的林语堂在读书与教育的关系上就有了不同凡响的立论。比如,在《课儿小记》一文中他说:"我要反对一种观念,说学校须直接教学生将来应世有用的知识及各种艺能。应世不是那么简单,可以由学校的专科训练学得来的……所以某滑稽家的名言是不错的:'教育者,学校所习尽数送还先生以后之余剩也'。"这与我们今天所说的素质教育是极其相似的。

　　谈读书,清代名士张英在其所著的《聪训斋语评注》中作了直白的叙述:读书的环境要窗明几净,读书的心情要神宁气静,读书的要诀是把握重点，读书的方法是读书之前要选、读书之时要透、读书之后要温。其中第一条是良好的客观环境，第二条是正确的主观心态，第三条是科学的读书要诀，在此基础上加上读书前的"选"，读书时的"透"和读书后的"温"，最后就是独抒性灵。只有如此读书，才能得出真知灼见，才不会"落入圈套，满口烂调，一知半解，似是而非"。对于读书人来说，需要明白读书是一件兴趣使然的雅事，一种心灵的活动，而不必背负太多的目的，并且坚持读好书，充分享受那一份心灵相通、如沐春风的美好！

在中国新文学史上，林语堂散文的影响超过了他的小说。郁达夫在《中国新文学大系·散文二集·导言》中就有如此评价："林语堂生性憨直，浑朴天成……《翦拂集》时代的真诚勇猛，确是书生本色；至于近来的耽溺风雅，提倡性灵，亦是时势使然，或可视为消极的反抗，有意的孤行。"林语堂的散文所涉领域极广，在内容上，取材广泛，"宇宙之大，苍蝇之微，皆可取材"。从战争外交、国运民气，到西装牙刷，无所不谈。他熟悉中西文化，常常在文中海阔天空地谈开去，所摘取的事例亦中亦西、或大或小，都饶有趣味，文化含量很高。世事洞明，非常耐读，所以读它的文章总能增长见识，汲取许多人生的智慧，让人获益明理。他的散文《论读书》（演讲稿）不过五千多字，却把读书这件事看得那么透彻。读起来让人如沐春风，心胸为之开阔。要言之，林语堂先生所说的读书主要有这样几层含义值得今天的读者思考与借鉴。

林语堂先生业余生活中的一个重要内容就是读书。在林语堂的眼中，一本书有如一幅人生的图画。他认为：读书是一种高尚的心灵活动，而不是牟取功名利禄的手段；读书必须出自兴味，不可勉强。

首先"读书是一种心灵的活动"。读书不能功利性太强，应该是雅事、乐事，才会从中体会无穷的乐趣。读书如果仅仅是为了实用，拿文凭、获证书、得奖状，从而有更好的仕途，更美的前景，就完全失去了读书的意义。有些人读书对他来说就是一种生存竞争手段,为的是房子、票子、美女,为的是升官发财,这大概不在林语堂先生所说的读书之列,读书于他们已毫无乐趣可言,"雅事乐事已经不雅不乐"。林语堂说:"读书,开茅塞,除鄙见,得新知,增学问,广识见,养性灵。"这是对读书本质最好的诠释。林语堂先生还说:"学校专读教科书,而教科书并不是真正的书。学校所教非慎思明辨之学,乃记问之学,记问之学不足为人师"。也难怪,"所读非书"啊,现实中有多少人被这种"读书"压得喘不过气来。如此说来,当今天的人们被生活中的所谓"应试教育"搅得老少几代人寝食不安的时候,我们对"读书"该作何想?

其次,"读书须求气质相合不可勉强"。林语堂先生对书味有非常精彩的描述,"读书须先知味""须求气质相合不可勉强"。就是说读书要选择与自己气质相合的书,要自由地选择,不可强读,还说"学问思想是慢慢怀胎滋长出来的""见解愈深,学问愈进,愈读得出味道来"。确实如此,比方说,现在有些家长认为应该从小培养孩子的文学素养,给学前班的孩子读名著,还有所谓"国学"的普及,看起来热闹非常,糟糕的是可能拔苗助长,可能会使孩子产生逆反心理,种下恶果。其实适当地熏陶、引导是可以的,但不可拔苗助长,否则便会适得其反。

鲁迅就曾区分两种读书方法:一种是"看非看不可的书籍",那必须费神费力;另一种是"消闲的读书——随便翻翻"(鲁迅《随便翻翻》)。前者目的在求知,不免正襟危坐;后者意在消遣,自然更可体味到读书的乐趣。至于获益,则实在难分轩轾。殊不知"读书"乃人生一大乐趣,用林语堂的话来说,就是"天下读书成名的人皆以读书为乐"。能不能品味到读书之乐,是读书是否入门的标志。不少人枉读了一辈子书仍不入其门,就因为他是"苦读",只读出书本的"苦味"——"书中自有黄金屋,书中自有颜如玉"的读书理想就是典型的例证。必须靠"黄金屋""颜如玉"来证明读书的价值,就好像小孩子喝完药后父母必须赏几颗糖一样,只能证明喝药(读书)本身的确是苦差事。所谓"读书的艺术",首先得把"苦差"变成"美差"。正因为其乐无穷,才引得一代代读书人如痴如醉。

论
雅俗共赏
◇朱自清

陶渊明有"奇文共欣赏,疑义相与析"的诗句,那是一些"素心人"的乐事,"素心人"当然是雅人,也就是士大夫。这两句诗后来凝结成"赏奇析疑"一个成语,"赏奇析疑"是一种雅事,俗人的小市民和农家子弟是没有份儿的。然而又出现了"雅俗共赏"这一个成语,"共赏"显然是"共欣赏"的简化,可是这是雅人和俗人或俗人跟雅人一同在欣赏,那欣赏的大概不会还是"奇文"罢。这句成语不知道起于什么时代,从语气看来,似乎雅人多少得理会到甚至迁就着俗人的样子,这大概是在宋朝或者更后罢。

原来唐朝的安史之乱可以说是我们社会变迁的一条分水岭。在这之后,门第迅速的垮了台,社会的

本文选自《论雅俗共赏》(江苏文艺出版社,2008年版)。朱自清(1898—1948),原名自华,号秋实,改名自清,字佩弦,浙江绍兴人。现代著名散文家、诗人、学者、民主战士。代表作有散文《欧游杂记》《你我》《匆匆》等,诗论《诗言志辨》《新诗杂谈》等,杂文集《标准与尺度》《论雅俗共赏》等。

231

等级不像先前那样固定了，"士"和"民"这两个等级的分界不像先前的严格和清楚了，彼此的分子在流通着，上下着。而上去的比下来的多，士人流落民间的究竟少，老百姓加入士流的却渐渐多起来。王侯将相早就没有种了，读书人到了这时候也没有种了；只要家里能够勉强供给一些，自己有些天分，又肯用功，就是个"读书种子"；去参加那些公开的考试，考中了就有官做，至少也落个绅士。这种进展经过唐末跟五代的长期的变乱加了速度，到宋朝又加上印刷术的发达，学校多起来了，士人也多起来了，士人的地位加强，责任也加重了。这些士人多数是来自民间的新的分子，他们多少保留着民间的生活方式和生活态度。他们一面学习和享受那些雅的，一面却还不能摆脱或蜕变那些俗的。人既然很多，大家是这样，也就不觉其寒碜；不但不觉其寒碜，还要重新估定价值，至少也得调整那旧来的标准与尺度。"雅俗共赏"似乎就是新提出的尺度或标准，这里并非打倒旧标准，只是要求那些雅士理会到或迁就些俗士的趣味，好让大家打成一片。当然，所谓"提出"和"要求"，都只是不自觉的看来是自然而然的趋势。

中唐的时期，比安史之乱还早些，禅宗的和尚就开始用口语记录大师的说教。用口语为的是求真与化俗，化俗就是争取群众。安史乱后，和尚的口语记录更其流行，于是乎有了"语录"这个名称，"语录"就成为一种著述体了。到了宋朝，道学家讲学，更广泛的留下了许多语录；他们用语录，也还是为了求真与化俗，还是为了争取群众。所谓求真的"真"，一面是如实和直接的意思。禅家认为第一义是不可说的，语言文字都不能表达那无限的可能，所以是虚妄的。然而实际上语言文字究竟是不免要用的一种"方便"，记录的文字自然越近实际的、直接的说话越好。在另一面这"真"又是自然的意思，自然才亲切，才让人容易懂，也就是更能收到化俗的功效，更能获得广大的群众。道学主要的是中国的正统的思想，道学家用了语录做工具，大大地增强了这种新的文体的地位，语录就成为一种传统了。比语录体稍稍晚些，还出现了一种宋朝叫做"笔记"的东西。这种作品记述有趣味的杂事，范围很宽，一方面发表作者自己的意见，所谓议论，也就是批评，这些批评往往也很有趣味。作者写这种书，只当做对客闲谈，并非一本正经，虽然以文言为主，可是很接近说话。这也是给大家看的，看了可以当做"谈助"，增加趣味。宋朝的笔记最发达，当时盛行，流传下来的也很多。目录家将这种笔记归在"小说"项下，近代书店汇印这些笔记，更直题为"笔记小说"；中国古代所谓"小说"，原是指记述杂事的趣味作品而言的。

那里我们得特别提到唐朝的"传奇"。"传奇"据说可以见出作者的"史才、诗、笔、议论"，是唐朝士子在投考进士以前用来送给一些大人先生看，介绍自己，求他们给自己宣传的。其中不外乎灵怪、艳情、剑侠三类故事，显然是以供给"谈助"，引起趣味为主。无论照传统的意念，或现代的意念，这些"传奇"

无疑的是小说，一方面也和笔记的写作态度有相类之处。照陈寅恪先生的意见，这种"传奇"大概起于民间，文士是仿作，文字里多口语化的地方。陈先生并且说唐朝的古文运动就是从这儿开始。他指出古文运动的领导者韩愈的《毛颖传》，正是仿"传奇"而作。我们看韩愈的"气盛言宜"的理论和他的参差错落的文句，也正是多多少少在口语化。他的门下的"好难""好易"两派，似乎原来也都是在试验如何口语化。可是"好难"的一派过分强调了自己，过分想出奇制胜，不管一般人能够了解欣赏与否，终于被人看做"诡"和"怪"而失败，于是宋朝的欧阳修继承了"好易"的一派的努力而奠定了古文的基础。——以上说的种种，都是安史乱后几百年间自然的趋势，就是那雅俗共赏的趋势。

宋朝不但古文走上了"雅俗共赏"的路，诗也走向这条路。胡适之先生说宋诗的好处就在"做诗如说话"，一语破的指出了这条路。自然，这条路上还有许多曲折，但是就像不好懂的黄山谷，他也提出了"以俗为雅"的主张，并且点化了许多俗语成为诗句。实践上"以俗为雅"，并不从他开始，梅圣俞、苏东坡都是好手，而苏东坡更胜。据记载梅和苏都说过"以俗为雅"这句话，可是不大靠得住；黄山谷却在《再次杨明叔韵》一诗的"引"里郑重的提出"以俗为雅，以故为新"，说是"举一纲而张万目"。他将"以俗为雅"放在第一，因为这实在可以说是宋诗的一般作风，也正是"雅俗共赏"的路。但是加上"以故为新"，路就曲折起来，那是雅人自赏，黄山谷所以终于不好懂了。不过黄山谷虽然不好懂，宋诗却终于回到了"做诗如说话"的路，这"如说话"，的确是条大路。

雅化的诗还不得不回向俗化，刚刚来自民间的词，在当时不用说自然是"雅俗共赏"的。别瞧黄山谷的有些诗不好懂，他的一些小词可够俗的。柳耆卿更是个通俗的词人。词后来虽然渐渐雅化或文人化，可是始终不能雅到诗的地位，它怎么着也只是"诗馀"。词变为曲，不是在文人手里变，是在民间变的；曲又变得比词俗，虽然也经过雅化或文人化，可是还雅不到词的地位，它只是"词馀"。一方面从晚唐和尚的俗讲演变出来的宋朝的"说话"就是说书，乃至后来的平话以及章回小说，还有宋朝的杂剧和诸宫调等等转变成功的元朝的杂剧和戏文，乃至后来的传奇，以及皮簧戏，更多半是些"不登大雅"的"俗文学"。这些除元杂剧和后来的传奇也算是"词馀"以外，在过去的文学传统里简直没有地位；也就是说这些小说和戏剧在过去的文学传统里多半没有地位，有些有点地位，也不是正经地位。可是虽然俗，大体上却"俗不伤雅"，虽然没有什么地位，却总是"雅俗共赏"的玩艺儿。

"雅俗共赏"是以雅为主的，从宋人的"以俗为雅"以及常语的"俗不伤雅"，更可见出这种宾主之分。起初成群俗士蜂拥而上，固然逼得原来的雅士不得不理会到甚至迁就着他们的趣味，可是这些俗士需要摆脱的更多。他们在学习，在享受，也在蜕

变,这样渐渐适应那雅化的传统,于是乎新旧打成一
片,传统多多少少变了质继续下去。前面说过的文
体和诗风的种种改变,就是新旧双方调整的过程,结
果迁就的渐渐不觉其为迁就,学习的也渐渐习惯成
了自然,传统的确稍稍变了质,但是还是文言或雅言
为主,就算跟民众近了一些,近得也不太多。

至于词曲,算是新起于俗间,实在以音乐为重,
文辞原是无关轻重的;"雅俗共赏",正是那音乐的作
用。后来雅士们也曾分别将那些文辞雅化,但是因
为音乐性太重,使他们不能完成那种雅化,所以词曲
终于不能达到诗的地位。而曲一直配合着音乐,雅
化更难,地位也就更低,还低于词一等。可是词曲到
了雅化的时期,那"共赏"的人却就雅多而俗少了。
真正"雅俗共赏"的是唐、五代、北宋的词,元朝的散
曲和杂剧,还有平话和章回小说以及皮簧戏等。皮
簧戏也是音乐为主,大家直到现在都还在哼着那些
粗俗的戏词,所以雅化难以下手,虽然一二十年来这
雅化也已经试着在开始。平话和章回小说,传统里
本来没有,雅化没有合式的榜样,进行就不易。《三国
演义》虽然用了文言,却是俗化的文言,接近口语的
文言,后来的《水浒》《西游记》《红楼梦》等就都用白
话了。不能完全雅化的作品在雅化的传统里不能有
地位,至少不能有正经的地位。雅化程度的深浅,决
定这种地位的高低或有没有,一方面也决定"雅俗共
赏"的范围的小和大——雅化越深,"共赏"的人越
少,越浅也就越多。所谓多少,主要的是俗人,是小

市民和受教育的农家子弟。在传统里没有地位或只有低地位的作品，只算是玩意儿；然而这些才接近民众，接近民众却还能教"雅俗共赏"，雅和俗究竟有共通的地方，不是不相理会的两橛了。

单就玩意儿而论，"雅俗共赏"虽然是以雅化的标准为主，"共赏"者却以俗人为主。固然，这在雅方得降低一些，在俗方也得提高一些，要"俗不伤雅"才成；雅方看来太俗，以至于"俗不可耐"的，是不能"共赏"的。但是在什么条件之下才会让俗人所"赏"的，雅人也能来"共赏"呢？我们想起了"有目共赏"这句话。孟子说过"不知子都之姣者，无目者也"，"有目"是反过来说，"共赏"还是陶诗"共欣赏"的意思。子都的美貌，有眼睛的都容易辨别，自然也就能"共赏"了。孟子接着说："口之于味也，有同嗜焉；耳之于声也，有同听焉；目之于色也，有同美焉。"这说的是人之常情，也就是所谓人情不相远。但是这不相远似乎只限于一些具体的、常识的、现实的事物和趣味。譬如北平罢，故宫和颐和园，包括建筑，风景和陈列的工艺品，似乎是"雅俗共赏"的，天桥在雅人的眼中似乎就有些太俗了。说到文章，俗人所能"赏"的也只是常识的，现实的。后汉的王充出身是俗人，他多多少少代表俗人说话，反对难懂而不切实用的辞赋，却赞美公文能手。公文这东西关系雅俗的现实利益，始终是不曾完全雅化了的。再说后来的小说和戏剧，有的雅人说《西厢记》诲淫，《水浒传》诲盗，这是"高论"。实际上这一部戏剧和这一部小说都是

"雅俗共赏"的作品。《西厢记》无视了传统的礼教，《水浒传》无视了传统的忠德，然而"男女"是"人之大欲"之一，"官逼民反"，也是人之常情，梁山泊的英雄正是被压迫的人民所想望的。俗人固然同情这些，一部分的雅人，跟俗人相距还不太远的，也未尝不高兴这两部书说出了他们想说而不敢说的。这可以说是一种快感，一种趣味，可并不是低级趣味；这是有关系的，也未尝不是有节制的。"诲淫""诲盗"只是代表统治者的利益的说话。

　　十九世纪二十世纪之交是个新时代，新时代给我们带来了新文化，产生了我们的知识阶级。这知识阶级跟从前的读书人不大一样，包括了更多的从民间来的分子，他们渐渐跟统治者拆伙而走向民间。于是乎有了白话正宗的新文学，词曲和小说戏剧都有了正经的地位。还有种种欧化的新艺术。这种文学和艺术却并不能让小市民来"共赏"，不用说农工大众。于是乎有人指出这是新绅士也就是新雅人的欧化，不管一般人能够了解欣赏与否。他们提倡"大众语"运动。但是时机还没有成熟，结果不显著。抗战以来又有"通俗化"运动，这个运动并已经在开始转向大众化。"通俗化"还分别雅俗，还是"雅俗共赏"的路，大众化却更进一步要达到那没有雅俗之分，只有"共赏"的局面。这大概也会是所谓由量变到质变罢。

简评

朱自清先生是五四时期重要的作家之一。其散文以朴素缜密、清隽沉郁、语言洗炼、文笔清丽、极富有真情实感见长,朱自清以他独特的美文艺术风格,为中国现代散文增添了瑰丽的色彩,为建立中国现代散文全新的审美特征,创造了具有中国民族特色的散文体制和风格。郁达夫在《中国新文学大系·散文二集·导言》中说:"朱自清虽则是一个诗人,可是他的散文,仍能够贮满着那一种诗意,文学研究会的散文作家中,除冰心女士外,文章之美,要算他了。"散文集《论雅俗共赏》共收关于文艺的论文十四篇,是朱自清先生的重要作品之一。主要讨论了文学欣赏标准与差异的问题,并提出了许多精辟、令人深思的看法;也是朱自清先生生前编定的最后一本文集。《论雅俗共赏》放在第一篇,并且用作书名,用意是很清楚的。《论雅俗共赏》一开始由"赏奇析疑"引申到"雅俗共赏","'共赏'显然是'共欣赏'的简化,可是这是雅人和俗人或俗人跟雅人一同在欣赏,那欣赏的大概不会还是'奇文'罢。这句成语不知道起于什么时代,从语气看来,似乎雅人多少得理会到甚至迁就着俗人的样子,这大概是在宋朝或者更后罢。"紧接着朱自清就从唐朝安史之乱的社会变迁讲起。把雅俗之变的题目放到社会变迁中去,是因为,社会变迁引起了社会阶层的变化——门第衰落,雅人与俗人开始互相流通,结果是文艺标准发生变化。俗人上升到雅人阶层,俗人的"俗"也侵入了雅人的"雅"。

文中提出的"雅俗共赏"是一个在文化领域里说得比较多,且关注度也比较高的问题。孰雅孰俗?二者之间界限如何界定?雅俗是否能真正地做到共赏?争论很普遍,有时还很激烈。读朱自清先生这篇文章,一定会受到启迪。吴小如先生在朱自清《经典常谈·代序》中说:"佩弦先生的思想一直是紧跟时代的步伐,至其思路之清晰,识见之高远,尤令人叹服;而更以治学态度之撝谦为最难得。先生一向在发扬、介绍、修正、推进我国传统文化上做功夫,虽说一点一滴、一瓶一钵,却朴实无夸极其切实。"吴小如先生的评价自然也体现在"雅俗共赏"之中。倘若简单划分,中国传统文化由两大块组成,一是雅文化,一是俗文化。前者是士大夫以上阶层的财富,后者是老百姓的家当。二者的对立和分离一直很明确,落实到文艺方面,就有了"阳春白雪"和"下里巴人"的隔阂。各时代的大致情况,本文中也有比较充分的介绍。用现代文化学的术语说,这叫作文化的"断裂"现象,即一种大文化中存在主流文化和非主流文化的对峙。朱自清先生从"偏重俗人或常人"即"近于人民"的"现代的立场"这一高度提出了"雅俗共赏"的美学观点。"所谓现代的立场",按我们的理解,可以说就是"雅俗共赏"的立场,也可以说是偏重俗人或常人的立场,也可以说是近于人民的立场。

不同文化之间会在碰撞过程中完成部分的融合。现代文化学把这种想象称为文化的传播和融汇。文艺领域的情况大致相同。正如本文作者所指明的,雅文艺得时时俗化,向俗方让步,为的是争取群众,争取观众和读者,否则它除了被束之高阁以外没有其他出路;俗文艺要竭力向雅方靠拢、看齐,以得到正统和权威的认可,不然只能永远居于卑下地位。说到底,"雅俗共赏"的追求实为两种文艺的相互迁就、相互妥协、相互仿效,慢慢地走到一条道路上。当然,就这个说法本身来看,它由雅士们提出,是雅方处于主动地位时表示的宽宏大量,因此要伴随着"以雅为主""俗不伤雅"的条件限定。但这些条件并不能避免雅方有时被俗方所改造,更不会阻止俗方登堂入室,跻身于雅文艺之林。文化的交流与融合的确是不以人的意志为转移的自然趋势。

在"读者和欣赏"关系上,夏丏尊先生认为:"创作与鉴赏,在某种意义上,是一致的事情。日本厨川白村在他的《苦闷的象征》里,曾把鉴赏称为'共鸣的创作'"。在《论雅俗共赏·序》中,朱自清就曾提示我们,第一篇是雅俗共赏问题的提出,也是为"大众化文学"寻找历史合理性的依据:古来雅俗流变互动,今日"大众化"也就顺理成章。就如胡适研究古典白话文学史,以证明五四白话文学也并非出格一样。现代知识分子和传统文人一样,都是雅人,要他们离开自己的"雅",站到"俗人"立场上,迁就"俗",是一件不容易的事。从朱自清先生的文章中,我们也可以看出其内心的矛盾与游移。雅俗共赏与大众化不仅是个文学问题,还勾连着国民素质、教育普及等方方面面的问题,不是轻易就能实现的。"抗战以来又有'通俗化'运动,这个运动并已经在开始转向大众化。'通俗化'还分别雅俗,还是'雅俗共赏'的路,大众化却更进一步要达到那没有雅俗之分,只有'共赏'的局面。这大概也会是所谓由量变到质变罢。"在文艺鉴赏中,"雅"与"俗",究竟如何区分,究竟能否共赏,历来众说纷纭,但是,读本文,可以感觉到,朱自清在这个问题上还是很有信心的。

永在的温情

◇ 郑振铎

本文选自《永在的温情：文化名人忆鲁迅——回望鲁迅》（河北教育出版社，2000年版）。郑振铎（1898—1958），字西谛，生于浙江温州，原籍福建长乐。我国现代杰出的爱国主义者和社会活动家、作家、诗人、学者、文学评论家、文学史家、翻译家、艺术史家，也是国内外闻名的收藏家，训诂学家。1919年参加五四运动

十月十九日下午五点钟，我在一家编译所一位朋友的桌上，偶然拿起了一份刚送来的 Evening Post，被这样的一个标题"中国的高尔基今晨五时去世"惊骇得一跳。连忙读了下来，这惊骇变成了事实：果然是鲁迅先生去世了！

这消息像闪雷似的，当头打了下来，我呆坐在那里不言不动。

谁想得到这可怕的噩耗竟这样的突然地来呢？

鲁迅先生病得很久了，间歇地发着热，但热度并不甚高。一年以来，始终不曾好好的恢复过，但也从不曾好好的休息过。半年以来，情形尤显得不好。缠绵在病榻上看总有三四个月。朋友们都劝他转地

疗养。他自己也有此意。前一个月，听说他要到日本去。但茅盾告诉我，双十节那一天还遇见他在 lsis 看 Dobrovsky；中国木刻画展览会，他也曾去参观。总以为他是渐渐的复原了，能够出来走走了。谁又想得到这可怕的噩耗竟这样突然地来呢？

刚在前几天，他还有信给我，说起一部书出版的事；还附带地说，想早日看见《十竹斋笺谱》的刻成。我还没有来得及写回信。

谁想得到这可怕的噩耗竟这样的突然地来呢？

我一夜不曾好好的安心的睡。

第二天赶到万国殡仪馆，站在他遗像的面前，久久的走不开。再一看，他的遗体正在像下，在鲜花的包围里，面貌还是那么清癯而带些严肃，但双眼却永远的闭上了。

我要哭出来，大声地哭，但我那时竟流不出眼泪，泪水为悲戚所灼干了。我站在那里，久久走不开。我竟不相信，他竟是那样突然地便离我们而远远的向不可知的所在而去了。

但他的友谊的温情却是永在的，永在我的心上——也永在他的一切友人的心上，我相信。

初和他见面时，总以为他是严肃的冷酷的。他的瘦削的脸上，轻易不见笑容。他的谈吐迟缓而有力，渐渐地谈下去，在那里面你便可以发现其可爱的真挚，热情的鼓励与亲切的友谊。他虽不笑，他的话却能引你笑。他是最可谈、最能谈的朋友，你可以坐在他客厅里，他那间书室（兼卧室）里，坐上半天，不

并开始发表作品。1920 年与沈雁冰等人发起成立文学研究会，创办《文学周刊》与《小说月报》，曾任上海商务印书馆编辑，《小说月报》主编，《公理日报》主编。1958 年 10 月 17 日，因飞机突然失事遇难殉职，年仅 60 岁。

觉得一点拘束、一点不舒服。什么话都谈。但他的话头却总是那么有力。他的见解往往总是那么正确。你有什么怀疑、不安,由于他的几句话也许便可以解决你的问题,鼓起你的勇气。

失去了这样的一位温情的朋友,就个人讲,将是怎样的一个损失呢?

他最勤于写作,也最鼓励人写作。他会不惮其烦地几天几夜地在替一位不认识的青年,或一位不深交的朋友,改削创作,校正译稿。其仔细和小心远过于一位私塾的教师。

他曾和我谈起一件事:有一位不相识的青年寄一篇稿子来请求他改。他仔仔细细地改了寄回去。那青年却写信来骂他一顿,说被改涂得太多了。第二次又寄一篇稿子来,他又替他改了寄回去。这一次的回信,却责备他改得太少。

"现在做事真难极了!"他慨叹地说道。对于人的不易对付,和做事之难,他这几年来时时地深切的感到。

但他并不灰心,仍然在做着吃力不讨好的改削创作、校正译稿的事,挣扎着病躯,深夜里,仔仔细细地为不相识的青年或不深交的朋友在工作。

这样的温情的指导者和朋友,一旦失去了,将怎样地令人感到不可补赎之痛呢!

他所最恨的是那些专说风凉话而不肯切实的做事的人。会批评,但不工作;会讥嘲,但不动手;会傲慢自夸,但永远拿不出东西来,像那样的人物,他是不客气的要摈之门外，永不相往来的。所谓无诗的诗人，不写文章的文人，他都深诛痛恶的在责骂。

他常感到"工作"的来不及做，特别是在最近一二年，凡做一件事，都总要快快地做。

"迟了恐怕要来不及了。"这句话他常在说。

那样的清楚的心境，我们都是同样的深切地感到的。想不到他自己真的便是那么快的便逝去，还留下要做的许多事没有来得及做——但，后死者却要继续他的事业下去的！

……

最早使我笼罩在他温热的友情之下的，是一次讨论到"三言"问题的信。

我在上海研究中国小说，完全像盲人骑瞎马，乱闯乱摸，一点凭借都没有，只是节省着日用，以浅浅的薪水购书，而即以所购人之零零落落的破书，作为研究的资源。那时候实在贫乏得、肤浅得可笑，偶尔得到一部原版的《隋唐演义》却以为是了不得的奇遇，至于"三言"之类的书，却是连梦魂里也不曾谈到。

他的《中国小说史略》的出版，减少了许多我在暗中摸索之苦。我有一次写信问他《醒世恒言》《警世通言》及《喻世明言》的事，他的回信很快便来了，附来的是他抄录的一张《醒世恒言》的全目。——这张目录我至今还保全在我的一部《中国小说史略》里。他说，《喻世》《警世》，他也没有见到。《醒世恒言》他只有半部。但有一位朋友那里藏有全书，所以他便借了来,抄下目录寄给我。

当时,我对于这个有力的帮助,说不出应该怎样的感激才好。这目录供给了我好几次的应用。

后来,我很想看看《西湖二集》(那部书在上海是永远不会见到的),又写信问他有没有此书。不料随了回信同时递到的却是一包厚厚的包裹。打开了看时,却是半部明末版的《西湖二集》,附有全图。我那时实在眼光小得可怜,几曾见过几部明版附插图的平话集,见了这《西湖二集》为之狂喜! 而他的信道,他现在不弄中国小说,这书留在手边无用,送了给我吧。这贵重的礼物,从一个只见一面的不深交的朋友那里来,这感动是至今跃跃在心头的。

我生平从没有意外的获得。我的所藏的书,一部部都是很辛苦的设法购得的;购书的钱,都是夜灯下疾书的所得或减衣缩食的所余。一部部书都可看出我自己的夏日的汗,冬夜的凄栗,有红丝的睡眼,右手执笔处的指端的硬茧和酸痛的右臂。但只有这一集可宝贵的书,乃是我书库里惟一的友情的赠与——只有这一部书!

现在这部《西湖二集》也还堆在我最珍爱的几十部明版书的中间,看了它便要泫然泪下。这可爱的直率的真挚的友情,这不意中的难得的帮助,如今是不能再有了!

但我心头的温情是永在的! ——这温情也永在他的一切友人的心上,我相信。

……

简评

《红星照耀中国》的作者、美国记者、作家埃德加·斯诺作为一个西方人,对中国了解还是比较不一般的,可是他曾屡屡感到奇怪:为什么鲁迅常常成为中国文坛上争论的中心？鲁迅生前死后，为什么一些人，甚至包括某些左派也常常苛刻地攻击他。这个外国人确实抓住了问题的根本。房向东先生的《鲁迅：最受污蔑的人》中说："就在鲁迅去世的第二天天津的《大公报》就向鲁迅投出了明枪暗箭，开始了半个多世纪的非议。著名杂文家何满子先生说得好：'鲁迅死了那么久，仍然有那么多人咒骂，证明他威灵犹在，仍同活着时那样使某些人不舒服，也证明鲁迅不朽。'"

本文作者郑振铎先生无论在现代文学史上的影响和地位，还是人品和才学都是值得信任的，作为和鲁迅先生曾经生活在一个环境中、又与鲁迅先生直接打过交道的学者，郑振铎先生对鲁迅的认识是客观的。读完他的文章，会使今天的我们对鲁迅的认识更加丰富。

郑振铎先生，1919年参加五四运动并开始发表作品。1920年与沈雁冰等人发起成立文学研究会，创办《文学周刊》与《小说月报》，在20世纪中国文学史上、文化史上皆负有盛名。"'中国的高尔基今晨五时去世'惊骇得一跳。连忙读了下来，这惊骇变成了事实：果然是鲁迅先生去世了！这消息像闪雷似的，当头打了下来，我呆坐在那里不言不动。谁想得到这可怕的噩耗竟这样地突然地来呢？"这是郑振铎先生在鲁迅逝世的当天写下的一段文字。可以感觉到鲁迅的逝去带给作者沉重的打击；接下来，我们把作者的悼念文字，和曾经广泛影响于中外的悼念文字作一比较，可以看出是与众不同的。

巴金在《悼鲁迅先生》中说："鲁迅先生走了，他是中国的良心，他感动了有良心的中国人，他是英勇的战士，伟大的导师，知己朋友。鲁迅先生的逝世是国家之痛，是国人之痛。先生具有伟大的人格，他高举思想的火炬，为年轻人指引着光明的方向。"从文章中可以深刻体会到巴金先生对鲁迅先生的崇敬和爱戴，对于鲁迅先生的逝世无比的悲痛。鲁迅先生是伟大的。没有人能够否认这样一句话。然而我们并不想称他巨星,比他作太阳,因为这样的比喻太抽象了。他并不是我们可望而不可及的自然界耀眼的星星和太阳。他从不曾高高地坐在中国青年的头上。一个不识者的简单的信函就可以引起他胸怀的吐露;一个在困苦中的青年的呼吁也会得到他热情的帮忙。在中国没有一个作家像他那样爱护青年的。

鲁迅逝世,在纽约的林语堂也写了《悼鲁迅》的文章。"鲁迅与其称为文人,无如号为战士。战士者何?顶盔披甲,持矛把盾交锋以为乐。不交锋则不乐,不披甲则不乐,即使无锋可交,无矛可持,拾一石子投狗,偶中,亦快然于胸中。此鲁迅之一副活形也。德国诗人海涅语人曰,我死时,棺中放一剑,勿放笔,是足以语鲁迅。"实事求是地说,鲁迅在这一段文字里是一个战士的形象。今天我们再读林语堂《悼鲁迅》一文,耐人寻味,品察大家文人的叙陈悲怀之语,原本就不同于一般祭悼的文字。

在无数的追怀悼念之作中,以深沉简短著称当推鲁迅好友郁达夫的《怀鲁迅》:"没有伟大人物出现的民族,是世界上最可怜的生物之群;有了伟大的人物,而不知拥护、爱戴、崇仰的国家,是没有希望的奴隶之邦。因鲁迅的一死,使人们自觉出了民族的尚可以有为,也因鲁迅之一死,使人家看出了中国还是奴隶性很浓厚的半绝望的国家。"

"鲁迅的灵柩,在夜阴里被埋入浅土中去了;西天角却出现了一片微红的新月。"道人所未道,深刻地揭示了鲁迅的逝去在现实社会生活中所产生的不可估量的影响。

作为妻子的许广平先生写了《最后的一天》:"直至十七日的上午,他还续写《因太炎先生而想起的二三事》(以前有《关于太炎先生二三事》一文,似尚未发表。)一文的中段。(他没有料到这是最后的工作,他原稿压在桌子上,预备稍缓再执笔。)午后,他愿意出去散步,我因有些事在楼下,见他穿好了袍子下扶梯。那时外面正有些风,但他已决心外出，衣服穿好之后，是很难劝止的。不过我姑且留难他，我说：'衣裳穿够了吗?'他探手摸摸，里面穿了绒线背心。说：'够了。'我又说：'车钱带了没有?'他理也不理就自己走去了。"

从十月十九日逝世至二十二日安葬这四天间，赴万国殡仪馆瞻仰遗容以及伴送至万国公墓参与葬礼者，前后多至数万人。行列在前面的是欧阳山、蒋牧良，两人分左右执撑着"鲁迅先生殡仪"一幅白布制的特大的横额，别人也来交替地与他们换手。因为送葬的群众实在太多了，所以前面已走了半天，先生的灵柩才由灵堂里抬出来。在灵车之前是一幅巨大的先生画像，是画家司徒乔的手笔。当时在沪西一带，到处都是低着头，沉着脸，衣袖上缠着黑纱的男女青年……

郑振铎的《永在的温情》，真实地以朋友的身份痛惜这位中国知识界良心的离去，追念这个伟大不平凡者的一生。语言纯粹拙朴，感情真挚深厚，活在心里亦师亦友的鲁迅点点滴滴的往事潮水般涌来：

鲁迅勤于写作，也鼓励文学新人写作。他不厌其烦地替或许并不认识的人修改稿件、校正译稿。郑振铎回忆说："一次，一位不相识的青年寄一篇稿子请求修改。鲁迅认真地改了寄回去。那位青年却写信来骂了先生一顿，说被涂改得太多了。第二次，这人又寄来一篇稿件，鲁迅又仔细修改了寄回去。谁知过几天那人又回信，责备鲁迅改得太少。"鲁迅一面感慨地说："现在做事真难极了！"一面依旧为青年们改稿、作序、介绍出书、资助金钱，甚至一些生活上的琐碎事也乐于代劳。他相信青年们还是好的。

鲁迅的《中国小说史略》出版后，仅见过一次面未有深交的郑振铎给鲁迅写信问"三言"的事，很快鲁迅便回信了。附带他抄录的一张《醒世恒言》的全目。鲁迅在信中说："《喻世》《警世》，我没有见到。《醒世恒言》我只有半部，但我的一位朋友那里藏有全书，所以我便借来，抄下《醒世恒言》的目录寄来。"

后来，郑振铎很想看《西湖二集》，又写信问鲁迅有没有？几日后，鲁迅寄来一个厚厚的包裹。打开一看是半部明末版的《西湖二集》并附有全图。鲁迅先生病逝后，郑振铎先生在《永在的温情》追忆了这件事，文中说："见了《西湖二集》为之狂喜！"这贵重的礼物，从一个只见一面的不深交的朋友那里来，这感动是至今跃跃在心头的。我心头的温情是永在的。

郑振铎侧重写鲁迅热心地帮助自己，在许多悼念鲁迅的文章中别具一格。

志摩在回忆里

◇郁达夫

新诗传宇宙，竟尔乘风归去，同学同庚，
老友如君先宿草。

华表托精灵，何当化鹤重来，一生一死，
深闺有妇赋招魂。

这是我托杭州陈紫荷先生代作代写的一副挽志
摩的挽联。陈先生当时问我和志摩的关系，我只说
他是我自小的同学，又是同年，此外便是他这一回的
很适合他身份的死。

做挽联我是不会做的，尤其是文言的对句。而
陈先生也想了许多成句，如"高处不胜寒"，"犹是深

本文选自《郁达夫
散文集》（万卷出版公
司，2014年版）。郁达
夫（1896—1945），原名
郁文，字达夫，幼名阿
凤，浙江富阳人。中国
现代作家、革命烈士。
郁达夫是新文学团体
"创造社"的发起人之
一，是一位为抗日救国
而殉难的爱国主义作
家。在文学创作的同
时，还积极参加各种反
帝抗日组织，先后在上

海、武汉、福州等地从事抗日救国宣传活动，其代表作有《怀鲁迅》《沉沦》《故都的秋》《春风沉醉的晚上》《过去》《迟桂花》等。

闺梦里人"之类，但似乎都寻不出适当的上下对，所以只成了上举的一联。这挽联的好坏如何，我也不晓得，不过我觉得文句做得太好，对仗对得太工，是不大适合于哀挽的本意的。悲哀的最大表示，是自然的目瞪口呆，僵若木鸡的那一种样子，这我在小曼夫人当初次接到志摩的凶耗的时候曾经亲眼见到过。其次是抚棺的一哭，这我在万国殡仪馆中，当日来吊的许多志摩的亲友之间曾经看到过。至于哀挽诗词的工与不工，那却是次而又次的问题了；我不想说志摩是如何如何的伟大，我不想说他是如何如何的可爱，我也不想说我因他之死而感到怎么怎么的悲哀，我只想把在记忆里的志摩来重描一遍，因而再可以想见一次他那副凡见过他一面的人谁都不容易忘去的面貌与音容。

　　大约是在宣统二年（1910）的春季，我离开故乡的小市，去转入当时的杭府中学读书——上一期似乎是在嘉兴府中读的，终因路远之故而转入了杭府——那时候府中的监督，记得是邵伯炯先生，寄宿舍是大方伯的图书馆对面。

　　当时的我，是初出茅庐的一个十四岁未满的乡下少年，突然间闯入了省府的中心，周围万事看起来都觉得新异怕人。所以在宿舍里，在课堂上，我只是诚惶诚恐，战战兢兢，同蜗牛似地蜷伏着，连头都不敢伸一伸出壳来。但是同我的这一种畏缩态度正相反的，在同一级同一宿舍里，却有两位奇人在跳跃活动。

一个是身体生得很小，而脸面却是很长，头也生得特别大的小孩子。我当时自己当然总也还是一个小孩子，然而看见了他，心里却老是在想："这顽皮小孩，样子真生得奇怪。"仿佛我自己已经是一个大孩似的。还有一个日夜和他在一块，最爱做种种淘气的把戏，为同学中间的爱戴集中点的，是一个身材长得相当的高大，面上也已经满示着成年的男子的表情，由我那时候的心里猜来，仿佛是年纪总该在三十岁以上的大人——其实呢，他也不过和我们上下年纪而已。

　　他们俩，无论在课堂上或在宿舍里，总在交头接耳的密谈着，高笑着，跳来跳去，和这个那个闹闹，结果却终于会出其不意地做出一件很轻快很可笑很奇特的事情来吸收大家的注意的。

　　而尤其使我惊异的，是那个头大尾巴小，戴着金边近视眼镜的顽皮小孩，平时那样的不用功，那样的爱看小说——他平时拿在手里的总是一卷有光纸上印着石印细字的小本子——而考起来或作起文来却总是分数得的最多的一个。

　　像这样的和他们同住了半年宿舍，除了有一次两次也上了他们一点小当之外，我和他们终究没有发生什么密切一点的关系；后来似乎我的宿舍也换了，除了在课堂上相聚在一块之外，见面的机会更加少了。年假之后第二年的春天，我不晓为了什么，突然离去了府中，改入了一个现在似乎也还没有关门的教会学校。从此之后，一别十余年，我和这两位奇人——一个小孩，一个大人——终于没有遇到的机会。虽则在异乡飘泊的途中，也时常想起当日的旧事，但是终因为周围环境的迁移激变，对这微风似的少年时候的回忆，也没有多大的留恋。

民国十三四年——一九二三、一九二四年——之交，我混迹在北京的软红尘里，有一天风定日斜的午后，我忽而在石虎胡同的松坡图书馆里遇见了志摩。仔细一看，他的头，他的脸，还是同中学时候一样发育得分外的大，而那矮小的身材却不同了，非常之长大了，和他并立起来，简直要比我高一二寸的样子。

他的那种轻快磊落的态度，还是和孩时一样，不过因为历尽了欧美的游程之故，无形中已经锻炼成了一个长于社交的人了。笑起来的时候，可还是同十几年前的那个顽皮小孩一色无二。

从这年后，和他就时时往来，差不多每礼拜要见好几次面。他的善于座谈，敏于交际，长于吟诗的种种美德，自然而然地使他成了一个社交的中心。当时的文人学者，达官丽姝，以及中学时候的倒霉同学，不论长幼，不分贵贱，都在他的客座上可以看得到。不管你是如何心神不快的时候，只教经他用了他那种浊中带清的洪亮的声音，"喂，老×，今天怎么样？什么什么怎么样了？"的一问，你就自然会把一切的心事丢开，被他的那种快乐的光耀同化了过去。

正在这前后，和他一次谈起了中学时候的事情，他却突然的呆了一呆，张大了眼睛惊问我说：

"老李你还记得起记不起？他是死了哩！"

这所谓老李者，就是我在头上写过的那位顽皮大人，和他一道进中学的他的表哥哥。

其后他又去欧洲，去印度，交游之广，从中国的社交中心扩大而成为国际的。于是美丽宏博的诗句和清新绝俗的散文，也一年年的积多了起来。一九二七年的革命之后，北京变了北平，当时的许多中间阶级者就四散成了秋后的落叶。有些飞上了天去，成了要人，再也没有见到的机会了，有些也竟安然地在牖下到了黄泉；更有些，不死不生，仍复在歧路上徘徊着，苦闷着，而终于寻不到出路。是在这一种状态之下，有一天在上海的街头，我又忽而遇见志摩。"喂，这几年来你躲在什么地方？"

兜头的一喝，听起来仍旧是他那一种洪亮快活的声气。在路上略谈了片刻，一同到了他的寓里坐了一会，他就拉我一道到了大赉公司的轮船码头。因为午前他刚接到了无线电报，诗人太果尔回印度的船系定在午后五时左右靠岸，他是要上船去看看这老诗人的病状的。

当船还没有靠岸，岸上的人和船上的人还不能够交谈的时候，他在码头上的寒风里立着——这时候似乎已经是秋季了——静静地呆呆地对我说：

"诗人老去，又遭了新时代的摈斥，他老人家的悲哀，正是孔子的悲哀。"

因为太果尔这一回是新从美国日本去讲演回来，在日本在美国都受了一部分新人的排斥，所以心里是不十分快活的；并且又因年老之故，在路上更染了一场重病。志摩对我说这几句话的时候，双眼呆看着远处，脸色变得青灰，声音也特别的低。我和志摩来往了这许多年，在他脸上看出悲哀的表情来的事情，这实在是最初也便是最后的一次。

从这一回之后，两人又同在北京的时候一样，时时来往了。可是一则因为我的疏懒无聊，二则因为他跑来跑去的教书忙，这一两年间，和他聚谈时候也并不多。今年的暑假后，他于去北平之先曾大宴了三日客。头一天喝酒的时候，我和董任坚先生都在那里。董先生也是当时杭府中学的旧同学之一，席间我们也曾谈到了当时的杭州。在他遇难之前，从北平飞回来的第二天晚上，我也偶然的，真真是偶然的，闯到了他的寓里。

那一天晚上，因为有许多朋友会聚在那里的缘故，谈谈说说，竟说到了十二点过。临走的时候，还约好了第二天晚上的后会才兹分散。但第二天我没有去，于是就永久失去了见他的机会了，因为他的灵柩到上海的时候是已经殓好了来的。

文人之中，有两种人最可以羡慕。一种是像高尔基一样，活到了六七十岁，而能写许多有声有色的回忆文的老寿星，其他的一种是如叶赛宁一样的光芒还没有吐尽的天才夭折者。前者可以写许多文学史上所不载的文坛起伏的经历，他个人就是一部纵的文学史。后者则可以要求每个同时代的文人都写一篇吊他哀他或评他骂他的文字，而成一部横的放大的文苑传。

　　现在志摩是死了，但是他的诗文是不死的，他的音容状貌可也是不死的，除非要等到认识他的人老老少少一个个都死完的时候为止。

一九三一年十二月十一日

简评

　　在"创造社"所有的作家中，鲁迅先生最喜欢的就是郁达夫。鲁迅先生的名句"横眉冷对千夫指，俯首甘为孺子牛"，据《鲁迅日记》1932年10月12日载："午后为柳亚子书一条幅，云：'运交华盖欲何求……达夫赏饭，闲人打油，偷得半联，凑成一律以请'云云。"这便是鲁迅创作此诗的由来。五四时期的小说家，除了鲁迅先生之外，公认的有两个小说家成就比较高，一个是"文学研究会"的叶圣陶，另一个就是"创造社"的郁达夫。1921年，郁达夫开始小说创作；10月15日，他的首部短篇小说集，亦是中国现代文学史上第一部白话短篇小说集《沉沦》出版，轰动国内文坛。作为著名的小说家，写缅怀挚友的文章是与众不同的。读《志摩在回忆里》这篇散文，读者的心中可能会说，思念、回忆一个人能写出这样的文章来，这样的写法是很少见的。读这样的缅怀文章我们只有坐下来静静地用心静静地感受："悲哀的最大表示，是自然的目瞪口呆，僵若木鸡的那一种样子，这我在小曼夫人当初次接到志摩的凶耗的时候曾经亲眼见到过。其次是抚棺的一哭，这我在万国殡仪馆中，当日来吊的许多志摩的亲友之间曾经看到过。至于哀挽诗词的工与不工，那却是次而又次的问题了；我不想说志摩是如何如何的伟大，我不想说他是如何如何的可爱，我也不想说我因他之死而感到怎么怎么的悲哀，我

志摩在回忆里

257

只想把在记忆里的志摩来重描一遍,因而再可以想见一次他那副凡见过他一面的人谁都不容易忘去的面貌与音容。"生于同龄,死于非命,郁达夫是浙江富阳人,而徐志摩是浙江海宁人,同是浙江籍同乡。同乡好友,兄弟般的情意,此时此刻恐怕也只有郁达夫能写出这样的文章。

郁达夫是五四时期浪漫抒情的小说巨匠。有论者认为,他那支自由脱俗且富有情韵的笔更适于写散文和诗。他的小说也是"散文的""诗的",宛如一首首抑扬顿挫的独奏曲或回肠荡气的咏叹调。五四时代是短篇小说的世界,郁达夫以其真率和才情,足以风靡一时,成为受众多文学青年师法的名家,鲁迅之外无出于郁达夫之右者。他推进小说散文化和诗化,对于革新以故事情节作为主干的古典小说而言,是功垂小说史的。评论郁达夫的文学创作特色时有学者说过:"最能显出郁达夫后期散文老练特点的,还是他三十年代写的几篇记人记事的文章。"的确如此,《志摩在回忆里》寓深情于纪实之中,是难得的记人记事中渗透着情味的纪实文章,全文没有痛切的哀号,也没有慷慨的抒情,如作家所说的那样:"悲哀的最大表示,是自然的目瞪口呆、僵若木鸡的那一种样子"。在几乎有些发呆的淡淡叙说中,以飘逸的笔致描情状物,使我们活灵活现地看到了与郁达夫同窗的少年徐志摩,那个戴着金边近视眼镜的顽皮小孩,看到了"笑起来的时候,可还是同十几年前的那个顽皮小孩一色无二"的成年徐志摩,深切感到了郁达夫对亡友的痛念。也体现了郁达夫在文学创作上的一贯主张:"文学作品,都是作家的自叙传",因此,他常常把个人的生活经历作为小说和散文的创作素材,在作品中毫不掩饰地勾勒出自己的思想感情、个性和人生际遇,郁达夫的自传体小说代表作品是《沉沦》,郁达夫在《沉沦》中大胆地描写了男女性爱、性心理,同时也发出了"祖国呀祖国!我的死都是你害我的!""你快富起来吧!强起来吧!""你还有许多儿女在那里受苦呢!"的悲号。郁达夫的小说创作因为对传统道德观念提出了挑战,并且首创了自传体小说这种抒情浪漫的形式,对当时一批青年作家产生了深刻的影响,形成了20世纪二三十年代中国文坛一股浪漫派的壮观潮流。

翻阅两位同好的前世今生,惊喜的是生为同龄人,徐志摩应称郁达夫为兄长了。悲惨的是天妒英才,同是死于非命,徐志摩1931年11月在济南上空坠机身亡化为烟尘灰烬,郁达夫却像空气般消散于他国异乡印尼,生不见人死不见尸,其身后之事至今仍成谜团。徐志摩活了34年,追悼会郁达夫专程赠送挽联,"三卷新诗,廿年旧友,与君同是天涯,只为佳人难再得。一声河满,九点齐烟,化鹤重归华表,应愁高处不胜寒。"郁达夫多活15年,去世时49岁,两位天才人生苦短,短命而没有善终,不能不说是天大的遗憾,留下齐身的才华,像诗一样轻灵地在天空飞扬了。

文化问题断想

◇金克木

本文选自《金克木人生漫笔》（同心出版社，2006 年版）。金克木（1912—2000），字止默，笔名辛竹，安徽寿县人。著名文学家、翻译家、学者，和季羡林、张中行、邓广铭一起被称为"未名四老"。金克木一生只拿过小学文凭，他利用一切机会博览群书，广为拜师，

其一

有一个外国人说：历史告诉我们，以后不会再这样了。另一个外国人说：历史告诉我们，以后还会这样。有个中国人说：前事不忘，后事之师。还是中国人说的好，把两个外国人的话都包括了。"师"，既可以是照样效法，也可以是引以为鉴戒。学历史恐怕是两者都有。20 年前发生过连续 10 年的史无前例的大事，既有前因，又有后果。我们不能断言，也不必断言，以后不会再有；但是可以断言，以后不会照样再来一个"史有前例"了。历史可能重复，但不会

照样，不会原版影印丝毫不走样，总会改变花样的。怎么改变？也许变好，也许变坏，那是我们自身天天改造历史的人所做的事。历史既是不随人们意志为转移的，又是人们自己做出来的。文化的发展大概也是这样。我们还不能完全掌握历史和文化的进程，但是我们已经可以左右历史和文化，施加影响。若不然，那就只有听天由命了。对历史进程可以看出趋向，但无人能打保票。

勤奋自学，到当时还设在沙滩红楼的北京大学旁听，学习英文、法文、德文和世界语。代表作有《梵语文学史》《印度文化论集》《比较文化论集》。2000年8月5日，因病在北京逝世，临终遗言："我是哭着来，笑着走"。

其二

历史上，中国大量吸取外来文化有两次。一次是佛教进来，一次是西方欧美文化进来。回想一下，两次有一点相同，都经过中间站才大大发挥作用。佛教进来，主要通过古时所谓西域，即从今天的新疆到中亚。西域有不少说不同语言的民族和文化。传到中原的佛教，是先经过他们转手的。东南也有从海路传来的，却不及西北来的影响大，那里没有会加工的转口站。青藏地区似乎直接吸收，但实际上是中印交互影响，源远流长。藏族文化和印度文化融为一体，那里的佛教和中原不同。蒙古族是从藏族学的佛教，也转了手。欧美文化进来也有类似情况。明中叶到清初，耶稣会教士东来并在朝廷中有地位，但是文化影响不能开展。后来帝国主义大炮打了进来，人和商品拥入，但文化还不像鸦片，打不开局面。西洋人在中国出的书刊反而在日本大量翻印流行。所谓西方文化是经过东方维新后的日本这个转口站涌进来的。哲学、文学，直接从欧洲吸收而且有大影响，是经过严复和林纾的手。两个翻译都修改原著，林纾还不懂外文。此外许多文化进口货是经过日本加工的：梁启超在日本办杂志，孙中山在日本鼓吹并组织革命，章太炎在日本讲学，鲁迅、郭沫若在日本学医、学文学。从欧美直接来的文化总没有从日本转来的力量大。欧美留学生和教会学校虽然势力不小，但在一般人中的文化影响，好像总敌不过不那么地道的日本加工的制品，只浮在上层。全盘西化，完全照搬，总是不如经过转口加工的来得顺利。好比电压不同，中间总得有个变压器。要不然，接受不了，或则少而慢，反复大。

其三

中国人对于外来文化，不但要求变压，还有强烈的选择性。二道手的不地道的佛教传播很广。本来没有什么特殊了不起的阿弥陀佛，只是众佛之一，在中国家喻户晓，名声竟在创教的释迦牟尼佛之上。观世音菩萨也是到中国化为女性才大显神通。玄奘千辛万苦到印度取来真经，在皇帝护法之下，亲自翻译讲解。无奈地道的药材苦口，传一代就断了。连讲义都流落日本，到清末才找了回来。玄奘自己进了《西游记》变为"唐僧"，成了吸引妖精和念紧箍咒的道具，面目全非。对西方文化同样有选择。也许兼容并包，但很快就重点突出，有幸有不幸。就艺术说，越地道越像阳春白雪，甚至孤芳自赏，地位崇高而影响不大。反而次品有时销路大增，供不应求。流行的第一部现代欧洲小说是林纾改译的《巴黎茶花女遗事》（小仲马），一演再演的欧洲戏剧是改编的《少奶奶的扇子》（王尔德），都不是世界第一流的，而且变了样。我们中国从秦汉总结春秋战国文化以后，自有发展道路，不喜生吞活剥而爱咀嚼消化。中国菜是层层加工，而不是生烤白煮的，最讲火候。吃的原料范围之广，无以复加，但是蜗牛和蚯蚓恐怕不会成为中国名菜。至少在文化上我们是从来不爱一口整吞下去的。欧美哲学也同古时印度哲学命运相仿。人家自己最为欣赏的，我们除少数专家外，往往格格不入；甚至嗤之以鼻，或则改头换面以致脱胎换骨，剩个招牌。有的东西是进不来的，不管怎样大吹大擂，也只能风行一时。有的东西是赶不走的，越是受堵截咒骂，越是会暗地流行。所以，文化的事不可不注意，又不可着急。流行的不都是劣货、次品，直接来不经转口的上等货有的也会畅销，因此大可不必担忧，更无须生气。

简评

"文革"后，金克木先生体力大不如前，却始终关心国际学术的最新发展。在国内还少有人提及"诠释学"和"符号学"的时候，他已经在撰文介绍，并将它们用于研究中国文化。20世纪80年代，年近七旬的金克木还在关注学术新发展，举凡国际人类文化学的一些新学科，他门门涉足，例如比较文学、信息美学、民俗学、语义学等。正是这种科学上的进取精神，仅拿过小学文凭的他，利用一切机会博览群书，广为拜师，勤奋自学。20世纪40年代以来，他致力于梵语文学和印度文化的研究，金克木在印度文化各个领域的研究中纵横驰骋，称得上是真正懂得印度文化的为数极少的人之一。据季羡林先生回忆,1948年,郑振铎先生在他主编的《文艺复兴·中国文学专号》的"题辞"中写道:"关于梵文学和中国文学的血脉相通之处,新近的研究呈现了空前的辉煌。北京大学成立了东方语文学系,季羡林先生和金克木先生几位都是对梵文学有深刻研究的。"按季羡林老先生的说法,郑先生对后学的鼓励之情洋溢于字里行间。新中国成立以后,他和季羡林一道,培养出新中国第一批梵语、巴语学者,中国年轻一代的梵语学者们,都曾受惠于金克木。金克木竭尽全力撰写的专著《梵语文学史》是学习印度文学的必读课本,他不仅研究印度文化最古老的经典,对印度古代文化有深厚的功底,而且对印度近现代的论述也不落俗套、独具慧眼。例如,金克木论述泰戈尔,不是把泰戈尔与印度文化隔离开来,作为孤立的人来研究,而是把这颗印度文化璀璨的明珠放到印度文明的长河之中,他能真正懂得并欣赏泰戈尔;金克木的《略论甘地在南非早期政治思想》《略论甘地之死》等文章,运用他对印度社会的了解,分析了印度近现代的社会状况、历史地位,客观地对甘地作出了评述。在金克木先生半个多世纪的学术生涯中,始终有一股活水在汩汩地流淌着。一如北京大学中文系陈平原教授所说:"像金先生那样博学的长者,并非绝无仅有;但像他那样保持童心,无所顾忌,探索不已的,可就难以寻觅了。以'老顽童'的心态与姿态,挑战各种有形无形的权威——包括难以逾越的学科边界,实在是妙不可言。"

金克木虽然只是小学毕业生,但在文化界,绝对是一位知识渊博、中外融通的大师级人物。他以"杂"家著称:掌握着英语、法语、德语、世界语、印地语和梵语等语言;他对儒家、佛家、道家均有长期的研究,精通梵学,对西方学问也如数家珍,对伦理学、心理学、逻辑学乃至数学、物理、人类学等等都有独到的见解;更神的是,金克木最擅长将各种学问融通在一起,汪洋恣肆,蔚为大观。《文化问题断想》中,作者以庞杂的史料来支撑自己的论述。从最初的缘起到中途的中西相互渗透中的文化成长，无不昭示着中国文化的历史走向和蕴含在文化深处的东西。他在《比较文学论集·序》中，道出了深刻的文化问题：中华文明的含义终究是怎样的，它的走向特色又将以何种方式标举自己的存在。"所谓西方文化是经过东方维新后的日本这个转口站涌进来的。哲学、文学，直接从欧洲吸收而且有大影响，是经过严复和林纾的手。两个翻译都修改原著，林纾还不懂外文。""本来没有什么特殊了不起的阿弥陀佛，只是众佛之一，在中国家喻户晓，名声竟在创教的释迦牟尼佛之上。观世音菩萨也是到中国化为女性才大显神通。""我们中国从秦汉总结春秋战国文化以后，自由发展道路，不喜生吞活剥而爱咀嚼消化。"虽然文章只以"断想"的形式阐述问题，限于篇幅论证也略显单薄，但恰恰印证了有些学者所说的：这是一个不善于下结论的先生，他习惯把问题留在心底作最彻底的思考。

例如，《文化的解说》，是金克木先生关于文化解说的随笔集。在20世纪行将向21世纪过渡之时，先生试图从有文的文化考察无文的文化，对哲学、宗教、信仰、民俗及相关思潮进行了回顾性的思考，并以"放眼'人间世'，纵横说古今"的宏阔视野，对中国传统文化类型、显文化背后所藏隐文化的意义与价值，以及中西文化的中转与融合予以把握与分析。《文化问题断想》明确指出："佛教进来，主要通过古时所谓西域，即从今天的新疆到中亚。西域有不少说不同语言的民族和文化。传到中原的佛教，是先经过他们转手的。东南也有从海路传来的，却不及西北来的影响大，那里没有会加工的转口站。"顺着这个思路，"这种佛教文化怎样传进来被接受的？""佛教文化中的思想成分怎样会被接受？""佛教中的哲学思想怎样被吸收的？""佛教文化怎样中国化了？"等一系列问题的提出，金克木先生集中探讨了佛教传入中国标志着中国文化史中的一个变化的大问题。在比较中外文化的时候，若以现代科学的眼光观察,这些就成为语言学、宗教学、哲学、文学、史学等等研究的古代文化资料。不但印度人认为这些是他们的文化遗产,而且从中国文化史的角度来看,这些也是中国古代文化变化发展的重要因素,甚至还可说是研究现代文化来源和构成的一个不可缺少的环节。本文从结构表层上看,虽然是这一问题的零星组合,但实际上,三个独立的单元却从时间的延续上轮廓式地描述了中华文化发展的律动和自我的演变经历,存在着内在的文化脉络关系。"中国人对于外来文化,不但要求变压,还有强烈的选择性。"正如怀特海所说:"人类文明的最大敌人就是一致性的福音书。"

我只欠母亲

◇ 赵鑫珊

人生的笑和哭常常发生在同一时刻。

一九五五年八月上旬，我一直在期待录取通知书的到来，前途未卜，是否能考取，没有把握，虽然自我感觉考得不错。是否能考取第一志愿第一学校，更是个未知数。

八月中旬，羊子巷、马家巷一带有几位考生已经接到通知，这更叫我心焦——这也是我平生第一次体验到什么是心焦或焦虑。不安和焦虑也会有助于打破平庸。

邮递员骑着自行车一天送两回信：上午约十点，下午约四点。我是天天盼决定命运的信件。

一天下午，我在马家巷大院内同一群少年玩耍。

本文选自《中国最美的散文·世界最美的散文经典集》（江苏美术出版社，2014 年版）。赵鑫珊（1938—），江西南昌人，教授、哲学家、作家。1955 年考入北京大学。1961 年毕业于北京大学德国文学语言系。代表作有《哲学与当代世界》《普郎克之魂》《希特勒与当代艺术》《建筑是首哲理诗》《爱因斯坦与艺术》等。

"赵鑫珊,通知书!"邮递员的叫声。

我拆信的手在颤抖。旁边围观的少年首先叫了起来:"北京大学!"

中国章回小说常用这样两句来形容人的幸福时刻:"洞房花烛夜,金榜题名时。"

我看到母亲的表情是满脸堆笑,为儿子的胜利。

第二天,母亲为我收拾行装。一共带两个箱子,一床绣花被子。

母亲把一件件衣服放进箱里,并用双手抚平,泪水便滴在衣服上。

"妈,你哭什么? 我考上了,你应该快活才是!"我这一说,妈妈的泪水流得更多,但她没有解释她为什么哭。

后来我成长了,读到唐诗"慈母手中线,游子身上衣。临行密密缝,意恐迟迟归。谁言寸草心,报得三春晖",才渐渐明白母亲为什么暗暗垂泪。

母亲不善言辞。她预感到,儿子这一走,在娘身边的日子就不会多。母亲的预感是对的。大学六年,我一共回过三次家,加起来的时间不到两个月,主要原因是买不起火车票。

母亲死后二十年,大妹妹才告诉我,我去北京读书的头两年,妈妈经常哭,以至于眼睛受伤,到医院去看眼科。

听妹妹这样述说往事,我发呆了好一阵子。我对不起母亲! 过去我不知道这件事。我后悔我给母亲的信很少且太短。

后来邻居对我说："你娘总是手拿信对我们说：'你们看我儿子的信，就像电报，只有几行字！'"我总以为学校的事，母亲不懂，不必同母亲多说——今天，我为我的信而深感内疚！在校六年，我给母亲报平安的家信平均每个月一封，每封不会超过三百个字。

六年来，我给母亲的信是报喜不报忧。这点我做得很好。我的目的很明确，不让母亲为我操心、牵挂、忧愁。按性格，我母亲的忧心太重，不开朗。以下事情我就瞒着母亲：我非常穷，却老说我的助学金很多、足够。去学校报到，母亲东借西借，为我凑了三十元，后来我就再也没有向母亲要过一分钱。当时我父亲已接近破产，家境贫穷。"反右"运动我受到处分，也没有告诉母亲。读到四年级，我故意考试考砸主动留一级，更瞒着她。她也没有觉察，我怎么要读六年？

大妹妹问过母亲："妈，你为什么最喜欢哥？"

"你哥是妈烧香拜佛求来的崽。"

祖父一共有五个儿子，我父亲是长子。母亲头胎和第二胎都是女儿，不到两岁便夭折。不久，我二婶生了儿子叫赵宝珊，这样一来大家庭的长孙便在二房，不在大房。我母亲的地位大受威胁，遭到歧视。在饭桌上，祖父常用讽刺的口吻，冷言冷语敲打我母亲："先长胡子的，不如后长须的。"意思是二婶后来者居上，先得了儿子，我母亲落后了。上世纪三十年代的中国，重男轻女，母以子贵现象很严重。

母亲忠厚、老实,只好把眼泪往肚子里咽。她偷偷地去万寿官拜佛,求菩萨保佑赐给她一个儿子。不久我出生了。

我刚四岁,母亲便让我读书,发蒙,为的是赶上大我两岁的宝珊。所以整个小学、中学,我和堂兄宝珊都是同年级。母亲的良苦用心只有等到我进了大学,我才知道。母亲说:"你为娘争了口气!"

离开家乡的前一夜,妈舍不得我,抱着我睡。当时我十七岁。其实自我出生,从没有离开过娘。好在我走后,还有弟弟妹妹在母亲身边。

往北京的火车渐渐开动的时候,我看到我母亲、大妹梅秋(十岁)、弟弟光华(八岁)和小妹云秋(四岁)久久站在站台上目送我。这回妈没有哭。

我这个人,活到今天,谁也不欠,只欠我母亲的,没有能在她身边侍奉她八年、十年,使我深感内疚。

简评

赵鑫珊先生的散文有大家的闲淡风韵,总体上显得清新婉约。散文《我只欠母亲》是作者众多散文中比较典型的一篇,语言拙朴自然,情感深沉、真挚动人,勾勒出一个含情脉脉的儿子对母亲忏悔式的追忆,让我们仿佛听见了作者哀戚的声音在读者的耳畔飘荡。在结构上则采用的是纯粹的回忆式,虽然略显单一,但在表达上却又如行云流水那般率直,没有丝毫的障碍。这是源自作者心灵的声音,字字掷地有声,夹杂着对自己过去无知的负疚和对母亲感恩似的怀念。读来扣人心弦,因为我们很容易就对号入座了,我们也经常这样对身边的爱习以为常,接受得坦然,以为是我们应得的,付出得却太少。《我只欠母亲》就像一面警钟在敲响,给我们深刻的经验警示。

从内容上看,我收到了通知书,令我和母亲都格外高兴,所以"笑";

但这一分别，将是我终身的遗憾，从此不能侍奉在母亲身边，所以"哭"。同时，也让读者感受到我对母亲深深的愧疚之情。"母亲把一件件衣服放进箱里，并用双手抚平，泪水便滴在衣服上。"高兴的泪水还包含着别的什么？一颗母亲的心。"母亲死后二十年，大妹妹才告诉我，我去北京读书的头两年，妈妈经常哭，以至于眼睛受伤，到医院去看眼科。"后来邻居对赵鑫珊说："你娘总是手拿信对我们说：'你们看我儿子的信，就像电报，只有几行字！'我总以为学校的事，母亲不懂，不必同母亲多说——今天，我为我的信而深感内疚！在校六年，我给母亲报平安的家信平均每个月一封。每次不会超过三百个字。"为"我只欠母亲"埋下了伏笔。也暗含着作者深藏内心深处的忏悔。

在结构上，文章是以回忆式的结构安排，以幸福的情节开头，忏悔的情绪结尾。"人生的笑和哭常常发生在同一时刻。"而此句正好照应了全文的结构安排，奠定了感情基调，自然地引出下文叙述，有助于读者对散文情感的把握。作者在文中表达了对母亲深深的忏悔之情，真挚的表达令读者感动。为了学业、工作，我们往往会忽略了曾经养育我们的父母。读本文读者突出的感受是，作为子女，在四处奔波的同时，我们也应停下匆匆的脚步，去听听母亲记挂的絮语，哪怕是唠叨几句，去好好侍奉一下他们，不要让遗憾再次重演。成长是一件不容易的事，幸好有父母对我们无微不至的关怀，他们毫无私心地做我们坚强的后盾，是他们用爱时刻守护在我们身旁。

在世间万般真情中，最伟大、最无私的就是那无声的母爱。母爱就像雨后空中的那道彩虹，绚丽多姿；母爱就像炎炎夏日的阵阵清风，给你带来凉爽；母爱又像那爬满墙头的青藤，剪不断，理还乱。它深藏在母亲那一举一动和那朴素的话语之间，它所带给我的，是一次次心灵深处的震撼。母爱，伟大而平凡，如润物春雨，似拂面和风；无私而博大，绵绵不断，情谊深长。这就是母爱，永远都是不求回报，无私的付出。

在很多人的记忆里，妈妈一直都是你最忠实的粉丝，每一步的成长，都在妈妈慈爱的目光中；每一次的成功，都在妈妈欣慰的笑脸上。一部《妈妈再爱我一次》，让多少人流下了泪水；一首《世上只有妈妈好》，唱出了多少人的心声。母爱是首无言的歌，总会在某个午后、某个黄昏、某个黑夜，轻轻响起，母爱是幅淡淡的画，总会在某个陌生街头、某个陌生小站、某个异乡旅店，在你最失意、最需要求助的时候，闪现在眼前……

赵鑫珊先生在他的等身著作中将众多的学科交织起来，哲学、艺术、科学、历史等构筑了他独特的文化视角。本文的结尾，他说出了自己的心里话："我这个人，活到今天，谁也不欠，只欠我母亲的，没有能在她身边侍奉她八年、十年，使我深感内疚。"这是赵鑫珊式的母爱的哲学思考。周国平先生以自己的亲身经历，似乎为本文的关于"母爱"的哲学思考进行了一番经典的评述："一个人无论多大年龄上没有了父母，他都成了孤儿。他走入这个世界的门户，他走出这个世界的屏障，都随之塌陷了。父母在，他的来路是眉目清楚的，他的去路则被遮掩着。父母不在了，他的来路就变得模糊，他的去路反而敞开了。"是的，我们心灵的归宿在父母那里！

小

镇四季

◇ 张健行

在上海市北郊，有个小镇叫大场镇，我的大部分童年，便是在那里度过的。那是一个东西走向的小镇。镇后是一条公路，公路后是一条河，河那面是一个军用机场。小镇的前边也有一条河。我不知道这两条河起源于哪里，又流向哪里。这两条河都不宽，落潮时都能从河这岸趟到河那岸。所不同的是，镇后那条河的岸边长满了马兰（一种野菜），春天我常和小伙伴们一起，腰间扎上个花袋（用布制成，摘棉花时装棉花用），去河边挑马兰。也许因为紧靠军用机场，故这条河不管湖水涨得多满，河里从不走船，也没人到河边洗东西。可镇前的这条河，两岸几乎不长野草。满潮时，河边码头上挤满了洗衣淘米的

本文选自《十月》（1994 年第 2 期）。张健行（1943—），上海人。1961 年毕业于上海同济中学。1981 年开始发表作品。1984 年加入中国作家协会。代表作有小说集《她需要重新开始》《潜流》，电影文学剧本《欲望三角洲》等。

女人。河里行船一只接一只。遇到船上艄公与码头上洗东西女人相识的，便会生出一串串情趣浓浓的笑骂。

那时的大场镇，实际上只是一条小街。以街中心的守仁桥为界，桥东的叫东街，桥西的叫西街。我家住在东街，我念书的大场镇中心小学在西街。镇的周围，是大片大片的农田。大场镇虽小，却也是政府机关、医院、银行、邮局、商店、学校等等一应俱全。现在回想起来，小镇的样样东西都让我感到亲切。我爱小镇，我爱小镇的四季风情。

春天，田野里桃红柳绿，麦苗青、菜花黄，阵阵煦风伴着花香迎面拂来，让人产生一种晕乎乎似醉酒的感觉。大人们可能是怕我们这些小孩在麦田里玩捉迷藏等游戏踏坏麦子，便吓唬我们说麦田里有种叫麦大大的鬼，专门捉小囡吃。他们边说边龇牙咧嘴，以此形容麦大大青面獠牙，十分可怕。我们也真的被大人们所说的麦大大吓住了，路过麦田时，只要有谁喊声："麦大大来了！"我们就会拼命地跑，好像那个面目狰狞的麦大大，真的在后面追我们。

在小镇周围的田野里，春天是野菜的世界，有马兰头、荠菜、野芹菜、枸杞藤及一些叫不上名字的野菜。当然，最多的是马兰头和荠菜。马兰头晒成干后烧红烧肉，其味之香美，妙不可言；荠菜和肉剁成馅包馄饨，用鸡汤下，盛到碗里后，在上面撒一把切得细细的葱花，那味道，什么时候想起来都会淌口水。

我喜欢挑野菜，不仅仅是为了它们的美味及能为家庭省些菜钱，更让我神往的，是那种在明丽的阳光下，面迎着和煦的春风放眼望去，田野里芳草芊芊、百花竞开，身处其间，自觉像路边的一朵花、河边的一棵草，仿佛我就是自然、自然就是我的一种物我相融的感觉。

成年后，无论怎么努力，也再没有找回过这种感觉。看来，这种感觉只属于童年。

如果有人问，小镇的春天，哪里花最多？那末，我的回答可能会让他吓一跳，因为我将告诉他，花最多的地方是公墓。公墓在大场镇的西头。印象中，这个公墓好像是属于教会的，因为公墓中大多数墓碑上都有一个带翅膀的小天使。春天的公墓，繁花似锦，如果没有那些坟墓，就是一座天然公园。然而，让我眼馋的不是那些盛开着的各式野花，而是放在那一块块墓碑前的一束束鲜花。它们大多是很名贵的花，与遍地野花相比，它们显得高贵、典雅。在这些花中，我最喜欢的是暗红色的玫瑰和洁白的康乃馨，它们是那么美，美得深情。但墓碑前的鲜花再美，也是拿不得的，因为我们知道，那花是敬墓里死人的。拿了那花，墓里死人会抓你的。而死人，在我小时的心目中就是鬼。小时候我怕鬼。无奈，我只好去采野花。很快，我又全心全意地喜欢野花了，这些小家碧玉充满朝气、活力。因有了它们，平日里死气沉沉的墓地，也显出了勃勃生机。待斜阳西下，我们这些浑身沾满泥土、草屑、花瓣的小女孩、小男孩，高举着手中五颜六色的野花，你追我赶地奔跑在回家的路上，身后，洒下一路花香，一路欢笑。

桃花谢后，随着枝头上小毛桃的日日长大，天气也渐渐地热起来。终于，田野里玉米须子焦黄、甜芦菽（一种形似高粱、味似甘蔗的甜秸）穗子黑亮、街头巷尾滚满了西瓜；知了、蝈蝈在骄阳下欢叫；月光下，蟋蟀、纺织娘在草丛中疯了似的歌唱，——盛夏到了。

成年后，我走南闯北到过许多地方，吃过许多玉米和甘蔗，但我总觉得都没有我们大场镇的玉米和甜芦菽好吃。玉米在我们那里不叫玉米，叫珍珠米。这珍珠米颗粒的颜色不像其他地方是黄色的，它的颜色一般有三种：纯紫红色、纯白色、紫红色和白色相间。这种珍珠米不仅色泽艳丽，且极好吃，一口咬下去，糯糯的，满嘴香甜，只要吃一口，一辈子也忘不了。甜芦菽好像其他地方没有，只有上海有。一根长得好的甜芦菽，能长到一人半高。吃的时候把它砍下来，在节上折断，撕开皮，就像吃甘蔗一样吃。甜芦菽的味道有点像甘蔗，但比甘蔗清甜。甜芦菽的奇妙处是在于几段吃下去，便会打嗝。那嗝不是饱嗝，而是通气的嗝，嗝一打，顿觉胃气畅通，这感觉别提多舒服了。上海乡下还生长其他瓜果，如水蜜桃、西瓜、香瓜、白梨瓜、黄金瓜、杏子、青梅等等，这些瓜果我在别的地方也都见过，独独珍珠米和甜芦菽，出了上海乡下，就再难见到。

在夏天，有时就我自己，有时和小伙伴一起，挽起裤腿,站在镇前的河里,把捡来的西瓜皮掰成一块块,在水里打漂。如果是在一起玩,那就比看谁打得远。西瓜皮很轻,一漂打出去,有时在水面上一跳一跳地,能跳到河对岸。谁要是把西瓜皮打到了对岸,别的小伙伴会朝他拍手欢呼,他自己已显得很得意,那架势,很有点大赛中得了金牌的味道。一个夏天下来,由于常在水里玩,我被阳光晒得乌赤墨墨,加上瘦,活活像条黑泥鳅。

　　西瓜皮还没玩够,河里的水就变凉了。抬头看,河岸边柳树的叶子,也在不知不觉中变得枯黄了。秋风乍起,田埂上、小路边,开满了铜钱大小的野菊花,放眼望去,金灿灿一片,煞是好看。秋天,也是药店收购蒲公英的季节。据小镇上的药店师傅告诉我们,秋天的蒲公英药性最好,要我们去挖了来卖给他们药店。那时,我和我的小伙伴们家境都比较艰难,见有生财之道,便都相约着去挖蒲公英来卖给药店。有次我们挖蒲公英走得比较远,来到一个很大的水塘边。我们惊喜地发现,水塘里长着许多野菱角。我们不管风寒水冷,一个个跳进水里去采菱角,然后围坐一堆,一边擦着清鼻涕,一边吃着采来的菱角。尽管我们的嘴唇都冻得发青,但吃菱角吃得十分开心。以后,我也经常吃菱角,但都觉得没这次的香甜、好吃。

　　随着秋风一阵冷似一阵,原来满当当的田野,也日渐空旷起来。田里种的作物,该收的都收了,连摘尽了棉花的棉花秆也拔起收进了柴房。每年到这个时候，在守仁桥附近有家合作社就开始打草垫子卖了。打一条草垫子可得多少工钱，我现在记不得了，但可以肯定，这些钱对于我们这些穷孩子来说，还是挺有用的。那时我大约八九岁，就懂得挣钱来减轻家庭负担。深秋的天十分干燥，加之打草垫子绳子勒、稻草割，小手上裂开许多血口，手指甲边上也长了许多倒刺，往打草垫子的架子上每添一把稻草，都会有钻心的疼痛。我把打草垫得来的钱拿去买铅笔、橡皮、练习簿，当然，也买些小核桃回家和妹妹们共享。

小镇的冬天，绝不比其他季节逊色。最令我难忘的是我家房东屋后院子里的腊梅。我家租房的房东姓戴，男主人好像是个教师，女主人务家，要是他们还健在，也是七八十岁的老人了。房东家这个院子很大，里边种了十几棵腊梅花树。院子里还有一口井，那时还没有自来水，我们都吃这口井里的水。

那十几棵腊梅花树都挺大。它们在春天里长出嫩嫩的叶芽，到了夏天，浓浓的绿叶使整个院子都显得很阴凉。入秋，叶子渐渐枯黄脱落，枝头上开始孕育花蕾。待到三九严寒，在没有一片叶子的枝头上，密密匝匝，绽满了盛开怒放的腊黄色花朵。越冷，那花开得越好，也越香。记得有天晚上下了场鹅毛大雪，第二天清晨我提着桶去院里井台打水，一踏进院子，凛冽的寒气伴着清新而又浓郁的花香迎面扑来，直沁心肺。站在这冰天雪地里，闻着这阵阵清香，觉得自己也变得冰雕玉琢般的纯洁素雅。梅中，我最喜腊梅。我喜它朴实、淡泊中蕴涵着一种大彻大悟的空灵的美。

冬季里，田野上空荡荡的一片寂静，但小镇却变得热闹起来。人们上饭店里喝酒，到茶馆里喝茶听说书。最热闹的是正月里，因为正月里有集市。一天，我们几个小伙伴相约着去赶集。那天天特别冷，冷得挂在屋里的毛巾也结了冰，但为了去赶集，我还是早早地从暖被窝里爬出来，换上平时舍不得穿的衣服，认认真真地洗脸、梳头。那时我虽只有八、九岁，但已经有些懂得爱美了。梳洗完毕，我往口袋里揣上平时积攒下的零用钱，兴冲冲地赶往相约地点集合。

集市上很热闹，卖什么的都有，但我们按照事先的安排，先去吃早点。我们计算着口袋里的钱，挑选最爱吃的东西吃，什么生煎馒头、三鲜馄饨、油煎臭豆腐干……吃得我们这些平时天天早上吃泡饭的孩子，都不知道自己叫什么了。小肚皮微微挺起、嘴上油光光的我们，心满意足地离开那些小吃摊，便在集市上漫无目的地乱转起来。走着走着，见前面围着一堆人，里面传出鼓乐之声。

"走，看戏去。"

不知谁说了一声，我们几个便挤了进去。

这是我生平第一次看戏，演的是绍兴戏《梁山伯与祝英台》里的《十八相送》。戏里的梁山伯不管祝英台怎么暗示自己是个女子，他就是不理喻。有个观众急了，忍不住大声骂了一句："这个梁山伯，真正是只阿木林。"一语未了,哄的一声,周围的人都笑了起来。我扭头看去,见是一个脸膛黑红黑红、农民模样的后生。我也笑了。我觉得他很可爱。

后来,随着我母亲工作调动,我家离开了小镇。再后来,我参军入伍来到福州,从此,远远离开了大场镇。几十年光阴似流水一去不回,但大场镇却一直留在我的心头,每每想起它,心里便会涌起一股浓浓的怀恋之情。

我常常梦见小镇前后的那两条河,梦见河边的马兰、田埂上的荠菜,梦见我在采野花、在河里打西瓜漂,梦见珍珠米、甜芦菽,梦见冰清玉洁的腊梅花,梦见在集市上看《十八相送》……

哦,小镇,我人生的源头……

简评

读张健行先生的散文《小镇四季》,能够让人回到了人生旅途的起点,童年的记忆,魂牵梦萦,哪怕是海天茫茫、风尘仆仆,都会情不自禁地想起她,这或许就是人们常说的"乡土情结";而作者笔下上海北郊那个叫"大场镇"的地方,则被赋予了更多的文化色彩,应该说有一点英语世界里的"small town"(小镇)文化特征。

20世纪以来,小镇文化在欧美西方电影和小说中是一个比较热门的话题,而且大都市文化与小镇文化的二元对立是常常出现的主题。认同现代性开放文化的一派,就会在文学作品和电影中讽刺小镇文化中乏味、单调与古板的日常生活,讽刺小镇人们对传统的伦理道德的坚守是一种虚伪的表现,抨击这种文化令人感到窒息的一面,比如《革命之路》《谁害怕维吉尼亚·伍尔夫?》《冰风暴》《美国丽人》《兔子,快跑》等作品;相反的,怀念小镇文化的一派,则会充分表现其"乌托邦"的美好的一面,每个回到小镇的人,似乎都经历了一场精神洗礼,把物质文化中肤浅的糟粕全都洗涤掉，重新找到了"精神家园"。其实，直到二十世纪初，美国的基本社会组成特征还是小镇和它的宗教，也就是新教伦理精神，不追求物质享乐，而是追求精神上的完美。就像富兰克林说的，世上有十三种有用的美德：不喝酒、沉默、有条理、果断、俭省、勤奋、真诚、公正、温和、清洁、安宁、贞节和谦逊，而他所提倡的这些美德的载体就是美国的小镇文化。丹尼·贝尔在他的著作《资本主义文化矛盾》中曾论述过，在新工业和消费社会以及现代主义文化的冲击下，到了二十世纪初，美国小镇的新教传统已经不再能够产生巨大的社会影响，那种强调节俭自律的传统价值体系逐渐被开放式、享乐式、代表城市生活的美国文化所取代。然而，即使已经不再是主流文化，即使已经被瓦解得支离破碎，小镇文化作为一种传统坐标，还是和美国大都市的商业文化对峙着，无论是在日常生活里，还是在一些好莱坞的电影中，我们都还能够领略到它的风采。

我们甚至可以作这样的想象，世界上任何一个地方，尽管文化风俗不一样，山川河流风格迥异，但是，那些掩映于幽林树丛之间、坐落在旷野平原之上的一座座宁静的小镇，使人有种如遇世外桃源的错觉。小镇古朴的建筑，典雅的布局，往往像座花园一样，透着淡泊恬适的气息，这在大都市是怎么也感觉不到的。小镇虽小，但也有大城市里丰富的生活，不同的季节幻化着不同的人世情缘。在小镇生活过的人，每个人的心里，都有一方魂牵梦萦的土地，得意时想到它，失意时想到它。逢年逢节，触景生情，随时随地想到它，辽阔的空间，悠邈的时间，都不会使这种感情褪色，这就是人类共同的"乡土情结"。张健行的《小镇四季》中流露出的"小镇情结"和这里说到的乡土情结是一回事。遗憾的是，在城市化的进程中，我们这里读到的"小镇情结"距眼下城市和乡村中的人们越来越远。

美丽的小镇，小镇美人更美，有人说，小镇承袭了河流的性格：急湍处澎湃汹涌如壮士,静流时平静蜿蜒如处子。作者笔下的小镇是一个神奇而鲜明的文化符号,是一个易分难舍的人生情结。尤其在春天,小镇周围是野菜的世界,镇西头的公墓,还有五颜六色的野花,斜阳西下孩子们高举野花、你追我赶,一路花香,一路欢笑……小镇为我们展开了一幅充满勃勃生机的风情画。画面蕴含的是在作者的记忆中挥之不去的故乡情结,只有仔细品读才会在心灵上产生共鸣,那就是想起童年时期你生活的小镇,亦或是山村。

从人生的角度,小镇文化与都市文化是对峙于现代化社会中的一对矛盾体,一方是信仰与精神的依托,另一方则是现实与实用主义的必然产物。怀念小镇文化的人把小镇看作是心中一块秘不示人的精神领地,零距离地接近小镇,为的是经历一场精神洗礼,把物质文化中肤浅的糟粕全部洗掉,重新找到属于自己的"精神家园"。因为,生活于"现代化"之中的每个人,都或多或少地存在着某种选择上的尴尬,是紧追慢赶跟上快节奏的都市生活,还是徜徉于放任自我的小镇文化之中?这不仅仅是生活方式的选择,更是价值观的取舍,两者似乎很难找到妥协的余地。这是否也是值得我们深思的一个问题?

有一位高中语文老师在回忆教授张健行的《小镇四季》时说:"从童年到青年,十几年的人生经历,学生对生活都有自己的真实感受,或苦或甜或涩,即使学习基础最差的学生,对经历的生活也有自己的感受,也有自己的爱和憎。但是一到作文,学生就是无从下笔,教师也常埋怨学生的生活太单一,接触的范围太小。一二篇作文还能凑合,十篇八篇就没什么写了,只好无病呻吟或者抄袭。一次偶然的阅读训练使我深受启发,《现代文选读》(语文实验课本)中有一篇阅读课文——张健行的《小镇四季》,这篇文章语言质朴,感情真挚,很能引起学生对童年的回忆;其次,作者写小镇四季,不是一味地写春、夏、秋、冬,而是写小镇四季给自己的感受,能够给学生以深刻的启迪。这就使原本生活单调、乏味的中小学生,有了放飞思维的空间,有了无限想象的辽阔天空。"大概这就是故乡在学生心中产生的化学反应,看似漫不经心的文字里流露出了作者对故乡生活的怀念。文中对小镇四季的生动描写,完全可以说基于作者浓浓的故乡情节。小时候种种有趣的故乡回忆,能从内心深处打动今天的中学生,让他们在不知不觉中进入作者所描绘的闲适境界之中。有同学用自己的亲身经历诠释了:"故乡实在是我们每个人人生的港湾,身心的庇护所。荣辱浮沉,大喜大悲,遇有生命中一切重大的变故,我们总是首先想到故乡跑一趟。"和作者产生了童年"小镇"共鸣。

人第一眼看见的世界,就是生我育我的乡土,一如张建行笔下的小镇。

"哦,小镇,我人生的源头……"

江上歌声

◇[英]毛姆

本文选自《新概念语文中学读本 2》（湖南少年儿童出版社，2003年版，李传声译）。毛姆（1874—1965），全名威廉·萨默塞特·毛姆，英国小说家、戏剧家。他是二十世纪上半叶最受欢迎的小说家之一，被称为"20世纪的狄更斯""英国的莫泊桑"。代表作有戏剧《圈子》，长篇小说《人生的枷锁》《月亮和六便士》等。

沿江两岸回荡着船夫号子声。

划船的人划着收扎起帆墙的高尾舢板，顺流而下；你听，他们喊着嘹亮雄浑的号子。纤夫背着纤绳，逆流而进，五六人拖着小舟，两百人拽着扬帆舢板，越过激流险滩；你听，他们喊着船夫号子，那是更加气喘吁吁的歌唱。船中央，一人站立，不停地擂鼓督阵；他们弓腰曲背，着了魔似地拽着纤绳；极力挣扎，有时就在地上爬行。他们奋力紧拉纤绳，同激流的无情力量抗争。工头在一旁查巡，谁不拼死卖命，那一头破开的竹鞭，便会抽打他赤裸的脊背。人人都得竭尽全力，要不就会前功尽弃。他们喊着激越、高亢的号子——激流曲。

语言怎能描述歌声里蕴蓄着多少辛劳。这歌声啊,足以显示那极度劳损的心灵,那紧绷欲绽的筋肉,以及那人类征服自然力量的顽强精神。纤绳可能断裂,舢板纵然旋回,而湍流险滩终将被战胜。

劳累的一天结束时,饱餐一顿,或吞云吐雾,或陶醉在悠闲自在的美梦中。

然而,最痛楚的歌唱却是码头工扛着沉沉大包,沿着陡峭石阶,走向城垣时哼出的歌声。他们上上下下,走个不停;"嗨哟,啊嗬",那节奏分明的喊声,就像他们的辛劳一样,永无休止。他们光脚赤膊,汗流浃背。他们的歌唱是痛苦的呻吟,是绝望的叹息,是凄惨的悲鸣——简直不是人的声音。它是无限忧伤的心灵的呐喊,只不过带上了点旋律和谐的乐音,而那收尾的单调才是人的最后一声抽泣。

生活太艰难,生活太残忍,歌唱是绝望的最后抗议,这就是江上歌声。

简 评

英国小说家毛姆的作品,特别是他的长、短篇小说,文笔质朴,脉络清晰,人物性格鲜明,情节跌宕有致,在各个阶层中都拥有相当数量的读者群。他的作品常以冷静、客观乃至挑剔的态度审视人生,笔调超然洒脱,带有讽刺和怜悯意味,在国内外拥有大量读者。同时,他的作品以明晰朴素、对人性有透彻的理解为特点,以怀疑人生、愤世嫉俗为基调。他被称为"20世纪的狄更斯""英国的莫泊桑"。他一生著作甚多,除诗歌以外的各个文学领域,都有所涉及,有所建树。

《江上歌声》写的是生活劳作在江上的船夫、纤夫和码头工人们的苦难生活。文中那"弓腰曲背,着了魔似地拽着纤绳;极力挣扎,有时就在地上爬行"的逆流而进的痛苦,那高亢激昂,然而又悲怆苍凉的号子,就是那些苦难者发自心底的呻吟、叹息、悲鸣和抽泣——江上歌声。从中，我们能够清晰地感受到他们痛苦的呻吟和绝望的抗议。"生活太艰难，生活太残忍，歌唱是绝望的最后抗议，这就是江上歌声"，文章的结尾，显示了作者思想上的良苦用心。

《江上歌声》是一篇短小精悍、诗一般美的散文。它通过船夫号子和码头工人之歌，描绘了纤夫和码头工人艰辛的劳动和苦难的生活，表现了作者对劳动者的不幸处境的深切同情。这篇散文是诗，又是画；形象逼真的劳动画面，悲壮动人的劳动号子，令人读之如在目前，睹其状、闻其声，催人泪下。首先，我们看到第一幅画面是纤夫拉纤的情景。此时，在我们眼前很自然地浮现出一幅著名的油画——俄国列宾的《伏尔加河上的纤夫》。他们的艰辛与坚强，动人心魄；他们的悲壮与伟大，催促着人们发出充满良知的追问。虽然这是几十年以前的作品，但是，它的生命力超越了时代与地域，就是在今天仍有着突出的现实意义。一群衣衫褴褛、面色黝黑的纤夫，弓腰曲背，拼命地拉着一条逆水船，一步一步地往前挪动。与此同时，我们的耳际又响起了俄罗斯伏尔加河之滨，广泛传唱的《伏尔加船夫曲》："哎哟嗬，哎哟嗬，拉完一把又一把，踏着世界的不平路……"那歌声由远而近，又由近而远……在这歌声中，既体现了劳动人民"绷紧的心弦"，也表现了他们的力量。"人类克服无情的自然力的顽强精神"，正是这种力量和精神，使他们征服了急流险滩。其次，我们看到的第二幅画面，是码头工人劳动的情景。"他们光脚赤膊，汗流浃背"，扛着沉重的大包，沿着陡峭的石阶，像蜗牛似地爬行不止。他们的劳动歌声更加低沉而哀怨，"简直不是人的声音"。从根本上说，这歌声，是全世界劳苦大众"灵魂的无尽悲戚中的呼喊"。

在描绘了这两幅画面后，全文只用两句话收尾，总结性地点出了这江上歌声的内蕴，它是劳动人民"最后绝望的抗议"。我们要注意的是，文章的题目叫《江上歌声》，而文中写"歌声"的文字并不多，但是，我们从作者笔下那些苦难者挣扎着的苦难生活里不是能够强烈地感受到、虔诚地聆听到他们的"歌声"吗?《江上歌声》之所以具有强大的生命力,关键在于它的真——作品中真实的描绘、作者真挚的同情。作者用了很多的笔墨写江上的船夫,岸上的纤夫,码头上的码头工的艰苦工作、艰难挣扎。作者饱含无限同情的笔写出了这些可怜的人们,他们不仅要与大自然做残酷的殊死较量,还要承受那些凌辱、压迫他们的统治者的摧残。这也正是本文之所以具有强大的艺术感染力的关键所在。这些社会最底层的苦难者的身上寄寓了作者真挚的同情。千百年来有谁关注过他们所受到的苦难?本文作者毛姆本着自己的良知,生动地记录下这些场面,并展现在世人面前。

一篇不到600字的短文,为什么蕴涵着如此巨大的精神力量,除了上述的分析之外,作者用诗一般的语言,行文中笔触绵密,描写精致,既抒发了自己心中酝酿已久的有关社会、生命的咏叹,又让劳动者与险滩激流殊死抗争的形象栩栩如生、如在目前。关爱劳动者,体现社会的良知,这便是《江上歌声》带给我们思考的价值。

大

自然的礼赞

◇李长之

本文选自《李长之
文集　第8卷》(河北教
育出版社，2006版)。
李长之(1910—1978)，
原名李长治、李长植，
笔名何逢、方棱、棱振、
张芝、梁直，山东利津
人。师从著名哲学家
张东荪、金岳霖和冯友
兰，是中国著名的现代
作家、文学评论家、文
学史家。代表作有《道
教徒的诗人李白及其
痛苦》《司马迁之人格
与风格》《迎中国的文

世界不是荒凉的。我们感觉没有人的时候，另
外却另有别的令我们向往的东西，而且这种东西却
一定存在。仿佛一个堂皇伟大，神秘而崇高的剧场
吧，观众是愚妄的，这不要紧，因为他们可以散去，戏
曲是鄙俗的，这不要紧，因为可以改，角色平凡，这也
仍然能令人忍耐下去，因为可以希望有更不平凡的
来代替，所有这些失望的痛苦，和不甘于失望，又追
求新的幻影的疲劳，我们都为一点补偿了，也就是多
多少少是一种慰藉了，因为剧场总是好的，一切靠不
住，剧场靠得住，剧场却比较悠久些。

这剧场就是大自然。一切变，大自然不变，这剧
场永远是堂皇，伟大，神秘，崇高的。观众，戏曲，角

色,都渺小吧,这剧场却越发庄严。戏散了,这剧场也依然巍峨地矗立着。

　　所以,只要没忘掉这剧场的人,他是可以心平气和下去的,并且也不会寂寞。

　　有谁感到没有归宿的么? 到大自然里去。

　　最不自量,而又最不安分的动物,恐怕只有人类吧。人类企求一切,而超越了实际的能力。大自然在这地方却恰是人类的母亲,她不会打消孩子们的梦的,虽然早知道那是梦,她却只用种种暗示,种种比喻,种种曲折而委婉的辞令,让人们自己去觉悟。在人们的能力限度以内,她却又鼓舞人们,完成人们,务在把人们所仅有的一点能力,去作一些最善的发挥。

　　大自然有种种律则,是剧场吧,有剧场的规矩,作母亲呢,也有母亲的教导之方。不过人们不容易知道。熟悉剧场的人,自然会熟悉剧场的规矩。一个母亲的爱恶,也常是不能明白地说出来的,但是一个骄儿会恰恰符合了母亲的意向。

　　大自然的骄儿就是天才。大自然永远爱护天才,她有种种设计,是让天才完成自己,虽然不必事先告诉。歌德、屈原、李白、康德、贝多芬、曹雪芹、高尔基、达芬奇,这都是在大自然的爱护之下,而完成了自己的。

　　大自然往往给她的骄儿一种伟大课题,以课题为重,大自然便不惜给她的骄儿以种种的或甘或苦的经历,几乎不能胜任。她不溺爱,可是她对于她的

艺复兴》《苦雾集》《梦雨集》等。

子孙并不平等。

愚妄的人们，对她是可以怨尤的，然而她不管，她呈现给愚妄的人们的，就是驳杂，混乱，她不求愚妄的人们的了解，也因为他们不能了解。

大自然在天才们的眼前，却是和悦的，她那条理和秩序，完全启示于天才。

天才没有不了解大自然的，大自然对天才，也永不会不爱护。

大自然，有情感，也有意志。她不盲目，也不麻木。她不是没有智慧，她的智慧乃是溶化于情感、意志之中。情感最可靠，大自然是任情感的，一如她所爱护的天才然。

她不但任情感，而且喜欢表现出来，你就看浓绿如油的春水吧，这是她的情感的表现，高空淡远的秋云呢，也是她情感的表现。她处处在流露，她处处似乎情不自禁。

大自然是感官的，是色相的。她忘不掉美、丑的出现，只是在人们对于美的破坏之际。她要点缀一切，她要种种色调，而且那色调要纯粹，要单一，你瞧吧，雪，红叶，云，秋霁的文岚，夏木的浓荫，……

大自然就是艺术家。音乐和绘画，她天天在创造。人间一切艺术，不过是大自然的艺术的副本。在人们忘掉，或者忽视了大自然的艺术的时候，往往是人间艺术堕落的时候，一旦携手，那才可以抬头。

艺术家必有意匠，大自然的意志就表现在她创造的艺术品的意匠里。大自然的意志是生，所以所有大自然的艺术,是生的表现的艺术。和这不相连的,只有人间的天才。

　　大自然,天才,艺术,是宇宙间最永恒的,最伟大的,最庄严的。然而这一切源于大自然的,因作大自然礼赞。

简评

　　李长之先生在清华大学学习期间,与志同道合的同学季羡林、吴组缃、林庚结为好友,称为"清华四剑客"。对文学的共同爱好,为日后的学术研究奠定了基础。在漫长的学术生涯中,李长之的《鲁迅批判》(此处"批判"指评论)一书是其代表性的著作,也是迄今为止在研究鲁迅的学术领域中引用率最高的学术专著,还是唯一经过鲁迅先生亲自批阅的评论鲁迅的专著。作者长期从事古典文学研究和文化艺术的评论。1957年,李长之被错划为右派。据季羡林先生回忆,之所以"加冕"右派,最大的罪名,恐怕还是那部《鲁迅批判》。在那个年代,鲁迅几乎已经被尊为圣人,竟敢"批判"他,岂不是太岁头上动土,这有点咎由自取的意思。恐怕还有季羡林没有提及的原因在,他写《鲁迅批判》时和鲁迅交往甚多,据房向东《鲁迅:最受诬蔑的人》一书中记载,鲁迅私下里对他及他的鲁迅论述是不以为然的,尽管鲁迅是这样的态度,李长之对鲁迅还是有真诚的感情,对鲁迅的作品也有其独到的见解。但是,让很多人不能接受的是他说的"昏话"(房向东语),如:"鲁迅在思想上,不够一个思想家,他在思想上只是一个战士,……然而在文艺上,却毫无问题的,他仍是一个诗人。"这是犯众怒的!好在文化圈子里的人还是比较宽容的。王富仁就说过:"李长之为什么在涉及到鲁迅思想的很多方面并对鲁迅道德人格十分敬仰的条件下而不认为鲁迅是一个伟大的思想家呢? 在这里,也就有一个研究方式问题。"当然和他个人的性格习惯也有一定关系。"文化大革命"中,他被当作"资产阶级反动学术权威"遭受迫害。尽管身罹不公正的待遇,但李长之依然尽心竭力从事教学工作和学术研究,积极参加《红楼梦》的注释和《新华字典》的修订等工作。即使到了晚年还依然关心自然环境改造与建设。本文《大自然的礼赞》就是他很有影响的一篇讨论环境的文章。

人类从洪荒时代走到文明的世纪,人类的智慧创造了一个又一个经济的奇迹,但无知与贪婪却带来了可怕的后果。环境污染、生态恶化,地球发出了痛苦的呻吟。在我们经历了禽流感、非典、埃博拉病毒、海啸、地震等天灾人祸,付出了巨大代价的惨痛教训之后,实现人与自然和谐发展已成为全世界的共识。人与自然的关系反映的是人类文明与自然演化的相互作用。人类的生存发展依赖于自然,同时也影响着自然的结构、功能与演化过程。

人与自然关系的核心命题,应是二元论,而不是一元论。坚持以人为本的一元论是人类以主人自居的"主人论",其结果就是把自然当作奴役的对象,把自然看作无生命状态的客观实体。以人为本一元论的先进性是相对于以物为本而提出的命题,但是,并不是说以人为本的一元论就是人与自然和谐关系的最好证明。以自然为本,并不是说人类就是面对自然无所作为,而是顺应自然规律(也就是客观规律),利用自然规律而有所作为。因为客观规律是改变不了的,是不以人的意志为转移的客观存在。提倡并遵从以人为本和以自然为本的二元论是马克思主义实践者应该遵循的基本准则,坚持以人为本的前提必须是坚持以自然为本。否则,其结果就是自然对人类社会无穷无尽的无情报复,一直到毁灭人类自身为止。

人类与自然关系的本质命题,是伙伴是朋友,而不是主人或仆人。但是,人类自有文明以来,我们对人与自然的关系,始终停留在不是主人就是仆人这样的一个层面,始终没有超出这个层面。主人就是人类自身独立于自然界之外，把人类自身与自然界割裂开来，以统治者自居，而忘记了自然界是人类的母亲，人类是自然界的婴儿。仆人就是人类在自然界面前无所作为，面对自然的侵害逆来顺受。从世界文明史来看，这个层面已远远不能适应时代发展的需要。我们必须超越这个层面，从思维上进行理性的探讨与前进。人类走过的足迹告诉我们，我们与自然的关系既不是"自然界是主人，我们是仆人"的关系，也不是"我们是主人，自然界是仆人"的关系，而是共同前进的伙伴关系，是共同发展的朋友关系。这就要求我们放下主人的傲慢，放下仆人的谦卑，平等地与自然对话，理性地与自然握手，与自然共同发展，共同前进。只有这样，自然界才会越来越美好，人类的前景才会越来越光明。

人类与自然关系最科学的现实命题，是共生、共赢、共荣，而不是征服、改造、索取。人类在改造自然的同时，还要对自然进行涵养保护。人与自然的关系是共生、共赢的伙伴关系，其结果当然是以互惠互利、共同发展为前提，克服目光短浅、急功近利的思想，才能实现人与大自然的和谐，实现资源的合理可持续利用和生态环境的有效保护。就是要求人类去爱护自然、保护自然，对自然抱有一颗敬畏之心，现阶段应该努力为失去平衡支点的自然界做些"亡羊补牢"式的修补或调整；根本的要求就是要人类适应顺应自然，利用自然自身固有的运动规律，更好地创造美好的生活；着眼现在，放眼未来，倡导并树立一种人与自然的和谐就是人类最大美德的观念。

言为心声，李长之先生说大自然真是值得礼赞的，建立在它孕育了人类永恒伟大的艺术和天才，它提供给人们一个永恒的剧场基础之上。"大自然，有情感，也有意志。她不盲目，也不麻木。"我们都是自然的孩子，我们应该尽量地去了解自然，从自然中学生存的艺术，学会"诗意的栖居"，那时"人与自然的结合都退至艺术的深处，那里浸润着一切生长者的根"（奥地利诗人里尔克语）。这是现代著名文学评论家对大

大自然的礼赞

自然和人的关系一种深远的哲理思考。

李长之先生还说,在不安分的人类面前,大自然就像一个慈祥的母亲。人类虽然进入了太空,但在母亲面前,的确依旧是顽童。愚妄的顽童,往往自认为"文明""进步",而为所欲为。这是天大的谬误。不听母亲的教诲,人类生活中充斥着荒唐。不听母亲言的顽童一定会受到相应的惩罚,即违反自然规律必然受到自然的惩罚,以至付出昂贵的代价。马克思主义认为,人的本质是人的社会性。从人的自然性上讲,无论其社会性如何,最终都要统一到自然性中来。这不是以人们意志为转移的铁律,因此,在人们进行社会运作时,最不能忘记的是人们的自然属性,他时时刻刻都受着自然规律的制约,稍有违背,就要受到惩罚。我们总结历史,发现人类爱惜自然,遵循自然规律比较好的时代,人类社会进步就大,人类社会就兴旺发达;当人类社会一旦只图自身的利益而忽视与自然的平衡协调时,人类就会受到自然的惩罚。

后　记

　　散文,在中国文学史上是与诗、词鼎足而三的重要文体,有着崇高的地位。唐宋以来的古代散文已经被人们奉为经典自不待言,近代以来特别是自"五四"以来的近百年时间里,优秀的散文作品无论在内容构成或是思想情致方面,都可与古代经典比肩。近年来,写作散文的作家越来越多,喜爱阅读散文的读者也越来越多,应运而生的散文集也林林总总地呈现于读者面前。我总觉得散文的选本和阅读方式还存在一些不足之处,特别是对近百年来的散文作品没能很好地梳理和总结,尤其对年轻人来说,缺少必要的指导。于是,我产生了一个较为大胆的想法:梳理一下近百年来的散文精品,对作品及其作者做一些简单的介绍和分析,为读者更好地阅读现当代经典散文提供一个可供选择的读本,也希望通过这样的撷选和推广,能使一部分作品在历史长河的淘漉中留存下来,成为后来人的经典。而这,也是选文和出版的主要动机。

　　在撷选本丛书的作品时,我着眼于选择那些叙述内容真实、表现手法质朴、能真实地记录作者现实生活的思想和感情轨迹之作。所选散文的作者中,著名学者、知名教授、有成就有社会影响的作家占相当的比重,他们的散文,或含蕴深厚,意境优美深邃;或摇曳多姿,情思高

后记

295

蹈浩瀚，无论芸芸众生，峥嵘岁月，抑或江河湖海，大地山川，或灵动飘逸，或凝练深刻，或趣味灵动，或高雅蕴藉……本丛书所选入的散文大多无愧于这样的评价。因此，一册在手，与经典同行，就能与作者进行思想交流，就能以丰富的知识启迪智慧，以睿智的思想陶冶情操，从而在读者的心灵里打开一个情趣盎然而又诗意充沛的境界。在生活节奏日益加快、人们性情渐趋浮躁的今天，我们非常需要这样的阅读。

读书给社会和个人带来的影响都是不可估量的。"一个人的精神发育史，应该是一个人的阅读史。"同样的道理，一个民族的精神境界，在很大程度上取决于全民族的阅读水平；一个国家谁在看书，看什么样的书，决定了这个国家的未来。国际阅读学会曾在一份报告中指出：阅读能力的高低，直接影响到一个国家和民族的未来。具体说来，阅读经典，可以强化文化认同，凝聚国家民心，振奋民族精神；可以提高公民素质，淳化社会风气，建构核心价值观。阅读经典，是接受教育、发展智力、获得知识信息的最根本途径，是人类社会特有的文化传播活动。

基于上面的认识，我编写了《现当代经典散文品读》。本丛书的编纂和作品的入选，是编者这个特定的人在特定的时期对特定作品的看法和眼光，代表着个人的审美体验，不要求读者一定要认同编者的看法，更不能代表作者的原意。因此，对本丛书编写过程中产生的一些想法做一个简略的归纳，供读者朋友参阅。

一、鉴于丛书的容量，首先面临一个不容回避的问题，即是如何在浩瀚的散文中遴选出既恰当又是读者喜闻乐见的作品来？毫无疑问，作为旨在拓宽阅读领域和提升阅读效果的散文读本，唯一的标准，那就是作品本身。真正意义上的阅读，是读者和写作者的心灵对话，一如心仪的挚友，在山间道旁的谈文论道，读者需要的恰恰是不拘任何形式的"随意性"。我们尊重阅读是"很个人"的提法，更何况强调开卷有益的阅读本身，更无须过于条理化、理论化，阅读者的追求也并非一种文学样式的全部、一种文学流派的前世今生、一个作家创作上的成败得失。

二、丛书的编撰体例，每篇散文都附有"作者简介"和"简评"两个部分的内容。了解作者的相关资料，是阅读前的必要准备；简评部分的文字则尽可能地拓宽阅读的视野，是阅读的引申、提炼，两者结合起来，从而建构起一个有机统一且有益于阅读的抓手。比如，读梁思成先生的散文《千篇一律与千变万化——音乐、绘画、建筑之间的通感》，一般读者可能对作者笔下的建筑领域里一些专业问题不是十分了解，"作者简介"和"简评"则对梁思成先生作为古典建筑领域里的顶级专家和教育家所从事的工作大体上予以介绍，为阅读做了必要的铺垫。文本虽是梁思成先生写中国古典建筑的散文，但作者拳拳赤子之心在字里行间很自然地得以升华，也就很容易引起阅读过程中的强烈共鸣，作者笔下的中国建筑艺术给读者带来的心灵上的冲击是难以忘怀的。

三、丛书共分10册：(1)华丽的思维；(2)悠远的回响；(3)精彩的远方；(4)文化的清泉；(5)诗意的栖居；(6)理性的精神；(7)心灵的顾盼；(8)且观且珍惜；(9)现实浇灌理想；(10)岁月摇曳诗情。每个分册写在前面的一段文字，是编者阅读经典的心灵感悟和情感抒发，不能简单地等同于对入选散文的解读，更不能先入为主地影响读者的阅读。

四、选入的散文，内容上可能涉及一些至今尚无定论的思想学术、科学文化等方面的内容，有的尚在研究、探讨之中；有的虽有了比较统一的看法，但也不一定就是最终的结论；有的观点虽然在现实中影响比较广泛，但也不可避免地存在一定的分歧，等等。编者力争在简评文字中尽可能地向读者介绍有代表性、较为流行的观点。即便如此，也未必就可以视为最权威的看法，倒是衷心希望读者阅读时，在认真分析、品味的基础上有自己的比较、鉴别,尽可能地接近比较科学的解读。有兴趣的时候,读者不妨就文中反映出的某些问题,进行深入的研究性阅读,带着这种"问题意识",一定会使阅读欣赏的效果得以增强,阅读欣赏的水平得以提高。比如,读瑞士华裔作家许靖华先生的散文《达尔文的错误》。文中传达了一些不同于传统观点的信息而了解对"进化论"提出挑战的代表作品,无疑对阅读是有帮助的。

五、丛书所选入的近三百篇散文中,绝大部分篇目,由于作者观察生活的特殊视角和独到的眼光,加之作者渊博的知识和雅致的文笔,将读者在现实生活中熟悉的或不熟悉的、遇到的或未曾遇到的人和事,叙述得饶有情致,有巨大的吸引力。但是,世易时移,不要说20世纪早期的作家,即使是与我们同时代的作者,文中所持的看法也并不见得百分之百地为今天的读者所接受。见仁见智,读者在品读之后有不同于作者的看法是很自然的事。比如,读李欧梵先生的《美丽的"中国城"——唐人街随笔》,不可避免地会对作者的观点产生不同看法。再比如,读毕飞宇先生的散文《人类的动物园》。从根本上说,工业文明的社会发展,为满足自己的需要,人类修建了动物园,但是,动物园的出现不是简单地把动物关起来了事,还折射出种种社会问题、人与自然的关系问题等。

六、每一个作家都生活在特定的社会环境中,每一个作家的作品和现实生活都有着千丝万缕的联系,我们能够从每一个作家的作品中读出他们现实的生活记录,感受他们跳动的思想脉搏,尤其是那些在现当代文学史上有一定地位、影响的作家,我们通过他们的作品,不仅能够读出作者其人,还能够从他们充满生命力的文字中,去瞻仰他们在文学史上留给后人的那渐行渐远的背影。比如,读季羡林先生的《赋得永久的悔》。我们看到的是作者用大量的篇幅,回忆了孩提时代吃的东西。为什么一想起母亲就讲起吃的东西呢?原因很简单,民以食为天,穷人家一直过着吃不饱的日子,因此对吃过的东西特别是好吃的东西,留下的记忆当然最难忘。再比如,读五四时期著名女作家石评梅的散文《墓畔哀歌》。面对这个在人生的凄风苦雨中痴守残梦的柔弱女子,谁能说清楚她那样泣血坟茔、奉献了全部的青春年华,且沉浸在对死者的哀悼之中难以自拔是一种幸福,抑或是一种不幸?今天的读者聆听到作者"墓畔哀歌"的时候,自然会联想到民国时期的"才女"形象以及她那逼人的才华。

七、文学源于生活,反过来文学又是对现实生活的阐述和暗示。

所以,阅读一个作家的作品,不能脱离其特定的生活环境。通过阅读,读者可以从不同的侧面感知不同时代作者笔下的现实生活,从而达到了解社会、体悟人生、历练品格、升华灵魂的阅读效果。比如,我们读钟敬文《西湖的雪景——献给许多不能与我共欣赏的朋友》、胡适《九年的家乡教育》、蒙田《与书本交往》、杰克·伦敦《热爱生命》、叶广芩《离家的时候》、宗璞《哭小弟》、刘小枫《苦难的记忆——为奥斯维辛集中营解放四十五周年而作》,等等。只要我们潜下心来,一定会有多方面的感知和启迪。

每一本书的问世都有一定的机缘。本丛书之编撰要追溯到20年前,当时,编者在一所高中教语文,由于教学的需要,为学生奉献了校本教材《诗文鉴赏》。之后,随工作辗转,当年的校本教材也屡次修订增补,才有了今天的《现当代经典散文品读》。其间,安徽师范大学出版社曾为作者提供诸多帮助;时任社长的汪鹏生先生,从策划到出版,均做了大量的工作。北京大学哲学系教授朱良志先生拨冗赐序,为本书增色添彩。在此,一并向上述帮助过我的人致以最真挚的谢忱!

徐宏杰

于淮南八公山下　2018年5月